ÖSTERREICHISCHER AUTORENVERBAND

Nicht alles kann man streicheln

ÖSTERREICHISCHER
AUTORENVERBAND

Nicht alles kann man streicheln

Umschlaggestaltung
Erhard W. Knoll

Layout M. Mössmer, Wien 9
Druck Manz, 1050 Wien
ISBN 3-85094-030-6
Printed in Austria – Imprimé en Autriche

Zum Geleit

»Nicht alles kann man streicheln ...« wurde zum Motto dieser hier vorliegenden Zusammenstellung von Tiergeschichten und -gedichten gewählt.

Wir glauben, damit den zahlreichen Tierfreunden Freude zu machen und jenen, für welche ein Tier nur ein Stück verwertbaren – oder nicht verwertbaren Materials ist – diese zwei-, vier- oder auch sechsbeinigen Geschöpfe näherbringen zu können.

So unterschiedlich, wie Beurteilung, Hinneigung oder Abwehr, welche aus den hier dargebotenen Beiträgen spricht, ist auch die schriftstellerische Wertung anzusehen. Vielleicht wird dieser oder jener Leser, der sich »hohe Literatur« erwartete, da oder dort einige Haare im Stil finden – aber, er soll ja die Bewertung nicht als Beckmesser vornehmen, sondern die Geschichten so mit dem Herzen aufnehmen, wie sie geschrieben wurden. Tiergeschichten kommen meist aus emotionellen Erlebnissen, sie sind ursprünglich und nicht konstruiert, sie wollen sagen ... so und so war das, so und so habe ich es erlebt ...

Der Österreichische Autorenverband, der die Herausgabe dieser »Tiergeschichten-Anthologie« verantworten muß, freut sich über das lebhafte Interesse seiner Mitglieder und die zahlreichen Einsendungen. Es handelt sich bei den Autoren durchwegs um lebende, zeitgenössische Schriftsteller, deren Werke schon viel Anklang gefunden haben. Daß sie sich entschlossen haben, durch ihren Beitrag die Edition dieser Zusammenstellung zu ermöglichen, muß besonders bedankt werden. »Nicht alles kann man streicheln ...«, gewiß, vielleicht nicht mit den Händen. Aber vielleicht dafür mit dem Herzen? Mit dem Verstehen und dem Mitleid, das der Mensch, oft Herr über das Leben, jedem Tiere entgegenbringen sollte. Wir werden gewiß keine Hornisse, keine Wespe streicheln wollen. Nein. Aber, wir müssen auch sie bewundern, die großartige Leistung, die jedes dieser Tiere in dem ihm gestellten Rahmen vollbringt und wir müssen die Kraft der Schöpfung anerkennen. Die Wunderwerke der Natur, die uns Gott in jedem seiner Lebewesen vor Augen stellt, sollten uns andächtig, nachdenklich und demütig stimmen.

So hoffen wir, daß unsere Anthologie aus Tiergeschichten viele ebenso interessierte, wie erfreute Leser findet, und daß das Verständnis für die stumme Kreatur durch diese Publikation weiterhin Förderung erfährt.

Der Österreichische Autorenverband dankt allen an diesem Buche beteiligten Autoren für ihre selbstlosen Beiträge, er dankt auch den Lektoren *Prof. Johanna Jonas-Lichtenwallner* und *OStRat Magister Rudolf V. Karl* für ihre aufgewandte Mühe.

Und wenn Sie einmal ein Tier sehen, das man *nicht* streicheln kann, so erinnern Sie sich an unsere Anthologie – und streicheln Sie es, bitte, dennoch – in Gedanken. Und mit dem Herzen!

Lucy Ludikar

Präsidentin des

Österreichischen Autorenverbandes

Unsere lieben Freunde, *Ruth Feldner-Schopenhauer* und *Hans Helmut Trinkl,* haben uns während der Drucklegung für immer verlassen. Ihre Beiträge auf den Seiten 28 *ff.* bzw. 187 *ff.* bleiben in dieser Anthologie zu ihrem Gedenken, als Erinnerung an ihr schriftstellerisches Leben.

Eva Andrieu

Delinquent mit Happy-End

Nichtsahnend fuhren wir mit dem Auto aufs Land, meine Freundin, deren Schwester und ich. Wir pflückten bei einem uns bekannten Ehepaar blaue Trauben ab, um Saft daraus zu pressen. Da liefen uns zwei reizende Hunde entgegen: Ein ganz kleiner, der fast wie ein Wollknäuel aussah, und ein vierjähriger, rehbrauner mit seelenvollen Augen, der uns sofort zärtlich umwedelte. Da erzählte der Mann, er habe ihn gefälligkeitshalber von einer Frau übernommen, die ins Altersheim kam und der von ihr sehr verwöhnt worden war, so daß er nur »schmieren« könne und absolut nicht wachsam sei.

»Den Kleinen wer'ma behalten und erziehen, der Größere ist für nix, den wer'ma erschießen«, sagte er, als ob es das Selbstverständlichste auf der Welt sei.

Mit blieb vor Entsetzen das Wort im Halse stecken, doch meine Begleiterinnen riefen wie aus einem Munde: »Was fällt Ihnen ein, Sie wollen einen gesunden Hund erschießen! Jedes Tier lebt gern!«

»Ja, er hat auch so ein Hautjucken.« – Darauf meinte meine Freundin energisch: »Gehen Sie zum Tierarzt, der weiß bestimmt ein Mittel dagegen!« – »I hob ka Zeit und ka Geld für an Tierarzt!« – »Dann werde ich das zahlen.« – »Na, dankschön, i kann net zwa Hund hier brauchen!« – »Dann geben Sie ihn zur ‚Arche Noah'!« – »Wo is denn das?« – »Das ist das Grazer Tierheim, wo herrenlose Hunde ein Platzerl finden, bis sie jemand Tierliebender abholt und zu sich nimmt.« – »I wer do wegn so an Viech net nach Graz fohren, das zahlt sie net aus, i hob ka Geld zum Umanandafoahren!« – »So, dann geben Sie uns den lieben Hund mit und wir bringen ihn ins Tierheim. Wir rufen gleich dort an.«

Das verdutzte Ehepaar willigte ein, daß die »Puppi« nach Graz kommt, ohne Spesen. Der Hund folgte uns gerne, blickte sich aber noch einmal mit treuen Augen zu »seinem« Herrl um. Interessiert saß er im Auto, bellte nur kurz auf, wenn ein anderer Artgenosse am Straßenrand stand, und ließ sich zum Tierheim bringen, wo er schon erwartet wurde. Wir sahen uns die sauberen Boxen und den Auslauf an, da hatte die verspielte Hündin viele Kameraden. Wir gaben eine Spende für die Pflege; gleich kam eine Ärztin und meinte, den Juckreiz bald beseitigen zu können. »Puppi« bekam gleich einen Polster fürs müde Haupt und von uns allen noch eine »Streicheleinheit«. Zum nächsten Wochenende besuchte sie meine Freundin und ging mit ihr spazieren.

Einige Tage später wollte sie »Puppi« wieder aufsuchen, da war sie nicht mehr da. In der Kanzlei sagte man, sie kam in die Weststeiermark zu einem sehr netten Pensionistenehepaar, wurde aber vorher noch kastriert. Nach langem Bitten wurde meiner Freundin die Adresse bekanntgegeben – ausnahmsweise, weil sie sich so sehr für das Tier eingesetzt hatte. Wir setzten uns auf die Bahn und fuhren zu »Puppi«, nachdem wir vorher unser Kommen telefonisch angekündigt hatten. Es war nicht weit von der Bahn, da fanden wir schon das nette Häuschen und fanden den Hund, der bereits zugenommen und nun ein wunderschönes, weiches Fell hatte, im Garten.

Das neue »Herrl« kam heraus, bat uns herein, putzte der Hündin vorher die Pfoterln ab, und nun durfte sie in der warmen Stube auf dem Sofa Platz nehmen, ein Polsterl unter dem Kinn, richtig gemütlich. Der Pensionist erzählte uns, daß er seinen früheren Hund durch einen Unfall verloren hatte und ihm nun seine Kinder als Überraschung »Puppi« brachten! Er erzählte uns, was er ihr zum Fressen gebe, daß sie sehr folgsam, ja auch wachsam sei und schon jeder im kleinen Ort nach der »Puppi« frage. Seine Frau sei oft auswärts, weil sie noch bei alten Leuten aushelfe, und so habe er nun – eine richtige Ansprache!

Haben die Tiere eine Seele ?

Davon bin ich ganz überzeugt. Man denke nur an den treuen, seelenvollen Hundeblick. Und etliche Vierbeiner traten als Lebensretter auf. Im Pariser Hundefriedhof auf der Seine-Insel sah ich beim Eingang ein steinernes Monument für einen Bernhardiner, der 48 Menschenleben gerettet hatte.

Katzen gelten als zärtlich und anhänglich. Doch ich will nun von einem Wellensittich berichten, den ein mir bekanntes Ehepaar aus Gefälligkeit von einer verstorbenen Nachbarin übernahm. Pipsi wurde von Erika, der jungen Frau, sehr verwöhnt, er bekam das beste Futter, frisches Wasser und hatte ein warmes Zimmer. Doch nachts war der kleine Vogel immer unruhig und flatterte mit viel Gekreisch im Käfig herum. Bei Tag war er still und begrüßte das Frauerl mit sichtlicher Freude bei der Heimkunft. Ich riet Erika, ein Weibchen für Pipsi anzuschaffen. Doch ihr Gatte Paul wollte absolut nichts wissen von einem zweiten Sittich in der Wohnung. Sie versuchte nun, mit einem Spiegel im Käfig den Kameraden vorzutäuschen. Natürlich vergebens. Ich kaufte nun einen unechten Wellensittich für Pipsi, doch war er davon absolut nicht beglückt. Er wurde immer wilder, schlug um sich, doch weder der Tierhändler noch der Tierarzt konnten irgend eine Krankheit feststellen. Der Kleine wurde nun stiller, wollte nichts mehr fressen, trank auch kein Wasser mehr, bis ihn meine Freundin leblos im Käfig vorfand. »Nur wer die Sehnsucht kennt, weiß, was ich leide«, heißt es bei Goethe. Pipsi ist wohl an seiner Einsamkeit zugrundegegangen. Sein zartes Seelchen wünschte sich eine Spielgefährtin, die rationalen Menschen haben sie ihm versagt. In der Bibel steht schon: »Es ist nicht gut, wenn der Mensch allein sei«, dies mag wohl auch für die Tiere Geltung haben.

Winfried Aubell

Der Iltis »Maxl«

Maxl führt drei Hunde
an der Schnauze herum

Zwischen dem Alpenhotel »Reichenstein« meines Onkels Wigi und dem Postgebäude am Präbichl verbreiterte sich die Durchzugsstraße zur Paßhöhe zu einem ebenen Platz, der Haltestelle der Autobusse, dem Korso von Bergsteigern und Sommerfrischlern, der ersten Raststelle von Fuhrwerken nach ununterbrochener Straßensteigung von 20 Prozent und mehr aus dem Talboden herauf. Der Platz wurde beherrscht von dem hoch über der Szene thronenden Gipfel des Reichenstein sowie dem Hotel »Reichenstein« selbst, einem dunkelbraunen Holzriegelbau auf weißgekalkter Grundmauer. Ein Eingangstor führte zu den heimeligen, holzgetäfelten Gaststuben und in die Küche mit dem Riesenherd, stets bestellt mit dampfenden Gulaschhäfen, Erdäpfelreinen, Suppenzubern, während im Aufbau des riesigen Backrohrgebäudes die Gugelhupfformen ihren Duft verbreiteten. Hinter einem massiven Holzpult thronte Tante Lina, auch Lintschi genannt, die gewichtige Wirtin, nach deren befehlsgewohnter und deutlicher Stimme sich das ganze Treiben der Köchinnen, Kuchelmadln, Salaterinnen, acht an der Zahl, im wohlgeordneten Kreise drehte.

In diese Küche kam ich gerne, äußerte sich doch die Sympathie der Chefin-Tante in Sonderzuteilungen von Anisbögen und für Maxl in einem Stückl Rindfleisch oder einem Markknochen.

Während ich an diesem Tage vor der Budl stand, den wohlwollenden Blick der Tante Lintschi-Wirtin von oben herab auf meinem Scheitel und auf Maxls Köpfl, das wie stets aus meinem Jankerausschnitt unterhalb meines Kinns hervorlugte, ruhen fühlte, hörte ich von draußen herein mehrfaches Hundegebell. Was war da los? Gehen wir schauen!

Drei Jagdhunde waren gekommen, mit ihren Jägern natürlich, denn allein ist ein echter Jagdhund undenkbar. Und während die drei Jäger die Büchsen an den linken Schultern, breitbeinig in Lederhosen und Wollstutzen, im Dreieck, auf ihre Bergstecken gestützt, dastanden, um die Gamsjagd zu besprechen, standen jeweils links von ihren Herrln die Hunde, Schwanz außen, Schnauzen innen, im Mittelpunkt des Kreises. In der Weidmannssprache heißt das natürlich Rute und Nase bzw. Fang.

Da war einmal der Hirschmann, ein dunkelbrauner Kurzhaarrüde mit scharfem Fang und breitem Schädel, bekannt durch seine Ruhmestat, einmal einen Dachs gestellt und abgebeutelt zu haben, und das will was heißen.

Der Jager Kasberger hat mir einmal erzählt, wie er seinen Hund auf einen Dachs losgelassen hat. Der Dachs wollte sich fortstehlen, aber der Hund war ihm in seinem Eifer zu nah auf den Fersen, und da blieb dem Dachs nichts anderes übrig, als sich zu stellen. Springt auf einen Baumstumpf und erwartet den Hund und wie der glaubt, leichtes Spiel zu haben, und schon das Gebiß aufmacht, um zu fassen, macht der Dachs einen Wischer mit seinem Fang voll nadelscharfer Zähne, so von oben herunter, und streift dem armen Dackel das ganze »Gesicht abi«.

»Na, des tu i neama, wann sich der Dachs stellt, halt ich den Hund zruck.«

Dann war da eine silbergraue Weimaraner-Hündin namens Diana. Ein schönes Tier, bekannt durch ihr Laufvermögen; sie hätte einmal einen Waldhasen trotz Haken und Tempo apportiert, hätte sie der Förster nicht zurückgepfiffen. Als dritter Waldi, ein kräftiger Rauhhaardackel guten alten Schlages. Er hatte sich schon als Erdhund in einen Fuchsbau gewagt und den Fuchs ausgesprengt. Allerdings mußte ihn dann der Jager Loisl schwitzend ausgraben, da Waldi in der engen Ausfahrtröhre des Baues steckengeblieben war wegen seiner Kräftigkeit.

Also mitten in diesen »Hochwald« von Jagerbeinen, Hundeläufen und Bergstecken saust mein Iltis, jäh meinem Rock entglitten, in einem einzigen Satz in tollem Sportgeist, die Gefahr nicht achtend. Die Mimik der Hundegefrießer wechselte von dummem Staunen über verblüfftem Schrecken zu bitterböser Hatz, während die Jager inne wurden, daß unter ihnen etwas ganz Außergewöhnliches los war. Aber jetzt! Da war der Teufel los. Als im wütenden mehrstimmigen Hundegekläff, Hetzlauten im Diskant, Jägerrufen: Faß an! Pack! Hirschmann, Waldi und Beine, Läufe und Stecken durcheinandergerieten, in diesem Toben hetzt Maxl vor den Hundeschnauzen haarscharf vorbei. Im Zickzack zwischen den zappelnden Hundeläufen, stampfenden Goiserer-Schuhen und scheppernden Bergstecken.

Im ersten Schreck gings den Hunden schlecht. Nun aber sammelten sie sich im uralten Jagdinstinkt und trieben den Kreis um Maxl eng und enger. Der Iltis kämpfte elegant und kunstvoll, immer wieder hatten sie das Nachsehen, doch die Haaresbreiten, um die es ging, wurden enger und enger. Schon hebt einer den Stecken zum Schlag. Da schmeiße ich mich in den Knäuel, mir gelingt der Wurf, ich kriege Maxl mit der Hand zu fassen, und schon habe ich ihn unter den Janker geschoben, während das knurrende Gebiß des Hirschmann vor meiner Brust ansteht. Mein ist der Maxl. Der Hirschmann, ob dieser Verwandlung eines Iltisses in einen Buben sehr erstaunt, achtet auf die Freundschaft, die wir miteinander halten, und wedelt zögernd mit dem Schwanz.

»Du Sakra« sagen die Jager, mit einem anerkennenden Unterton in ihren Stimmen.

Margit Bachler-Rix

Troj ist tot

(Eine wahre Geschichte)

Sieben Jahre seines kurzen Erdendaseins hatte er sein Herrl begleitet, buchstäblich durch dick und dünn begleitet, treu ergeben und stets guter Dinge. Troj, (der Name kommt von Troja), der große gutmütige Hund mit dem dichten weißen Fell, den schwarzen Schlappohren und dem treuherzigen Blick, dem niemand widerstehen konnte. Seinen Besitzer, einem schwedischen Major im Ruhestand, hatte es für ein Jahr nach St. Wolfgang am Wolfgangsee verschlagen, wo beide, Herr und Hund, bald zum gewohnten Ortsbild zählten und gern gesehen waren.

Insbesondere die Kinder spielten oft mit dem vierbeinigen weißen Riesen, der so gut schwimmen konnte, jeden Spaß mitmachte und als Lieblingsbeschäftigung unermüdlich größere und kleinere Steine apportierte.

Der Major hatte Troj, eine wohlgelungene Mischung von einem Griffon und einem französischen Hirtenhund, im Alter von wenigen Monaten erworben, war dann mit ihm für etliche Monate nach Griechenland verzogen, wo das brave Tier die sommerliche Hitze mit Anstand ertrug und dafür nach Herzenslust am Strand tollen und sich im Meer tummeln konnte.

Die nächsten Stationen waren Frankreich, Schweiz, die Bundesrepublik Deutschland und schließlich Österreich. Überall war Troj bald daheim, wenn er nur bei seinem Herrl sein konnte. So kam es auch, daß er mit der Zeit mehrsprachige Anweisungen und Aufforderungen verstehen konnte, in schwedisch, griechisch, französisch, deutsch und englisch und sie auch umgehend ausführte. Er hatte ein hohes Maß an Intelligenz, konnte Freude, Enttäuschung und Mißfallen in unnachahmlicher Art zum Ausdruck bringen und war seinem Herrl, dessen Augenlicht im steten Schwinden begriffen war, Hilfe und Trost zugleich.

Dann hieß es wieder einmal übersiedeln, diesmal nach Bad Ischl. Die neue Wohnung befand sich im dritten Stock eines Hauses am Traunkai direkt beim Bahnübergang, der zwar beschrankt war, doch nur aus einem Balken ohne Gitter bestand.

An einem Morgen im Oktober ließ sein Herrl ihn, wie die Tage zuvor, aus dem Haus. Auf der Stiege wendete das schöne Tier noch mehrmals seinen Blick zurück. Es war das letzte Mal. Wenig später wurde es von einer Lok erfaßt, und in Bruchteilen von Sekunden war sein Leben ausgelöscht. – Sein Herrl wartete nichtsahnend lange Zeit vergebens. Als er bei der Stadtpolizei Nachfrage hielt, wurde im Trojs Tod mitgeteilt und dessen Halsband ausgefolgt. – Es liegt nun daheim auf der Kredenz, dahinter ein großes Foto des Unvergeßlichen.

Wenn man alt und nicht mehr gesund, allein in einem fremden Land ist, kann einem die Zuneigung und das Erbarmen eines Tieres alles bedeuten. Nun ist es auch in der Seele des Mannes aus dem hohen Norden dunkler geworden.

Das Tier und wir

Was wäre die Welt ohne Tier?
Eine öde Wüste, glaube mir.
Arm und leer wär' unser Leben.
Ein Tier kann nicht nur Freude geben.
Es gehört zur Schöpfung wie Du und ich.
Sein Wert für uns ist unendlich.
Wir sind aufeinander angewiesen,
Der Herrgott sei darum gepriesen,
Er gab uns die lebendige Natur.
An uns liegt es nur,
Sie sorgsam zu verwalten.
Laßt uns darum Freundschaft halten.

Peters Papagei

Kinder, hört Ihr das Geschrei,
Das ist Peters Papagei.
Heute flog er einfach fort
Aus dem großen Käfig dort,
Und nun sitzt er schon recht lange
Auf Mamas Vorhangstange.
Alles Rufen, alles Locken
Ist umsonst, er bleibt dort hocken.
Peter nimmt nun eine Leiter,
Doch er kommt damit nicht weiter.
Papagei fliegt wie der Wind
Durch die offene Tür geschwind,
Krächzt noch frech: »Nun bin ich frei.«
Fort ist Peters Papagei.

Hilda Beredik

Zwei Mütter

Gut' Nacht«, ächzt Magdalena, die Magd, und nähert sich langsam ihrer Kammer. »Gut' Nacht«, murmelt Wirtin Veronika und schaut der Müden nach. »Wird nicht mehr lang dauern«, denkt sie fast ein bißchen neidisch. »Was sie mit dem Kind wohl machen wird? Verschwinden lassen oder gar umbringen? Herr Gott, das darf sie nicht! Warum redet sie nicht? Glaubt sie, mich alte Witwe täuschen zu können, weil ich kinderlos bin? Mich täuschen! Jahrzehntelang hab' ich auf ein Kind gehofft, gewartet, aber keins gekriegt.«

Die Hündin unter dem Küchentisch beginnt leise zu wimmern. Ihr Fell ist schwarz, weiß und braun gefleckt, daher ihr Name Scheckerl. Das Durcheinander der zahllosen Straßenbekannschaften ihrer Mutter und Großmütter trägt sie sichtbar außen, die Summe der selbstlosen Treue ihrer Vorfahren verborgen im Gemüt.

»Auch du wirst bald drankommen«, überlegt Veronika. »Deine Jungen wird die Leni ertränken. Aber ihr Kind? Umbringen darf sie es nicht!« Gedankenverloren verschwindet die Wirtin im Schlafzimmer, wo noch immer das Doppelbett, längst nur mehr einseitig benützt, steht.

Bald nach Mitternacht öffnet sich die Kammer und Leni schleicht, ein Bündel im Arm, mühsam heraus. Gekrümmt, sich am Küchentisch vorwärts tastend, nähert sie sich der Diele. Scheckerl, munter geworden, tappt ihr schwerfällig nach. Gleich darauf knarrt das Eingangstor. Auf der mondhellen Landstraße wandern zwei Mütter dem Mühlbach zu. Oft muß Leni stehen bleiben. Dann setzt sich die Hündin ausrastend neben sie. »Hast's auch schwer«, sagt die Magd und streichelt den Hund mit der großen Zehe des nackten Fußes. »Aber leichter schon als ich. Ich muß mein Kind selbst ins Wasser werfen. Du wirst schlafen, wenn ich's mit deinen Jungen für dich tu.«

Doch als sie beim Mühlbach sind und Leni schnell hinter sich bringen möchte, wovon sie meint, es tun zu müssen, versagt ihre Kraft. Sie legt das Bündel ins Gras und setzt sich daneben. Ihr gegenüber legt sich Scheckerl hin. Sie beschnuppert die Fetzen und schaut fragend zu Magdalena. Der rinnen die Tränen über die Wangen. Sie windet und dreht sich, blickt von den Tüchern zu den rauschenden Wellen und schlägt die Hände vors Gesicht. So glaubt sie, die Fetzen und die grünschillernden Wellen vergessen zu können. Aber das Brausen! Das Brausen! Das dringt ihr durch die Ohren mitten ins Herz. »Na! Na!«, schreit sie. »Ich kann dich nicht b'halten! Ich darf dich nicht hab'n!« Auf den Knien kriecht sie die Böschung hinauf zur Straße und läuft wankend und stöhnend zum Gasthaus zurück.

Scheckerl schaut ihr verwundert nach und beginnt zögernd zu folgen. Doch immer wieder lockt sie das zurückgelassene Bündel an. Sie beschnuppert es und versucht, als sich schwache Klagelaute vernehmen lassen, die Hülle zu lockern, fährt aber vor dem sichtbar werdenden greinenden Kindergesicht erschrocken zurück. Es ist so winzig, eiskalt und greisenhaft verrunzelt. Es riecht nach Tod. Und diesen Geruch mag die Hündin nicht. Trotzdem stupst sie das komische Etwas mit der Schnauze, betupft mit der Zungenspitze die Backen, das Mündchen, die Augen und leckt immer wieder die Tränentropfen ab. Nahe rückt sie heran an das frierende Häufchen Unglück und wärmt es mit dem eigenen trächtigen Leib.

Wie immer steht Leni um sechs Uhr früh in der Küche und bindet die Schürze um. »Wie elend sie ausschaut und wie mager sie ist«, denkt die Wirtin. Dann schreit sie in entsetztem Begreifen: »Wo ist das Kind?« »Welches Kind?« Magdalena zittert an Händen und Füßen. »Deins!« fährt Veronika sie zornig an. »Hab' keins«, versucht Leni auszuweichen. Schon will die Wirtin »Lügnerin!« schimpfen, da kratzt etwas an der Tür. Ein Bündel im Maul kriecht Scheckerl in die Küche und legt die Fetzen vor die Füße der schreckerstarrten Magd. »Ist nicht meins«, schluchzt Magdalena und bedeckt das Gesicht mit den Händen. Sich bückend und die Tücher aufhebend meint Veronika: »Dann gehört es eben mir.« – »Na! Na!« Leni versucht, der Wirtin das Bündel zu entreißen, die aber wickelt ungerührt das nun laut schreiende Kind aus den Fetzen heraus. »Jedenfalls, wegschicken werden wir den Buben nimmer. Platz genug ist auch für ihn in dem leeren Haus.«

»Buben?« Zum erstenmal seit Monaten wagt Leni zu lächeln. Bei der Geburt hat sie das Kind überhaupt nicht angeschaut. Einmal gesehen, würde sie es nicht mehr vergessen können. Das wußte sie.

Inzwischen war Scheckerl zu ihrem Platz beim Herd gekrochen. Winselnd dreht sie sich zur Seite und streckt alle viere von sich. »Die wird ihre Treue wahrscheinlich mit Fehlgeburten bezahlen müssen«, fürchtet die Wirtin. »Leni, während ich das Badwasser für deinen Buben richte, kümmere du dich um sie. Falls die Jungen doch lebend zur Welt kommen sollten, mußt du ihr eins lassen; sie hat's verdient.«

Kleiner Zeisig

Sing, Zeisig, sing!
Du armer, eingesperrter Wicht,
verlerne nur das Zwitschern nicht
in deinem engen Gitterhaus.
Lockt's dich auch in die Welt hinaus,
sing, Zeisig, sing!
Sing, Zeisig, sing!
Dein Herz ist schwer, dein Flügel lahm.
Viel ist es, was der Mensch dir nahm.
Das Beste aber blieb dir doch:
Du hast ja deine Lieder noch!
Sing, Zeisig, sing!
Sing, Zeisig, sing!
Dann wächst sogar dem tiefsten Leid
ein neues wundersames Kleid.
Als heller, glockenreiner Klang
schwingt alle Sehnsucht mit im Sang.
Sing, Zeisig, sing!
Sing, Zeisig, sing!
Trag unserm lärmgeplagten Ohr
in deinen schlichten Weisen vor,
wie singend man die Not bezwingt.
Solch' Lied uns längst nicht mehr gelingt.
Sing, Zeisig, sing!

Maria Binder-Trautner

Jagdglück

Försterhaus im grünen Tann hat als Gast den Jägersmann;
will frühmorgens ins Revier, um zu schießen Wildgetier.
Auf der Bank im Abendrot ißt vergnügt er Speck und Brot.
Dieses nimmt ein Brüderpaar kleiner Dackelwelpen wahr.
In die Mäulchen sieht man nun mehrmals einen Bissen tun.
Doppelt wird das Mahl geliebt, wenn man es mit Freude gibt;
Speckerl hier und Speckerl da, bis die Müdigkeit bald nah.
In des Mondes Silberschuh fließt allmählich Abendruh.
Morgenstund im Dämmerschein grüßt in frühen Tag hinein,
und mit Rucksack, Federhut, Büchse, Fernglas, frohem Mut
geht der Jäger auf die Pirsch, zu erspähen Reh und Hirsch.
Schreitet leichten Tritts bergan, Vögel rufen dann und wann,
Enzian und Gemswurz säumt, Tanne flechtenbärtig träumt,
Eisenhut am Bergweg sprießt, Ameis sich im Bau verschließt.
Hörbar raschelt dürres Blatt auf dem samtnen Waldespfad.
Stehend lauscht der Jägersmann, dunkler Schatten schleicht heran.
Wer verfolgt hier seine Spur? Karges Licht erhellt sie nur.
Ist es Schratt als guter Geist, der ein Jagdglück ihm verheißt?
Die Gestalt auf moosig Grund ist des Försters kleiner Hund.
Freudig zeigt er Dank und Treu, springt herbei ganz ohne Scheu.
Da der Weg zurück zu weit und zur Umkehr keine Zeit,
Fuchs- und Dachsbau hier bekannt, steckt der Jäger kurzerhand
in den Rucksack seinen Fund, diesen lieben Dackelhund.
In des Waldes schwachem Schein wandern bergwärts sie zu zwein.
Finke singt sein Morgenlied, Hündlein aus dem Rucksack sieht.
Auf dem Baumstrunk hält man Rast, läßt hintan die Alltagshast.
Dackerl und der Jägersmann laben sich am Speck alsdann,
doch die Flasche, wohlgefüllt, nur des Jägers Kehle kühlt.
Alpenrose hingemalt, grauer Nebelschleier wallt,
honigtrunkner Falter schwirrt rotgeäugt zum Blütenwirt.
Wipfelhoch mit einem Mal gleißt der erste Sonnenstrahl.
Leuchtend in dem Morgenlicht langsam aus dem Strauchwerk bricht,
äsend still am Waldesrand, auf dem grünen Rasenband,
wunderschön ein Reh hervor. Jäger hebt sein Glas empor,
worin er – das Herz erschrickt – einen Sechserbock erblickt;
greift nach seinem Stutzen schnell. Horch! Da dringt ein Hundgebell
aus Gesträuchen nebenan. Der gewarnte Bock alsdann
springt ins Dickicht und entflieht. Unterdes das Hündchen sieht
einen Dachsbau, zieht und zerrt aus dem Loch ganz unbeschwert
einen kleinen Dachs heraus, apportiert ihn, ei der Daus!

Freude fühlt des Jägers Brust, schaut die beiden an mit Lust,
welchen nichts geschehen ist. *Dieses* Weidwerk! Heiliger Christ!
Dackerl sitzt mit treuem Blick, als verstünd' es das Geschick:
'Hast du auch kein Beutetier, nimm zum Trost dies Dächslein hier!'
Und der Jäger ist gerührt, einen tiefen Dank verspürt,
daß die Dächsin jetzt nicht da, sie wär' für den Hund Gefahr.
Mitgefühl lenkt seinen Sinn zu dem Muttertiere hin,
welch ein Unglück ihm beschwert, wenn vom Fang es heimgekehrt,
fände es das Junge nicht. Und aus lauter Dankespflicht
gibt das kleine Bündel Grau er zurück in seinen Bau.
Fort von hier! Kein Aufenthalt! Heimwärts durch den grünen Wald
geht der Jäger frohgemut, in dem Arm das Hündchen ruht.
Vögelein und Sonnenstrahl sind Gefährten bis ins Tal.
Dieses ist kein Jagdlatein, die Geschichte wahr und rein;
mir hat sie ein Mensch erzählt, den ich mir als Freund erwählt.

Besiegt

Ein Fröschlein, grün und braun gefleckt,
hat sich mit List beim Teich versteckt.
Und als dann eine Fliege kam,
betrachtet es sie aufmerksam.
Als diese bald den Feind entdeckt,
ward in dem Frosch die Lust geweckt
und lüstern ihm das Auge schwoll.
Die Fliege aber ahnungsvoll,
durch schmeichelhaftes Quiek und Quak
etwas verwirrt, entsetzt erschrak.
Und diesen Augenblick fand nun
das schlaue Fröschlein opportun,
weshalb es offenbar mit Spaß
die Säumige aus Liebe fraß.

Die Eintagsfliege

Die Eintagsfliege war geboren,
noch kaum entschlüpft, begann die Lust,
hat sich sodann den Mann erkoren
und hochzeitet – es war August.
Hat tausend Eier abgegeben
und bald darauf traf sie der Schlag.
Und doch ward ein erfülltes Leben
der Fliege dieser einz'ge Tag.

Die Fledamaus

's geht die graue Muattamaus
mit iahrn Kloanan nachti aus;
tan sih gleih in Stodl wogn,
suachn ollahaond zan Nogn.
Schaun sih um und noschn Kern,
findn ah a guate Meahrn.
D'Muatta woarnt die kloane Maus:
»Bleib ba mir und reiß net aus.
Doß d'an koana Mausfolln ziahgst,
waonnst a Stückl Speckerl siahgst.
Du wurdst nocha mausetot –
däis wa' wuhl Schouckschwarinot!
Hörst as Gräusch! Geh, bleib fein stüll!«
Gleih die Muatta nochschaun wüll.
Und ban Fensta, ein und aus,
flattert holt a Fledamaus.
Und da Mausbua Luftsprüng mocht,
juchazt völli laut und locht:
»Tua ih za die Groußn ghörn,
mechat ih *ah* Fliega wearn!«

Julius E. Bittner

Leidensgefährten

Es war in den Tagen meiner russischen Kriegsgefangenschaft. Die Mißgunst einiger Schickalsgenossen im Kriegsgefangenenlager hatte meine Verschickung auf das Land bewirkt, wo ich mit anderen Kameraden den Kolchosbauern als billige Arbeitskraft zu dienen hatte. Wie weit es mit meiner Kraft bestellt war, können sich alle Leute vorstellen, die einen »Woinarplenni« verstört und zum Skelett abgemagert heimkommen sahen. Der Hunger regierte auf dem Land noch mehr als in den Gefangenenlagern und forderte seine Opfer unter der Bevölkerung und unter dem Vieh.

Wiewohl ich keine Ahnung von der Landwirtschaft hatte, drückte man mir ein »Loschid« in die Hände und lehrte man mich, ein Pferd in einen Karren einzuspannen. Ich hatte – wie einige andere Kameraden – den Auftrag, den tiefgefrorenen Mist, der sich in den Ställen zu Haufen türmte, mit der Axt herunterzuschlagen und auf die Äcker zu karren. Es war die letzte Fuhre des Tages, als mein Pferd erschöpft stehen blieb und weder mit Schreien noch mit Peitschengeknall zum Weitermachen zu bewegen war. Ratlos stand ich da. In einem Anflug von Galgenhumor und Mitleid sagte ich laut zum Pferd, welches gewiß kein Deutsch verstand: »Armes Luder, du bist genau so abgemagert und verhungert wie ich, und sollst schwer arbeiten!« Mein Loschid spitzte ein wenig die Ohren und in seinen Augen schien ein Funke Lebenswille aufzublitzen. Ein Ruck – und das Fahrzeug setzte sich wieder in Bewegung.

Ohne neuerliche Unterbrechung erreichten wir den Acker, und ich konnte die Mistfuhre abladen. Für die Rückfahrt bedurfte es keines Zuredens; denn ich wie der Gaul strebten den ersehnten Zielen zu: einer mageren Portion Futter und dem erlösenden Schlummer.

Haben Sie Angst vor Kühen?

Konrad Lorenz, der Vater der Verhaltensforschung, würde auf eine solche Frage antworten, daß Kühe die harmlosesten »Viecher« der Welt seien, und jedes kleine Bauerndirndl würde ihm zustimmen. Lorenz würde aber auch einräumen, daß es auch unter Kühen vorkommen könnte, daß eine menschliche Handlung anders gedeutet würde, als sie gemeint war, und daß eine solche Fehldeutung Menschen in Gefahr bringen könnte. Eine solche Möglichkeit hat offensichtlich in jenem Erlebnis seine Bestätigung gefunden, welche ich nachfolgend schildern möchte:

Es war ein richtiger Urlaubstag, als meine Frau, deren Mutter und meine Wenigkeit aufbrachen, um uns ein wenig in der Umgebung von Mauterndorf, dem bekannten und malerischen Gebirgsdorf in Salzburg, umzusehen. Unser Weg führte uns durch ein Wäldchen einer blumigen Wiese entgegen, auf welcher Kühe durchaus friedlich weideten. Es störte sie nicht, daß geschäftstüchtige Landwirte neben dem Wiesenweg Holzbänke aufgestellt hatten, die uns müde Wanderer gebieterisch zur Rast luden. Auf einer Sitzgelegenheit nahmen die Damen Platz, um ihr Verwandtengarn zu spinnen, auf einer anderen Bank ließ ich mich nieder, um meiner geliebten Musik zu frönen. Mein Instrumentarium bestand zwar nur aus einer Mundharmonika, bei uns zu Hause »Mundhammerl« genannt, aber um so hingebungsvoller bemühte ich mich, diesem Zwerginstrument einige landläufige Weisen zu entlocken. Ich war so in meine tonschöpferische Tätigkeit versunken, daß ich gar nicht merkte, wie sich eine Kuh in respektvoller Entfernung vor mir aufbaute und damit auch auf ihre Artgenossen beispielhaft zu wirken schien; denn schneller, als ich es erwartet hätte, hatten die Kühe einen Halbkreis gebildet, den sie immer enger zogen. Dabei blickten sie mich teils mit Neugier, teils mit Erstaunen an, lauschten meinen einfachen Weisen und schienen ganz in den Bann meines Mundhammerls zu geraten. Ich konnte mir ausrechnen, daß es unter den obwaltenden Umständen bald zu engen Berührungen kommen würde und suchte einer solchen Entwicklung vorzubeugen, indem ich gebieterisch zum Aufbruch mahnte.

Die beiden Damen schritten wohlgemut voraus, ich folgte weniger beschwingt hinten nach, denn ich hatte bereits bemerkt, daß ein Rattenschwanz von Kühen mir unverdrossen nachfolgte. Ich malte mir im Geiste aus, was wohl die rustikalen Dorfbewohner sagen würden, wenn ich wie der Rattenfänger von Hameln mit einer Schar von »Rindviechern« im Gefolge ins Dorf einzöge und welche unliebsame Reaktionen dieser vorzeitige und unfreiwillige »Almabtrieb« auslösen würde. Mir wurde immer mulmiger zumute, und mein Schlendern verwandelte sich immer mehr in einen Eilmarsch.

Zum Glück waren die Kühe träge genug, um sich von meinem Tempo nicht hinreißen zu lassen. Vielleicht hatte auch das Verstummen der Mundharmonika den Bann gebrochen, der uns verbunden hatte. Die Kühe kehrten jedenfalls zu ihren Weideplätzen zurück und ich konnte tief aufatmen. Was ich mitnahm, war eine Erfahrung, die ich gerne an meine jungen Standesgenossen weitergeben möchte: Es ist verhältnismäßig leicht und schmeichelhaft, einen Kreis weiblicher Bewunderer um sich zu scharen, aber schwierig und nicht ungefährlich, ihm wieder entfliehen zu wollen.

Maria Blanc

Tierleben – Unser Leben

Eine große Freude für jeden Menschen, der ein Tier zu lieben hat gelernt. Einen großen Schlag für alle, wer seinen geliebten Vierbeiner durch den Tod oder auch auf andere Weise verlieren muß. Eine solche Trauer und einen solchen Schmerz kennt nur ein Tierfreund.

Ich besitze vier süße Meerschweinchen. Ihr Name ist: Bille, Boni, Burli und Mausi. Schwarzweiß, gelbweiß ist ihre Farbe. Stets gebürstet täglich das Fell. Gleich unserem Leben ist auch ihr Leben. Von Leid und Freud, wie Gesundheit und Krankheit, ebenso von Operationen – alles erleben Mensch und Tier gleich!

Burli habe ich aus dem Elend errettet. Mausi in einer Sektschachtel vor der Wohnungstür gefunden. Auf das Anläuten habe ich hinausgeschaut und siehe, niemand war da. Oh, Schreck! Mein Herz klopfte bis zum Hals. Etwas regte sich in der hohen, schmalen Schachtel. Vorsichtig schaute ich hinein und sah ein herziges junges Meerschweinchen. Haut und Knochen, mit Fell bedeckt. Oh, welch Erbarmen sich in mir regte und ich hob es sanft aus der Schachtel. Wie dankbar traf mich doch sein Blick, dabei erkannte ich im Nu sein Geschick. Alle viere vertrugen sich von der Stunde an. Welche Freude geben sie mir in harten Zeiten. Darum will ich dem Schöpfer danken mein Leben lang dafür, der leitet all mein Denken und mein Tun!

Billi, dreimal von dem Tierarzt operiert an Tumor. Dauer der Operationen bis fünf Stunden. Ohne Schmerz und Komplikationen. Werkzeug: Meine Finger, Watte, warmes Wasser und Pinsel. Wunde immer kleiner. Ohne Narbe zugewachsen. Bald von dem Fell bedeckt – ein Wunder?

Aus Freude habe ich öfters Tränen in den Augen. Brauche keine Augentropfen mehr. Vor cirka zwei Jahren wäre ich fast daran erblindet – es war entsetzlich! Nun weiß ich, daß die göttlichen Augentropfen die besten und die gesündesten sind. Dank meiner Lebensschule!

Billi ist tot

Am zweiten September 1988 um 20.45 Uhr ist Billi auf meinem Schoß gestorben. Für mich unerklärlich, nach drei Todeszuckungen Billi hat mich liebevoll und dankbar angeschaut, beim viertenmal er seinen Kopf zur Seite gesenkt. Kein Herzschlag mehr. Billis Lebensuhr ist stehen geblieben für alle Zeiten. Nur zweimal bemerkte ich am letzten Tag seines Lebens, daß ihm das Futter nicht schmeckte – er hatte keinen Appetit, aber später schmeckte die Karotte Billi und ich dachte, es sei wieder alles in Ordnung. Durch die Tumore, zum Schluß auch innerlich, die offensichtlich schmerzlos waren, verlor das Meerschweinchen das Fell an den hinteren Beinen und nahm langsam an Gewicht ab.

Vier Tage weinte ich Tränen in Strömen. Und heute noch, sehe ich im Geiste jenen dankbaren zugleich liebevollen Blick aus Billis Augen, drängen sich jedesmal Tränen in meine Augen – daher ich auch keine Augentropfen mehr brauche.

Niemals werde ich bereuen, daß ich vier Jahre lang Billis Krankenpflegerin gewesen bin. Je länger ich das Meerschweinchen pflegte, desto besser lernte ich *das Leben!!!* kennen – den Unterschied von Mensch und Tier. Alles braucht Liebe! Sogar die Pflanze weiß eine liebevolle Pflege zu danken. Wir aber hören mit unseren Ohren ihren Dank nicht, aber wir haben die Fähigkeit, ihn mit unseren Augen zu sehen, ihre Schönheit und prächtigen Wuchs zu bewundern.

Liebe ist Leben und Tod!

Nur die Liebe erhält das Leben des Menschen in Einklang – das strengste Gericht kann dies nicht! Mit äußerlichem Zwang kann man allein auf allen Gebieten Ordnung schaffen, aber das Herz der Menschen kann man nicht erzwingen!

Allein die Liebe besitzt die Macht und Kraft, das Herz des Menschen zu lenken, was es auch immer sein mag. Liebe ist stärker als Not und Tod. Liebe kennt keine Grenze, sie reicht übers Grab und über alle Zeiten hinaus. – Wie reich ist der ärmste Bettler auf der Straße, der die Liebe zu allen Lebewesen in seinem Herzen trägt! Wie arm ist der reichste Mensch auf der Welt, der die Liebe niemals kennt, niemals in seinem Herzen besessen hat!

Gott ist die Liebe selbst – wohlgemerkt! Wer es nicht glaubt, der forsche über den Schöpfer des Universums nach! Er wird es gewißlich erfahren. Verbinde die Natur mit dem Schöpfer, so wirst auch du dieses Wunder an dir selbst erleben! Unterlassest diesen Versuch, so wirst du die Liebe niemals kennen lernen!

Edith Brier

Der Turmsegler

An einem kalten, verregneten Sommertag brachte mein Sohn einen Turmsegler nach Hause. Der Vogel hatte sich im Räderwerk der Kirchturmuhr verfangen, war verletzt und wie betäubt vor Schreck, als mein Sohn ihn endlich befreite und im strömenden Regen unter dem Mantel nach Hause trug.

Da lag der Vogel nun auf meinem Schoß, starr, die wunderbaren Augen geschlossen; nur selten hob sich das Lid, die wimpernumsäumte Haut schob sich nach unten und gab das große schwarze Auge frei zu einem müden, verzweifelten Blick. Wie dunkelgraue Seide lagen die glänzenden Federn um den schönen Kopf; der lange, elegante Schwanz, die sichelförmig gebogenen Flügel, schmal zulaufend, vollkommene Werkzeuge zu schwerelosem Gleiten durch die hohe Luft, lagen reglos gekreuzt. Mehr Falke schon als Schwalbe, rauchgrau, seidenglänzend, ein vollendetes Wunderwerk der Schöpfung, lag das schöne Tier nun hilflos in meinen Händen.

Wie Raubvögel gleiten die Turmsegler um die hohen Türme, sirrend werfen sie sich in die Luft, werfen sich in weiten Schwüngen ins Blau und begleiten ihre Jagd mit hellen, hohen Falkenschreien.

Wir standen bewundernd vor so viel Schönheit und Vollkommenheit und wußten nicht, wie wir helfen, was wir tun sollten. Man sah am Rand eines Flügels eine kleine Verletzung, was aber dem Vogel sonst noch zugestoßen, ob er überhaupt noch zu retten war, konnten wir nicht feststellen. Eine kleine schwarze Kralle krampfte sich in meine Bluse, und wenn ich sie lösen wollte, machte der Vogel den schwachen Versuch, mit dem Schnabel nach mir zu schlagen. Das gab mir Hoffnung, daß doch noch Leben in ihm sei, und so betteten wir ihn in eine Schachtel, in der er ergeben und still sitzen blieb. Wir fütterten ihn mit Fliegen und Mehlwürmern, damit er bei Kräften bleibe, bedeckten ihn mit Watte, um ihm seine Wärme zu erhalten und stellten die Schachtel in die warme Küche. Den ganzen Nachmittag über regte er sich nicht. Ganz still saß er da, nur manchmal bewegte sich noch der Kopf, mit geschlossenen Augen.

Am nächsten Morgen hatte es zu regnen aufgehört, ein kühler, heller Sommerwind trieb weiße Wolken über den Himmel und Sonne strahlte auf den Platz vor dem Haus. Der Vogel saß reglos in seiner Schachtel, ein Auge offen, der Körper kühl, fast schon kalt. »Er braucht Sonne«, dachte ich, »wie kann er sich hier in der dumpfen Küche je wieder beleben.« So nahm ich die Schachtel und setzte mich mit dem Vogel in den Garten, so daß ein Sonnenstrahl seinen müden, stillen Körper wärmte.

Noch regte er sich nicht – aber als der erste Windstoß ihn traf, hob der Vogel den Kopf. In kurzen Stößen bewegte er ihn hin und her, man sah, wie er den vertrauten Geruch der Freiheit in sich aufnahm. Dann sah er mich mit dem klaren Raubvogelauge an, darüber schwer in geradem Strich die Federn hingen. Aber er konnte nur ein Auge öffnen, das andere war wie im Krampf geschlossen. Vorsichtig versuchte ich, es mit den Fingerspitzen zu öffnen, es gelang und er konnte wieder schauen.

Nun verbarg sich die Sonne hinter einer Wolke, und ich bedeckte den Vogel wieder mit Watte bis zu dem Kopf, der immer noch mit den kurzen Rucken hin und her glitt.

»Ich muß ihm Raupen fangen, er muß wieder Kraft bekommen«, dachte ich, nahm die Schachtel und ging durch den Garten, der am Hang des Kirchberges liegt, aufwärts, dem Turm zu.

Da kam ein Windstoß voller Heideduft und Frische in die Schachtel gebraust. Der Vogel hob den Kopf und ein Blick traf mich, so fragend, so voller Stolz, so zögernd und groß, daß ich, die Watte hastig vom Vogelleib aufhebend, mit unterdrückter Stimme rief: »Flieg! Flieg, wenn du kannst!«

Noch ein Blick zum Himmel und wieder zu mir, wieder fragend und unendlich stolz, zögerndes Wittern des schmalen Raubvogelschnabels, ein leises Beben der Sichelflügel – dann saß er auf dem Rand der Schachtel – ein Ruck: und in wunderbarem Bogen glitt er unter den Bäumen dahin, warf sich in weitem Schwung zur großen Linde – und verschwand hinter sturmdurchwühltem Grün.

Noch spürte ich den herrlichen stolzen Blick und Tränen standen mir in den Augen – vor Glück und Erschütterung.

Diese Ergebenheit in das Schicksal, dieses Fragen, ob das denn wahr sei mit Freiheit und Himmelsblau, dieser Flug, der nicht Flucht war, sondern bewußt geschenkte und erhaltene Freiheit, dieses herrliche Gleiten in den drängenden Sommerwind – wie groß das war ... und wie nahe!

Ich kann keine große Reise machen, ich verbringe meinen Sommer nur im Garten; ich habe wenig von den Dingen, die man sich so wünscht – aber so rein, so erhaben und beglückend wie der Blick des geretteten Turmseglers, ist wenig anderes. Es ist wohl einem jeden von uns für alles, was er im Leben an vermeintlichen Werten entbehren muß, tausendfacher Ersatz geboten, in solchem kleinen – und doch so großem Erleben.

Gustav Dichler

Lindas Probleme

Was hast du eigentlich gegen die Jäger?«, fragte Linda. Der Archäologe Dr. Heinz Hettner sah seine Nichte nachdenklich an. »Wie wißbegierig diese 14jährigen Mädchen sind!«, dachte er: »Ich billige es, Linda, wenn jemand in Ausübung seines Berufes, als Förster, Gutsbesitzer, Fleischhauer oder in Notwehr tötet; nicht aber, wenn er es zum Vergnügen tut.« »Aber Onkel, die Jagd ist doch ein alter, edler Brauch!« »Der in früherer Zeit der Ernährung diente«, ergänzte er. »Es kommt eben auf das Motiv an. Wenn ein unheilbar kranker, schwer leidender Hund eingeschläfert wird, ist das sogar eine Tat der Barmherzigkeit.«

Als das Mädchen gegangen war, wunderte er sich über seine Selbstbeherrschung: Wie schnell finden viele Menschen einen Vorwand, Tiere mit gutem Gewissen töten zu dürfen! Ist dies vielleicht ein Fluch der Erbsünde, die Vertreibung aus dem Paradies? Er blickte durch das Fenster in den Park. Hunde muß man an der Leine führen, die Kinder aber dürfen das Gras, Blumen und Büsche zertrampeln und Äste von den Bäumen brechen! Mit wie vielen Tieren hatte er Freundschaft geschlossen, vor allem mit Pferden und Hunden. Sie alle hatten nicht nur genommen, sondern freudig gegeben; um Freundschaft geworben, uns besser verstanden als wir sie: der Schimmel Susa, der Boxer Attila. Und niemals hatten sie einen Treuebruch begangen! Wie wenig wir Menschen die Tiere kennen, beweisen falsche Deutungen ihres Wesens in Sprichwörtern: Eine Krähe hackt der andern kein Auge aus. Beweist diese Beobachtung nicht, daß sie einander mit vorbildlichem Anstand behandeln? Oder: Gleich und gleich gesellt sich gern: Durchaus vernünftig, sollte auch von Menschen gelten, aber in gutem Sinn!

»Vögel? Ich muß ja das zutrauliche Amselpaar füttern, weil sie jetzt Junge haben!« Er legte den bereits klein geschnittenen Speck und andere Leckerbissen vors Fenster.

Die Zeitungen schreiben: »Im Sommer nicht füttern, sonst werden die Tiere zu faul! Diese Besserwisser sind blind dafür, daß den Vögeln durch die Beschädigung der Hecken ihre natürliche Nahrungsquelle entzogen war. Darum habe ich ja mit den Amseln Freundschaft geschlossen und das Murren der Partei unter mir überhört, die sich über mein bei heißem Wetter übelduftendes Fensterblech bei jeder sich bietenden Gelegenheit beschwert.« Er pflegte ihre Klagen geduldig anzuhören. Dann murmelte er immer besänftigend: »Jedes Ding hat zwei Seiten. Wer weiß, wozu das fette, glitschige Fensterbrett noch gut ist.« Zu einem ernsten Zerwürfnis kam es jedoch nicht. Dr. Hettner war von Natur aus friedlich, Frau Magister Berta Breitner temperamentvoll, aber beherrscht. Ihre Liebe galt eben mehr den Menschen, seine den Tieren.

Helle Aufregung herrschte beim nächsten Besuch Lindas. Zu ihrer Überraschung saßen der Onkel und die junge Apothekerin in seinem Wohnzimmer beim Tee und plauderten angeregt miteinander. »Es schaut furchtbar bei mir aus«, sagte sie. »Der Einbrecher hat, als er weder Geld noch Schmuck fand, wie ein Wilder gehaust. Zum Glück bin ich gut versichert. Aber mir tut das Herz weh, weil er das Bild meiner toten Eltern zerschnitten hat.«

»Was ist denn geschehen, Onkel?«, fragte Linda.

»Ein Bursche ist mittels einer Leiter bei Fräulein Breitner eingestiegen. Sie hatte das Fenster offen gelassen. Dann kletterte er höher bis zu meinem Fenster, das auch offen war. Wieso er dann sofort abstürzte, weiß ich nicht.«

»Ich schon«, unterbrach ihn die Dame. »Der Kerl ist schwer verletzt. Im Fieber redete er immer von einem furchtbaren Vogelruf, der ihn so erschreckte, daß er auf dem glatten Fensterblech ausrutschte und abstürzte. Das war natürlich eine Ihrer Amseln, die das Futter verteidigte.«

Aber Linda schüttelte den Kopf: »Zu einfach: Amseln sind ja scheu. Vielleicht verstand das Tier doch, daß Dich jemand bedrohte, Onkel, und wollte den Feind vertreiben.«

»Wie dem auch sei«, ergänzte die Apothekerin, »in meiner Tasche hier ist Vogelfutter. Ich habe mich bekehrt. Mensch und Tier gehören zusammen. Wir müssen lernen, uns zu vertragen und gegenseitig zu helfen! Daher werde ich von jetzt ab Ihrem Vorbild folgen.«

»Wie schön das aus Ihrem Mund klingt!«, sagte Dr. Hettner, plötzlich fast schüchtern. Sie wurde rot und Linda konnte ihr Lachen kaum verbergen.

»Wie kindisch sich diese sogenannten Erwachsenen benehmen!«, dachte sie. »Ich habe natürlich schon längst bemerkt, daß sie es auf ihn abgesehen hat. Warum auch nicht? Die beiden passen zusammen: ein ideales Amselpaar.«

Mit unschuldigem Augenaufschlag fragte sie: »Können Sie mir vielleicht sagen, Frau Magister, wie alt man sein muß, um bei einer Hochzeit die Schleppe des Brautkleides tragen zu dürfen?«

Tier und Mensch

Den Menschen bleibt gar vieles ganz verborgen,
da es den Sinnen listig sich entzieht;
was wir nicht wissen, macht uns keine Sorgen.

Auch wenn es unsere Erkenntnis flieht,
ist es doch da, kann helfen – und zerstören!
Unwissenheit oft falsches Handeln riet.

Die Tiere lassen selten sich betören,
sie ahnen, fühlen drohende Gefahr.
Der Mensch will solche Warnung niemals hören.

Drum such, mein Freund, der klugen Tiere Schar,
die uns Unfaßbares sofort begreifen,
Täuschung erkennen, wissen, was da wahr.

Wo immer sie durch die Gefilde schweifen,
such ihre Freundschaft, sie wird dir Gewinn,
läßt deine Seele zur Erkenntnis reifen,
hilft dir, zu finden deines Lebens Sinn!

Peter Karl Einwangg

Meine blaue Masurendogge Ena

Die bunte Glasmalerei mit ihren Wappen und dem heraldischen Doggenkopf in der Mitte schimmmert im Licht des fahlen vorfrühlingsahnenden Tages. In dem kleinen Haus meiner Großmutter, hier am Rand des Hietzinger Villenviertels beim Schloß Schönbrunn bin ich oft gewesen ... Das Licht dringt gleichsam sinnend durch die herrlich leuchtenden Glasscheiben: diese farbigen Glasscheiben sind eine kostbare Erinnerung an die alte Heimat. Einzeln und in überstürzender Hast herausgelöst aus den Fensterbogen des nun so unendlich fernen Familiensitzes hoch oben am Kurischen Haff, der nun so unendlich fernen Heimat – hatten sie meine Eltern als kostbare Erinnerung, pars pro toto, mitgenommen auf die Flucht quer durch Europa, damals, über Neu-Köln bis Wien!

Damals – März 1945, denke ich, und plötzlich steigen Bilder auf und wogen heran wie aus fernen Nebeln der masurischen Heimat, ich höre die Stimme meiner Großmutter aus den Schicksalsjahren der Nachkriegszeit herüber: Pietrolein, versprich mir, daß Du sie immer behütest, die Ena, denn sie hat Dir das Leben gerettet, damals, hungern werden wir müssen, aber der Dogge, der gib ihren Teil, versprichst Du mir das ... Der Knabe hatte das Versprechen treulich gehalten und gehütet, der nun längst zum Mann Herangewachsene aber erinnert sich in unseren Tagen plötzlich seltsam klar dieser Zeit. Damals, in dem Grauen der Flucht im zerbombten trostlosen Vorort von Neu-Köln, waren diese Worte gefallen, damals von den Lippen meiner Großmutter, dieser wunderbaren Frau, die aus dem großen Haus am Haff stammte, dem Haus mit den sieben großen Rüden, wie eine Familiensage berichtete. Diese Frau, die später auch an arbeitszerschundenen Händen den Wappenring mit Würde trug und eine aus allen Fugen geratenen Welt lehrte, was das Wort Aristokratie in seiner tiefsten Sinngebung deuten will und deren jedes Wort Herzenswärme ausstrahlte für jedwede Kreatur!

Damals – schwer rollten die Räder der großen Tatra-Limousine im märkischen Sand – März 1945. Am Steuer des Wagens saß mein Vater, wir waren auf der Flucht wie viele andere. »Nichts haben wir mitnehmen können als ein Schmuckkästlein, die Butzenscheiben und Ena – Ena, die herrliche blaue Dogge unseres Zwingers, Ena, der Du Dein Leben verdankst ...« hatte später meine Großmutter unter Tränen gesagt. Die blaue Hündin ist das Allerletzte, was wir aus der Heimat haben; am Totenbett habe ich ihr noch versprechen müssen, der Lebensretterin bis zum letzten Atemzug die einstige Treue zu vergelten. Viele Monate später hat der Knabe dieses Versprechen redlich eingehalten, als die todkranke schwere Hündin täglich über viele Stufen in den Garten getragen werden mußte, als der vom Nachkriegshunger aufgezehrte Halbwüchsige dann die letzten sieben Nächte bei der mit dem Tod ringenden Hündin ausharrte – ausharrte, bis sich das Gesetz auch an ihr erfüllt hatte ...! Nur der weißhaarige Medikus, der in den folgenden Tagen oft stumm und über die Erzählung meiner Mutter erschüttert am Krankenbett des von schwerem Nervenfieber Geschüttelten verharrte, mochte ahnen und wissen um die tiefe kreatürliche Verbundenheit zweier Lebewesen ...!

Damit aber hetzen die Gedanken den Geschehnissen voraus – Frühjahr 1945: In unserem Wagen saß mit nervös bewegtem Kopf, den Fang dauernd weit zum Fenster rausgestreckt, Ena, die blaue Doggenhündin; wir hatten die anderen aus dem Zwinger erschießen müssen, mitnehmen konnten wir sie nicht, und die »Partisanen« hätten die verhaßten Herrenhunde, wie man die Doggen nannte, vermutlich erschlagen, traurige Beispiele aus den Masuren und bei östlichen unserer Nachbarn ließen keine andere Wahl! Auch mein Vater, der eben in wilder Fahrt, das Lenkrad herumwirbelnd, bemüht war, eine unbewaldete Sandebene zu queren, riß ständig den Kopf nach rückwärts, um rechtzeitig Tiefflieger zu erkennen. Es war eine Fahrt auf Leben und Tod, die Gegend von Partisanen zerniert und von oben in jeder Sekunde die tödliche Gefahr der gnadenlosen Jäger, der Tiefflieger, die in rasendem Sturzflug aus dem unbarmherzig blauen Masurenhimmel stoßen konnten. Was half da der scharfe Militärfernstecher meines Vaters, die blinkende Maschinenpistole auf dem Beifahrersitz. Der Mensch in seiner menschlichen Instinktlosigkeit, die menschliche Blindheit, menschliche Hilflosigkeit – der Mensch in seiner nicht tierischen, sondern menschlichen Feindseligkeit ...!

In diesem Augenblick, als der dunkle Streif des rettenden Waldes noch fern am Horizont stand und lediglich Stranddisteln und eine kleine Baumgruppe die Eintönigkeit des märkischen Sandes unterbrachen, plötzlich ein Aufschrei meiner armen Mutter: Ena, die bisher lediglich aufgeregt windend, den Schädel nach rückwärts gerichtet hatte, Ena war in Bruchteilen von Sekunden wie eine Wahnsinnige auf meine Mutter gesprungen, hatte mich am Kinderoverall gefaßt, war, ehe mein Vater den schweren Wagen mit kreischenden Bremsen völlig zum Stehen bringen konnte, aus dem Wagen gesprungen und jagte haltlos davon, fort, dem schützenden Galeriewald entgegen, das »Bündel« Kind fest im gewaltigen Fang! Mein Vater erfaßte die Situation, riß zwei Koffer und die unentbehrliche Maschinenpistole aus dem Wagen und stürzte, die beiden Frauen mit sich reißend, über Gräben weg, dem Galeriewald zu, wo die mächtige Dogge bereits wartete, scheinbar vor Todesangst zitternd, mit schlagenden Flanken, das Kind aber unter sich gleichsam machtvoll schützend mit dem warmen, starken Leib ...!

Innerhalb von zwei Minuten brannten damals Hunderte von Autos, die, ahnungslos wie wir, auf der Sandstraße nach dem Westen flüchteten, zerfetzt von einem Geschwader der russichen Kampfflieger, verröchelten damals unzählige, verbluteten durch Splitterbomben, schutzlose Opfer dieses unmenschlichsten aller Kriege!

In diese Gedanken hinein, während die Bilder im Nebel versinken und würgend der Schmerz der Erinnerungen und des stillen Hinübergrüßens zu der treuen Gefährtin meiner Kindheit aufsteigt, drängt sich ein mächtiger Hundeschädel nachhaltig heran, dringt buntes Licht der barocken Butzenscheiben wieder ins Bewußtsein. Enas Enkel in der sechsten Generation ruft mich gleichsam in den Tag, in die Gegenwart, sagt, komm alter Junge, spiel mit mir, sagt, komm großer Junge, in den Park, in den Tag, ins Licht – denn das Leben hat ja doch gesiegt, auch damals!

Ruth Feldner-Schopenhauer

Gestundete Feindschaft

Es gibt unzählige Geschichten von Tierfreundschaften, auch solche sonderbarer Art zwischen Tieren, die einander an sich nicht gut gesinnt sind, aber von Feindschaft zwischen Tieren, noch dazu Artgenossen, hört man eigentlich recht selten.

Der Rauhhaardackel Moritz aber hatte einen Feind. Sobald der rostrote Langhaardackel Maxi am Gartenzaun entlangtrottete, ließ Moritz ein Knurren vernehmen, das sich wie fernes Donnergrollen anhörte. Selbst wenn er gemächlich im Zimmer am Sofa lag und still vor sich hindöste, wußte man genau, wann Maxi am Haus vorbeispazierte. Moritz mußte seinen Feind nicht einmal sehen, da sträubte er schon sein drahtiges Fell und gab seiner Verstimmung deutlich Ausdruck.

Dabei war Moritz ansonsten der zutraulichste und umgänglichste Hund, den man sich nur vorstellen kann. Er krümmte weder einer streunenden Katze ein Haar noch einem zugeflogenen Spatzen eine Feder, wenn sie sich frech an seinem Futternapf gütlich taten. Auch noch wenig vertrauten Besuchern gab er über Aufforderung willig das Pfötchen. Der Briefträger, dem die meisten Hunde aus unverständlichen Gründen nicht gewogen sind, durfte ungehindert durch das Gartentor eintreten. Moritz lief ihm sogar entgegen und wedelte freudig zur Begrüßung. Wenn Herrchen Klavier spielte, saß Moritz andächtig lauschend unter dem Flügel und auch Frauchen durfte ihren Gesangsübungen fröhnen, ohne daß er sie jaulend begleitete.

Eines Tages wackelte Maxi wieder am Gartenzaun entlang und Moritz beobachtete ihn voll Unmut vom Fenster aus. Eben überquerte Maxi die Straße, als ein Mopedwildling ihn anfuhr und zur Seite schleuderte. Der verantwortungslose Bursche verriß zwar sein Rad ein wenig, gab aber kräftig Gas und sauste davon. Was ging ihn der dumme Hund an, der ihm in die Quere geraten war!

Als Moritz seinen Feind am Straßenrand liegen sah und ein klägliches Wimmern hörte, vergaß er allen Groll, den er seit eh und je gegen Maxi hegte. Er begann wild zu bellen, raste in die Küche und lockte Frauchen vom Herd, wo sie gerade mit der Bereitung des Mittagsmahls beschäftigt war. Dann rannte er wieder zum Fenster, blickte besorgt hinaus, eilte zurück in die Küche und trieb Frauchen mit aufgeregtem Gebell zur Tür.

»Was soll das. Moritz?« fragte sie erstaunt. »Bist Du plötzlich verrückt geworden?« Als er wie toll an der Tür kratzte, ging sie öffnen. Schon war Moritz draußen und stürzte ans Gartentor. Dabei sah er sich immer wieder um, ob Frauchen ihm auch folgte.

So entdeckte sie, daß Maxi winselnd auf der Straße lag. Sie beugte sich über das arme Hündchen und nahm es vorsichtig auf den Arm. Nachdem sie seine Besitzer von dem Unfall verständigt hatte, war bald ein Tierarzt zur Stelle. Zum Glück konnte er feststellen, daß die Verletzung nicht allzu gefährlich war. Das gebrochene Bein wurde geschient, und alle waren froh und erleichtert, daß Maxi so rasch entdeckt worden war, sodaß keine unnötige Verzögerung die Unfallfolgen verschlimmerte.

Während Maxi in den nächsten Wochen geduldig in seinem Körbchen lag und sich die Sommersonne aufs Fell scheinen ließ, kam Moritz täglich durch das Loch, das er sich unter dem Zaun des Nachbargartens gegraben hatte, zu ihm auf Besuch. Gelegentlich trug er ein Stück Wurst oder einen Fleischbrocken, die er sich abgespart hatte, im Maul und ließ sein Mitbringsel vor Maxi fallen. Bisweilen leckte er seinem früheren Feind sogar das Fell als Bekundung zärtlichen Mitgefühls.

Beglückt dachte Maxi, in Moritz einen echten Freund gefunden zu haben. Kaum aber war sein gebrochenes Bein verheilt, worauf er einen Gegenbesuch im Garten gegenüber abstatten wollte, nahm Moritz seine frühere feindselige Haltung wieder ein und verwehrte ihm knurrend den Zutritt. Maxi brauchte kein Mitleid mehr – und Moritz dachte nicht im mindesten daran, den Verkehr mit ihm aufrecht zu erhalten. Sein Garten war sein Reich – und darin hatte Maxi nichts zu suchen. Die Feindschaft war eben nur gestundet gewesen und lebte nun in alter Weise auf.

Bazillenhochzeit

Bazillus sprach zu Bazilla:
»Was träumst du von einer Villa?
Genügt nicht ein stilles Plätzchen,
für uns beide, mein Schätzchen?
Zu dem Zweck,
liebe Braut,
dringen wir keck
unter die Haut,
dicht neben dem Leberfleck
hinein in den Speck,
vorbei an Muskel und Sehne
bis in die Vene!
Dort wollen wir Hochzeit halten
und uns tausendfach spalten!«

Sie fühlten sich gut
im strömenden Blut
und machten zum Dank
den Gastgeber krank.

Der eilte in eine Ordination
und erhielt vom Arzt eine Infusion,
worauf die Leukozytenschar
dem Pärchen auf den Fersen war.
Sie vertrieben die beiden ohne Pardon,
so platzte die schöne Bazillusion.

Die Libelle

Auf einem breiten Wasserrosenblatt
sonnt sich ein dicker Frosch, verschlafen, matt.
Nicht allzu weit von dieser Stelle
tanzt selbstgefällig eine glitzernde Libelle.
Das Schilfrohr neigt sich tief vor ihr im Morgenwind
und säuselt: »Hör mich an, mein schönes Kind!
Wirst du die Meine, sollst du niemals klagen,
mit Liebe will ich dich behutsam tragen.
Ich will dich schützen, wo ich es nur kann!
Willst du mein Liebchen sein? Sag an!«
»Ein schwankend Schilfrohr! Sieh doch!« lacht sie laut
»mich schönstes Tier zu freien sich getraut!
Von Schützen sprichst du gar, du dummer Wicht?
Was hilfst du mir, schütz ich mich selber nicht!
Und meines zarten Leibes Schillerpracht –
du magst es wissen – hab ich zugedacht
des Teiches Königin, die mich begehrt!
Sie darf mich lieben – ihrer bin ich wert!«
Hochmütig wendet sich die Zarte ab
und fliegt beschwingt zu ihrer Wahl hinab,
doch kaum erreicht sie noch die Wasserrose,
setzt sich der dicke Frosch in Pose,
spannt seine Muskeln und setzt an mit Schwung
zu einem wohlgezielten Sprung.
Ein Liebestraum erstirbt in seinem Rachen.
Vom Ufer her erschallt hohnvolles Lachen.

Gertrud Fink

Monolog eines weggeworfenen Hundes

Es fehlte mir die Kraft, meinen Schmerz zu formulieren, ihn irgendwo in meinem Denken einzuordnen. Wie hätte ich es auch können sollen? Einzig für Liebe war ich erschaffen, gezeugt, um jemandes Füße zu umschmeicheln, seine Hände oder was ich sonst erreichen konnte, zärtlich zu belecken. Einem Herrl anzugehören, dafür hat man mich in diese Welt gestellt. Meine Haare sträuben sich vor Entsetzen, wenn ich an jenen Augenblick denke, da es geschah. Aber was geschah denn? Flog ich irgendwie durch die Lüfte, weil mir Gefahr drohte? Wollte man mich beschützen?

Noch hatte ich die Sprache nicht wieder gefunden, um fragen zu können, als ich von irgendwoher eine Schlange zischen hörte: »Weggeworfen!« und ein kleines Eichkätzchen über mir auf dem Ast eines Baumes wiederholte, seine dunklen Augen verdrehend: »Weggeworfen?!« Was sollte das alles bedeuten? Ich war doch seit ich denken kann, von meinem Herrn beschützt und geliebt. Niemals hätte er zugelassen, daß ich – weggeworfen – werde. Warum auch? Ich tat was in meinen Kräften stand, um meine vielen Pflichten zu erfüllen und niemals, glaube ich, versäumte ich etwas. Doch einmal, ich will ehrlich sein. Es war im Frühling und mein Blut strömte heiß durch meine Adern. Eine geheime Macht trieb mich von meinem Haus fort. Aber schon am Morgen, nach einer Nacht, die ich vergessen will, kehrte ich zu meinem Herrn zurück.

Ich hatte erwartet, daß ich ihm schon gefehlt habe und er mich bereits gesucht hatte, aber er sagte kein Wort und strich nur ein wenig zerstreut über meinen Kopf. Da ich ein bißchen müde war und argen Hunger verspürte, beachtete ich dies alles nicht sehr und war nur froh, wieder daheim zu sein.

Daheim! Bei diesem Gedanken überfällt mich ein so starker Schmerz, daß mein Herz zu zerspringen droht. Wie hatte ich es doch genossen, ein Daheim zu haben und an jedem Morgen machte es mich durch und durch glücklich, wenn ich mit einem Hausschuh meines Herrn in sein Zimmer schlich. Hatte er die Augen schon offen, so lief ich zu ihm und legte den Hausschuh auf sein Bett. Wenn er lächelte ging für mich auch an einem trüben Tag die Sonne auf.

Ach, mein Herr! Wie werde ich ihm fehlen! Die Sonne steht schon in der Mitte des Himmels und ich liege hier, meine rechte Seite, auf die ich fiel, schmerzt und ich kann meinen Herrn nicht beschützen. Wo wird er sein? Warum sucht er mich nicht?

Ich höre Geräusche und spüre den Geruch von Menschen. Mein Herr ist nicht dabei. Dann hebt man mich auf und während man mich fortträgt, höre ich eine Amsel im Geäst immer wieder rufen: »Weggeworfen!« Ja, denke ich, weggeworfen, aber aufgehoben und fortgetragen. Aber wohin und zu wem?

Die verblühten Gefährtinnen

Einst wurde sie von ihrer Herrin »Fiora« – die Blühende – getauft. Nun war sie eine alte Schäferhündin an der nichts mehr blühte, mit Ausnahme verschiedener Arthrosen, die das Gehen zu einem schmerzenden Unternehmen machten. Wie war sie aber wahrhaft blühend gewesen! Damals, als man sie in den warmen Schoß ihrer schönen Herrin legte, war alles weich und glänzend an ihr gewesen. Besonders ihren Kopf wußte sie mit den Jahren so schön zu tragen, daß ihr die Menschen bewundernde Blicke schenkten.

Im Grunde waren ihr die Anderen immer gleichgültig gewesen. Wessen Nähe und Liebe sie suchte war einzig immer ihre Herrin. Mit den Jahren spann sich um diese Frau und Fiora ein Band, das fest und wärmend war.

Nur die Schritte der Beiden wurden langsamer und bedächtiger und gar als eines Tages die Herrin stürzte paßte sich Fiora gänzlich der Frau an und bewachte von nun an aufmerksam jeden Schritt und Tritt den diese tat.

So kam es, daß die einst blühende Fiora nun im gleichen Rhythmus Fuß vor Fuß an der Seite ihrer alternden Herrin duch die Stadt ging und nur ein wenig lebhafter und froh wurde, wenn sie wieder gut zu Hause ankamen.

Fiora erstaunte es zuweilen, welche wilden, jungen Hunde sich oft schon sehr alte Menschen als Hausgenossen wählten und sie dachte heimlich, dies könne auf die Dauer für Beide nicht gut gehen.

Trotz ihrer großen Aufmerksamtkeit geschah dennoch eines Tages das Furchtbare. Wahrscheinlich ließ auch ihr Gehör schon ein wenig nach, jedenfalls stieß sie etwas Hartes, Kaltes nieder. Sie versuchte noch, sich nach ihrer Herrin umzuwenden, aber es gelang ihr nicht mehr und es wurde dunkel um sie.

Als sie wieder zu sich kam, lag sie zu Hause auf ihrer gewohnten Decke und ihre Herrin saß mit besorgtem Gesicht neben ihr. Dies genügte, um Fiora in einen langen Schlaf fallen zu lassen, aus dem sie gesund wieder erwachte.

Nun sieht man sie wieder mit ihrer Herrin durch die Straßen gehen – vorsichtig und noch ein wenig langsamer als früher.

Nachruf für meine Roxane von Auerbach

(gest. 28. 11. 1988)

Du weißt nun mehr,
und alle Schwere ist von Dir genommen.
Du erkennts so vieles,
das bisher nur ein Traum
für Dich gewesen ist.
Du freust Dich
über grenzenlose Wiesen,
die vor Dir liegen,
und spielst mit duftend, weichen Gräsern.
Du fühlst ganz stark
und voll Verheißung
der Freiheit goldnes Licht.
Du drückst Dich vertrauensvoll
an die Hand, die Dir aus Liebe und Barmherzigkeit
den Tod gegeben hat.
Du staunst ein wenig,
daß dieser auf Erden liebste Mensch
so tiefe Traurigkeit empfindet,
wo Du so gut Dich fühlst.
Du laufst mit wehenden Ohren
wie einst in Deinen Jugendtagen,
und sammelst des Lebens bunte Seidenbänder
für mich, damit ich noch ein wenig Freude spüre.
Du wedelst leicht,
hebst Deinen schönen Kopf
mit großen, glänzenden Augen
und lauschst
der sehr vertrauten Stimme ...
Du mein in aller Ewigkeit
geliebter kleiner Hund.

Agnes Fischer

Warten

Beschimpfe nicht den Menschen
mit dem Namen der Tiere – es geht um beider Würde.

Als Hans und Anna froh, nach dem Wandertag wieder zu Hause zu sein, aus dem Wagen stiegen, fehlte das freudige Bellen der Hundedame Iris.

Nie noch hatte diese es versäumt, das Kommando »Komm!« zu überhören, wenn die Wagentüre geöffnet wurde um nach einer Rast wieder hineinzuhopsen.

Aber Hans – und auch Anna, hatten durch die Gegend schauend die Wagentüre wieder zugemacht und waren losgefahren.

Wo war Iris, die kurzbeinige wedelnde Freude?

Wo war die anhänglich treue, langohrig und großäugig Schöne, welche lautbellend gerne angab, was für ein großer, furchtgebietender Hund hinter der Eingangstüre sei, wenn die Klingel schellte, daß ein ungebetener Gast sich gerne entfernte. Iris, – dieser geliebte Schatz, fehlte!

Im schweren Schock, welcher das Ehepaar erfaßt hatte, waren die Gespräche über eine Trennung, die sie während der Wanderung geführt hatten, – vergessen.

Wie weggewischt schienen die Monate, an welchen die Zuwendungen der Worte vom Du, zum Du, nur mehr Notwendiges des Tagesablaufes betrafen.

Iris, der nie etwas verborgen blieb, die Hans und Anna gleichermaßen treu zugetan war, auch wenn zwischen ihnen öfter laute Worte fielen, welche der Hund leise kläffend verfolgte; Iris, die trösten konnte, die ablenkend beruhigte, die, wenn sie einen Fehler machte – den nur Menschen als Fehler ansahen, sofort mit allen ihr zur Verfügung stehenden Mitteln gutzumachen suchte, was ihr auch gelang.

In diesen Gedanken an das liebe Tier, setzten sich Hans und Anna wieder ins Auto und fuhren, voll Weh, die weite Strecke, die sie gekommen waren, auf der stark befahrenen Straße zurück, dem schon dunkelnden Abend entgegen.

An jeder Straßenbiegung – und an den Abzweigungen, meinten sie den Hund zu sehen und die Angst, daß er in der einbrechenden Dunkelheit schon überfahren – und verletzt, irgendwo im Straßengraben gelandet sei, ließ sie nicht los.

Aber auch die Angst und Sorge des Hundes um seine Angehörigen preßte nachfühlend das Herz beider Menschen.

Endlich kamen sie zum Platz der Jausenstation, an welcher sie Rast gemacht und den Wagen geparkt hatten.

Da glaubten sie zu träumen. – Ihre Iris, deren gutes Verhalten, durch die Gewöhnung des Beisammenseins, schon als selbstverständlich angesehen, stand stramm auf ihren kurzen Beinen, nur den Kopf nach allen Seiten wendend und suchend – und hielt, nicht weichend, die Parklücke besetzt, wo der Wagen gestanden war – und hatte auf Hans und Anna gewartet, die immer heimgekommen waren, wenn sie nicht mitgenommen werden konnte.

Denn immer hatten sie sich mit den Worten verabschiedet: »Iris – schön brav sein und warten, wir kommen wieder!«

Hans und Anna sanken sich voll tiefer, dankender Freude gerührt in die Arme und schluchzend bellte die Hündin und ließ nicht ab, immer wieder an den beiden hochzuspringen.

Und aus dem Auftrag: »Warten!« an das Tier, hatten auch zwei Menschen wieder beglückende Worte füreinander gefunden.

Hanna Folwar

Pirina von Tauris, das Hundemädchen

Ein kurzes Läuten an meiner Wohnungstür ließ mich aufhorchen und gleich darauf drehte sich ein Schlüssel im Schloß. Während ich noch überlegte, daß es um diese Zeit doch nicht mein Sohn sein könne, tat sich die Tür einen Spalt breit auf und ein kleines, allerliebstes Pekinesenhündchen mit großen, prüfenden Kulleraugen kam einige Schritte auf mich zu. Nun öffnete sich die Tür vollends und mein Sohn trat ein, er war es also doch.

»Hallo Mama«, meinte er, »wie gefällt dir denn das Pekinesenmädchen, es heißt Pirina von Tauris, aber wir nennen es der Einfachheit halber nur Sindy. Wenn du willst, kannst du es jederzeit von mir ausborgen.« Mir fehlten die Worte, ich war sprachlos, ob dieser Überraschung. Das Hundekind stand abwartend vor mir und blickte mich fragend an: »Magst du mich, gefalle ich dir, hab mich doch ein wenig lieb«. Ich bückte mich und nahm dieses winzig-drollige Wesen zwischen meine beiden Hände. Sindy ließ es sich gefallen und ich streichelte sie zum ersten Mal. So begann damals unsere Freundschaft.

Inzwischen ist Sindy über ein Jahr alt und ständig bei mir zu Hause. Zum Herrl gehn wir nur hin und wieder auf einen kurzen Besuch. Sindy hat ihre Liegestätte gleich neben meinem Bett und Sindy ist ein gesittetes Hündchen. Wenn ich abends schlafen geh, hoppst auch sie in ihr Körbchen, und wenn ich morgens aufwache, stellt sie sich auf ihre Hinterbeine, legt die vorderen weißen Pfötchen an mein Bett und äugt hinein, gleichsam als wollte sie mir einen guten Morgen wünschen. Zur

Ergänzung der Farbe sei gesagt, Sindys Fell ist rotbraun wie ein Fuchs, nur die Vorderpfötchen, die sind gleich Händen ganz weiß und auf ihrem dunkelbraunen Schnauzerl hat ihr die Natur auch ein weißes Tupferl gemacht. Sindy ist ein einmalig schöner Hund, sogar ihre Sitzstellung ähnelt der einer Lady.

Nun, und wenn Sindy dann merkt, daß ich ernsthaft gewillt bin aufzustehn, freut sie sich darüber so sehr, daß sie fast ein Zeremoniell vollführt. Sie rollt sich am Boden hin und her, einmal am Bauch, dann wieder Rücken, und ihr Köpfchen vollführt dabei ebenfalls einen besonderen Rhythmus. All ihre Gebärden wollen nur eines ausdrücken: »Für Dich bin ich da, Dich zu erfreuen bin ich jederzeit bereit«.

Am frühen Morgen machen wir sodann meist einen Spaziergang zur nahe gelegenen Hundewiese. Hier jagt Sindy wie ein Wirbelwind dahin, begrüßt schnuppernd bald den einen, bald den anderen Artgenossen und freut sich der Freiheit, die ihr die Natur bietet.

Unlängst trafen wir dort im hohen Gras einen Dackel mit seinem Frauerl. Da stellte sich Sindy aufrecht in Position und spähte über die Gräserspitzen hinüber zu dem schwanzwedelnden Freund. Dabei hielt sie ihr Köpfchen so neckisch und die weißen Vorderpfötchen streckte sie hoch, voll Anmut stand sie da, grüßend, fast lächelnd und für ein Spiel bereit. Jedenfalls sah sie so liebreizend aus, daß jene Dackelbesitzerin meinte, bei aller Liebe zu ihrem Tier müsse sie gestehn, daß sie so ein süßes Hundekind noch nie gesehn habe.

Sindy darf auch manchmal in der Straßenbahn mitfahren und Sindy ist nicht nur ein hübsches Hundemädchen, sondern auch ein kluges. Sie versteht, wie üblich, auf den Hinterbeinen stehend, mit ihren großen Augen flehend um ein Platzerl auf meinem Schoß zu bitten. Hat sie dies erreicht, glaubt sie ihren Dank in der Form des Beschützens abgelten zu müssen. Ab nun darf mich niemand mehr anfassen, denn sonst beginnt sie zu knurren und manchmal fletscht sie sogar ihre kleinen, doch spitzen Zähnchen.

Kürzlich bummelte ich mit Sindy in der Fußgängerzone der Innenstadt. Die Menschen gingen dicht gedrängt an uns vorüber und ich hielt Sindy ziemlich kurz an der Leine, sodaß sie bei Fuß gehen mußte. Das gefiel ihr ganz und gar nicht. Sie schlenderte wohl ein Weilchen neben mir her, doch dann wandte sie kurz entschlossen ihre alte Taktik an. Sie stellte sich auf die Hinterbeine und tänzelte solange vor mir hin und her, bis ich sie auf den Arm nahm. Nun, Sindy ist ja nur ein Leichtgewicht von zirka zwei Kilogramm. Diese Szene beobachtete ein englisch sprechender Gentleman und wollte meine Sindy auf der Stelle haben. Er bot ein Vielfaches des einstmaligen Kaufpreises und erhöhte sodann noch sein Angebot. Doch meine Sindy, eine Pirina von Tauris, ist mit Gold nicht aufzuwerten. Meine Sindy ist und bleibt unverkäuflich.

Sindy schmiegte ihr Kopferl und ihren Körper ganz dicht an mich und wir gingen eiligst von dannen.

Plötzlich stand der fremde Herr noch einmal vor uns und bat, seinen unerfüllten Wunsch doch wenigstens mit der Kamera einfangen zu dürfen. Dies war ihm gestattet.

Gun Margret Forss

Pferdesonett

Meine wilden Pferde tanzen auf der Weide,
die Rücken biegen sich federnd im Sprung,
denn Fuchs und Schimmel sind feurig und jung,
voll Anmut und Kraft galoppieren sie beide,

die Hufe fliegen, die Leiber schweben.
Dann halten sie still, jeder Muskel gespannt,
sie horchen, sie warten, sie sind wie gebannt,
die Ohren spielen, die Nüstern beben.

Eine Weile stehen sie Seite an Seite,
dunkle Augen suchen den Weg in die Weite.
Sie fühlen, daß sie gefangen sind.

Die Mähnen wehen leise im Wind.
Dann jagen sie wieder die Weide entlang
und jede Bewegung ist wie ein Gesang.

An Wolf

Mein bester Freund, du bist nicht mehr.
Ich denk an dich, es schmerzt noch sehr.
Für deine Liebe, dein Vertrauen
bis in den Tod, ich dank dafür!
In deine schönen Augen schauen
tat mir so wohl, du warst so gut.
Sei du ein Vorbild für uns Menschen
mit deinem selbstvergessnen Mut,
mit deiner grenzenlosen Treue,
ein Schatz, den mir der Schöpfer lieh,
damit ich mich darüber freue.
Du Lieber, dich vergess' ich nie!

Das Göttliche

Sei nicht bestürzt,
noch gib der Furcht dich hin,
weil diese meine Schreckgestalt du sahst.
(Bhagavad Gita)

Unser schwarzer Schäferhund ist ein wunderbares Geschöpf. Seine Bewegungen sind geschmeidig und federnd wie die eines Tänzers. Sein Fell ist seidenweich und glänzend, und in diesem schönen Körper wohnt eine treue, kindliche Seele. Seine Stimme kann bedrohlich klingen wie Donnergrollen; will er spielen, findet er aber hohe, einschmeichelnde Betteltöne. Wenn er sich freut, führt er einen regelrechten Tanz auf und dreht sich in kraftvollen Sprüngen um die eigene Achse. Fühlt er sich jedoch vernachlässigt oder ungerecht behandelt, schaut er mich mit seinen schönen, braunen Augen so vorwurfsvoll und traurig an, daß ich ganz weich werde. Das Beste an ihm ist aber die unbedingte Liebe, die er mir schenkt. Wenn ich Kummer habe oder schlechte Laune, er ist da, unerschütterlich in seiner Zuneigung, und bittet mich, doch wieder gut zu sein. Etwas Göttliches wohnt ihm inne und fordert Ehrfurcht heraus.

Eines Tages, als wir von einem Spaziergang zurückkehrten, fanden wir eine verirrte, junge Katze im Keller. Sie hatte sich vom Hundefutter einige Bissen geholt und floh verschreckt, als wir eintraten. Der Hund wurde weggesperrt, und nach vielen Bemühungen gelang es uns, sie einzufangen. Sie war klein und mager, hatte wahrscheinlich die letzten Tage im Wald herumstreunend verbracht; als ich sie im Arm hielt, fing sie an, wohlig zu schnurren.

Katzen sind faszinierende Wesen. Graziös und verspielt, von unvermittelter, elementarer Wildheit, zärtlich und launenhaft, gleichen sie zauberhaften Dämonen. Sie bleiben dem Menschen unnahbar, geben ihr Eigenleben nie auf, aber sie verstehen es, unsere Liebe zu gewinnen.

Gern hätte ich sie behalten, doch wußte ich, daß der schwarze Alleinherrscher es nicht dulden würde. So trug ich sie fort und ließ sie auf der anderen Seite des Zaunes hinunter.

Dort saß sie nun, ein mitleiderregendes Häufchen Verlassenheit und miaute traurig. Ich konnte ihr nicht helfen; sie mußte allein zurechtkommen oder zugrunde gehen.

Der Hund wurde freigelassen; er hatte sofort ihre Witterung und bellte sie zornig an. Ich wünschte der Kleinen einen guten Mäusefang und ging wieder ins Haus.

Als ich später mit dem Hund hinauskam, schoß er plötzlich wie ein schwarzer Blitz voran. Zu meinem Schrecken sah ich die Katze vor mir auf dem Rasen. Vielleicht war es die Sehnsucht nach menschlicher Behausung, die sie Angst und Scheu überwinden ließ, vielleicht war es der Hunger, der sie zurücktrieb.

Jetzt machte sie einen Buckel und zischte abwehrbereit. Aber schon wurde sie gepackt und herumgebeutelt. Ihre Krallen gruben sich in das schwarze Fell und für Sekunden wirbelte sie um den Kopf des Hundes. Dann schüttelte er sie ab, packte wieder zu, taub für mein Rufen, einem unheimlichen, mörderischen Instinkt folgend.

Es dauerte nicht lange, und die kleine Katze lag unbeweglich da; er hatte sie getötet, schnell und gekonnt, ohne ihr eine sichtbare Wunde zuzufügen. Noch vor kurzem hatte ich das weiche, schnurrende Ding im Arm gehalten, und sein Zutrauen hatte mich gefreut und gerührt.

Von meinem Entsetzen beeindruckt, zeigte der Hund so etwas wie Gewissensbisse, aber nur eine Weile. Bald gab er sich wieder lässig unbekümmert und streckte seine schönen Glieder, eine Verkörperung naturhafter Harmonie.

Mit elastischen, raubtierhaften Bewegungen schreitet er dahin: ein Zerstörer mit einer unschuldigen Seele, ein Göttlicher.

Hertha Fritscher-Habermann

Herbstbegegnung

Schon tat uns der Herbst den Winter kund
und ringsum ist alles Getier
wohl vorbereitet zum Winterschlaf:
Der Hund sucht die Hütte,
den Stall sucht das Schaf.

Ein Igel allein in der Dämmerstund,
durchschnauft das verwesende Laub
und sucht seine Nahrung im Staub.
Ich hebe ihn auf und nehm' ihn mit mir,
befreie ihn von seinen Zecken
und richte im Stall ihm ein Winterquartier.
Verfüttere Fleisch, Milch und Schnecken.
Daß er auf mein Rufen erschiene;
benannte ich ihn »Karoline«.
Ich seh' mit der Katze ums Futter ihn raufen
und lasse im Frühling ihn froh wieder laufen.

Zwei Jahre ist es nun wieder her,
daß der stachlige Gast mich verlassen.
Seit damals traf ich »Karoline« nicht mehr –
sie schnauft wohl durch andere Gassen ...

Und, wie ich so meiner Wege geh',
im Herbst, als die Blätter fliegen,
auf einmal den toten Igel ich seh'
reglos und stumm vor mir liegen.

Ich nehme und trage vom Straßenrand
hinweg ihn mit trauernder Miene
und bette ins Gras hin mit sorgsamer Hand,
den starren Gesellen, den ich fand –
vielleicht ist es »Karoline« ...

Mein Kätzchen

Mein Kätzchen hat jüngst seinen Schatten entdeckt
und versuchte ihn einzufangen:
Wie das tappte und haschte in anmut'gem Spiel!
Doch mit der Zeit wurde der Spaß ihm zuviel.
Es hat sich noch schnurrend sein Fell geleckt,
im Gähnen die Pfötchen vorgestreckt
und ist in sein Körbchen schlafen gegangen.

Reinfall

Ein Vöglein bewohnt unser Vogelhaus.
Von weitem seh' ich ihm zu.
Flink schlüpft es hinein,
dann wieder heraus
und kennt weder Bangnis, noch Ruh.

So geht es tagaus, so geht es tagein –
ich denke, dies Vöglein so zierlich und fein
in unserem hölzernen Vogelhaus
wird wohl ein Zaunkönig sein.

Heut kam ich vorbei am Vogelhaus.
Das Vöglein sah arglos und keck
aus seinem Versteck heraus.
So ganz aus der Nähe,
da merkt' ich mit Schreck:
Der »Zaunkönig« ist eine *Maus*.

Maximilian

Er ist dunkel und hat einen jungen, schlanken und sehnigen Körper. Bisweilen klopft er nachts an mein Fenster und begehrt mit rauher, kehliger Stimme Einlaß.

Dann ist er im Zimmer. Seine Bewegungen sind geschmeidig und voll verhaltener Kraft. Mit großen, glänzenden Augen blickt er mich erwartungsvoll an. Meine Zärtlichkeiten nimmt er gelassen hin. Manchmal ist er von einer Wildheit, die mich erschreckt.

In seinem Leben gibt es unzählige Abenteuer. Eines davon bin wohl ich. Wahrscheinlich nicht zuletzt deshalb, weil er bei mir immer volle Schüsseln vorfindet, denn sein Appetit ist stets beachtlich. Zumeist bleibt er bis zum Morgengrauen, aber heute scheint er seltsam unruhig. Ich streichle seinen Nacken und er drückt flüchtig seinen Kopf an meine Wange. Sein gepflegter Schnurrbart zuckt nervös. Ich merke, daß er fort will und öffne das Fenster. Mit einem Satz ist er draußen. Im Laufe unserer Bekanntschaft hat er darin eine beachtliche Fertigkeit entwickelt. Hastig eilt er davon und ich weiß nicht, wohin.

Ich warte, bis er in der Dunkelheit verschwindet, er jedoch dreht sich nicht um. Nachdenklich schließe ich das Fenster. Werde ich ihn jemals wiedersehen, meinen schönen geliebten (Kater) Maximilian ...?

Gerd Glassner

Das Mafia-Maultier

Ein sizilianisches Maultier beschloß, Mitglied der Mafia zu werden. Es ging zu einem Mafia-Minister, um ein Empfehlungsschreiben zu bekommen – aber dieser sagte ihm, die Mafia existiere nicht. Es ging zu einem Mafia-Richter – aber auch dieser sagte ihm, die Mafia existiere nicht. So kehrte das Maultier in den Stall zurück – und auf Fragen seiner Mit-Maultiere antwortete es, die Mafia existiere nicht. Da dachten alle Maultiere, es sei Mitglied der Mafia geworden und fürchteten sich vor ihm.

Der Polizei-Hund

In einer Zeitung wurde ein reinrassiger Polizeihund angeboten. Eine Frau fand den Preis sehr vernünftig und bestellte den Hund. Wenige Tage später bekam sie das Prachtstück geliefert – es war die jämmerlichste Promenadenmischung, die sie je gesehen hatte. Wütend rief sie den Inserenten an. »Wie kommen Sie dazu, diesen Köter als einen reinrassigen Polizeihund zu bezeichnen?« »Lassen Sie sich von seinem Äußeren nicht täuschen«, lautete die Antwort. »Er ist beim Geheimdienst.«

Die weiße Maus

In eine Nervenheilanstalt wird ein Mann eingeliefert, der an der fixen Idee leidet, überall weiße Mäuse zu sehen. Einige Wochen bleibt er in Behandlung, dann ist er geheilt.

»Herr Professor«, sagt er bei der Entlassung, »ich danke Ihnen von ganzem Herzen, daß Sie mich geheilt haben. Ich fühle mich jetzt wieder ganz gesund.« »Das freut mich aufrichtig«, meint der Professor erleichtert. »Haben Sie vielleicht noch einen Wunsch? Möchten Sie ein kleines Andenken an unsere schöne Anstalt mitnehmen?« »Aber gern«, ruft der Patient erfreut. »Nun, was möchten Sie denn?« fragt der Professor lächelnd. Da deutet der Patient auf die Krankenschwester und sagt: »Hier, diese kleine Maus!«

Kamele

Sie schleppen lasten meilenweit
trotz ausgedörrter kehle
denn fleiß und anspruchslosigkeit
sind typisch für kamele
worin sie sich, von dir und mir,
grundlegend unterscheiden,
ist, daß sie weniger als wir,
an durstempfinden leiden

Ponyfatius

schutzheiliger der kleinpferde

Haustiermesse

interviecha

Philosovieh

die schweine von heute
sind die koteletts von morgen

– komm mit –
sprach der fuchs zum hasen
– etwas besseres als den tod
findest du überall –

eine kuh macht muh
viele kühe machen mühe

Nora Gray

Der Kater

Meine Freundin hatte einen Kater, das heißt, er war eigentlich der Hausherr, jedenfalls führte er sich so auf, weil er in der Abwesenheit des wirklichen Hausherrn immer den Ton angab. Zugänglich war er schon überhaupt nicht. Höchstens verriet ab und zu ein wohlwollendes Schnurren, daß man ihm nicht so ganz unsympathisch war, aber von einem Kraulenlassen oder sonstigen Zärtlichkeiten wollte er nie etwas wissen. Ich bemühte mich auch gar nicht darum, denn nicht einmal einem Tier soll man Liebe aufdrängen, besonders dann nicht, wenn man auf Katzenhaare gar nicht so erpicht ist. Wir hatten also ein mehr geduldetes Verhältnis zueinander, bis das Unglück mit meiner Freundin passierte, die unter tragischen Umständen durch eine plötzlich hereinbrechende Flutwelle im Meer ertrank. Wir waren damals alle so erschüttert, daß wir uns um den Kater überhaupt nicht mehr kümmerten, der nur still im Eck kauerte. Wie staunte ich daher, als ich eines Tages nach langer Zeit wieder auf Besuch hinging. Der Kater richtete sich plötzlich bei meinem Anblick auf, strahlte mich mit leuchtenden Augen an und sprang auf mich. Ich war so verblüfft, daß ich mich nicht rühren konnte. Aber Moses blieb sitzen, so als hätte er in mir ein lang vermißtes Körbchen gefunden, das ihn durch die Fluten tragen sollte. Er ging mir auch nach, als ich ihn sanft herunterhob und gehen wollte. Ich konnte es nicht gleich, denn der Kater sah mich an, so, als ob er sagen wollte: »Du bist nun zurückgekommen, aber wo ist sie?« Mir war bewußt, daß »sie« nie wiederkommen würde, aber es war mir auch bewußt, daß dieser Kater durch mein Wiederkommen darin bestärkt war, daß auch sie eines Tages wiederkehren würde, und darauf scheint er heute noch zu warten.

Der Elch

Es gibt in Schweden noch Straßen, die nahezu unbefahren sind. Auf einer solchen Straße ging ein schöner, großer, stattlicher Elch seines Weges. Erhobenen Hauptes schritt er vorbei, sah sich um, ging weiter und war mit sich und der Natur im Einklang. Nichts schien seine Welt zu trüben, sogar die Sonne kam stellenweise in kleinen Strahlen durch den dichten Wald hindurch und leuchtete dem Elch auf seinem Weg. Wußte der Elch, wo er eigentlich hin wollte? Er schien es zu wissen, denn ganz zielgerecht ging er majestätisch dahin, unbekümmert und doch mit allen Fasern seines starken Fleisches auf der Hut. Auf der Hut vor dem Jäger? Denn wer sonst hätte wohl diesem starken Tier etwas anhaben können? Aber der Jäger war weit, und instinktiv fühlte wohl auch der Elch, daß gerade jetzt eine Schonzeit war. Wenigstens war das bisher immer so gewesen. Auch ein Kampf mit einem anderen Elch war im Moment nicht angesagt, es gab kein Weibchen, um das es sich zu kämpfen lohnte.

Die Minnezeit war vorüber und eigentlich hätte der Elch allen Grund gehabt, mit seinem Leben zufrieden zu sein. Er hatte gelebt, er hatte sich fortgepflanzt und nun konnte er so recht sein Altenteil genießen, was er auch tat. Die Sonnenstrahlen gefielen ihm, obwohl er sich sonst auch gerne mehr mitten im Wald aufhielt, aber an diesem Tag zog es ihn hinaus auf die Straße, die mußte doch einen Zweck haben. Warum war der Boden hier aber so hart und unbequem? Wie liebte er dagegen den weichen Waldboden, aber wer im Alter noch ein Abenteuer sucht, der muß auch den Asphalt in Kauf nehmen. »Hier draußen soll es manchmal Menschen geben«, dachte er sich wohl, aber er hatte noch keine gesehen, außer dem Jäger. »Ob die alle so gefährlich waren?« So in Gedanken trottete er also dahin und merkte gar nicht – seine Ohren waren auch nicht mehr die besten – daß hinter ihm so etwas wie eine Höllenmaschine daherkam. Erst im letzten Moment merkte er, daß hinter ihm was los war und er drehte sich um. Schreckerstarrt schaute er in ein riesiges Untier mit zwei glühenden Augen. Es dämmerte bereits. Gewandt wie er noch immer war, drehte er sich um und rannte zur Seite, aber da, von der anderen Seite, noch so ein Untier und diesem Untier konnte er nicht mehr ausweichen, es streifte ihn so hart, daß er auf das erste Untier auffiel und am Dach des Autos, denn um ein solches handelte es sich, liegenblieb.

Die Insassen der beiden Autos waren froh, daß *nicht mehr passiert* war, aber war nicht doch *mehr* passiert? Sie hatten getötet, ein Lebewesen, sinnlos und unachtsam, aber was soll's, es war *ja nur ein Tier.*

Der Hamster

Er war so klein, er wurde mir zur Pflege übergeben.
Es ging ja nur ums Überleben
Er brauchte Wasser nur und gelbe Rüben
Dann würde er das kurze Leben lieben.

Doch dann passierte es, er ist verstorben.
Das Eckchen dort, es ist mir ganz verdorben.
Was hab ich falsch gemacht bei diesem Tier?
Fand er nicht, was er brauchte, hier bei mir?

Vielleicht war alles ihm verwehrt,
Er war ja immer eingesperrt
Doch hätte er die Freiheit überlebt
Was hätte er für Ziele angestrebt?

Vielleicht wird er im nächsten Leben Mensch
Und ich bin dann ein Tier.
Vielleicht gelingt's, zurückzugeben
Was er vermißt im Leben hier.

Es läuft wohl alles so in Bahnen
Von denen wir so gar nichts ahnen
Es muß wohl Sinn sein unser Leben
Sonst wär es uns umsonst gegeben.

Die Bären

Männer sind wie Bären, da gibt es:
Brummbären, das sind die Ehemänner,
Waschbären, die passionierten Saunagänger,
Grizzlybären, unauffällig, aber stark im Hinhauen,
Honigbären, die einen mit süßen Worten einkochen,
Eisbären, die kühlen Naturen, auch Machos genannt,
die Petz-Bären, die tratschen, und schließlich die
Braunbären, die unverbesserlichen Nazis.

Wenn ich mir das alles so anschaue, brauche ich nur eine Sorte von Bären, nämlich die Brombeeren, zur Beruhigung.

Edith Haider

Winterkrähen

Was sich wohl die Winterkrähen
tief in ihrem Märchenwald
so erzählen, wenn die Wehen
weiß sich türmen, bitterkalt?

Was sie flüstern, was sie raunen,
möcht' ich allzu gerne wissen,
wenn Frau Holle ihre Daunen
schüttelt aus den weichen Kissen.

Wenn mit samtigen Gefiedern
dunkel sie im Astwerk hocken,
mit den rauhen Krähenliedern
Schwermut in das Herz mir locken,

krächzen sie – ganz voll Gehaben –
ehrfurchtsvoll die alten Weisen
von den Vettern, von den Raben,
die des Kaisers Gruft umkreisen.

Sind aus fürstlichem Geschlechte,
stehn dem Ritterstande nah –
und schon tönt von hoher Wächte
laut ihr stolzer Schlachtruf: *Krah* ...

Sterbender Vogel

Die Wärme seines kleinen Lebens floß
in meine Wärme über und wir waren
durch eine Macht, zu unbekannt und groß
für ihn und mich, vereint im Wunderbaren.

Doch plötzlich ging ein Zucken durch ihn hin –
ich ahnte schaudernd unsichtbare Schranken –
ein Fremdes wehte kalt durch meinen Sinn:
sein Blick zerbrach und seine Flügel sanken.

Nun lag er starr in meiner hohlen Hand,
nur mehr ein leblos Ding, ein Gegenstand,
und zwischen uns stand – ach, ich fühlt' es brennend –
ein Ewiges, unwiederbringlich trennend. –

Vögel in einer Tierhandlung

Ihr bunten Wesen, namenlos,
von einem fernen Strand,
wer hat euch von der Heimatschoß
an diesen Ort verbannt?

In euren Kerker dringt kein Licht,
kein warmer Lebensstrahl;
nur kaltes Gitterwerk umflicht
die Stätte eurer Qual.

Man gibt euch Nahrung, Wasser auch,
und ein paar hölz'ne Sprossen –
kargen Ersatz für Baum und Strauch
von Blütenflor umflossen.

Wart ihr nicht einst im Sonnenland
der Inselgärten Pracht,
wo über weißem Rieselsand
das Kreuz des Südens wacht?

Nun hockt ihr stumpf, das Federkleid
zerschlissen und zerzaust,
im Aug' die Hoffnungslosigkeit
des, der im Elend haust.

Seid nur mehr Abklatsch, früh vergreist,
in Dumpfheit träg verfangen.
So hat vermess'ner Menschengeist
sich auch an euch vergangen.

Hat euch zerbrochen, wie er noch
so manche Seele bricht,
die, eingezwängt ins dunkles Joch,
erschaffen war fürs Licht. –

Einer toten Taube

Es geht mir durch den Sinn, wenn ich dich sehe:
Bist du nicht gestern erst mit deiner Freundin Krähe
emsig getrippelt, Köpfchen auf und ab?
Jetzt ist der Straßenrand dein schmucklos Grab.

Ich kenn' dich, vom letzten Frühling her.
Wie war mir manches Mal die Seele schwer –
Da hörte ich am Morgen beim Erwachen
Dein so verführerisches Taubenlachen,

Dein lockendes und lebensfrohes Gurren
und nahm den Tag entgegen, ohne Murren.
Mit Frühstückskrumen hab' ich dich bedacht
und dann ein wenig mit dir mitgelacht.

Nun liegst du da im schlaffen Federkleid,
im starren Aug' dein kleines Vogelleid,
den Schnabel, der geturtelt hat im Mai,
weit aufgesperrt zum allerletzten Schrei.

Und neue Tauben schwärmen auf den Plätzen,
die du geliebt hast, hocken auf der Mauer.
Du bist, so wie wir alle, zu ersetzen.
Was bleibt, ist letztlich kaum ein Hauch von Trauer.

Gerta Hartl

Die Fabel von Hoppauf und Thusnelda

Nein, war das eine Aufregung auf der Wiese! Der Klee wiegte empört sein dickes, rotes Haupt hin und her und die Gräser und Halme schwankten immer noch, ob sie das Unglaubliche glauben sollten oder nicht.

Alle Wiesenbewohner von der emsigen Frau Ameise bis zum schwarzgetupften Käferfräulein Marie und dem dunkelbefrackten Hirschkäfer waren entrüstet, daß der junge Grashüpfer Hoppauf an dem Schneckenfräulein Thusnelda besonderen Gefallen fand. Solches Gefallen, daß er Thusnelda und keine andere heiraten wollte. War es da verwunderlich, daß sich die Gräser vor Lachen bogen und die Halme und Rispen immer noch schwankten, es zu glauben? War es verwunderlich, daß die emsige Frau Ameise der Ansicht war, daß der springlebendige Grashüpfer nicht zu der langweiligen Schnecke paßte? Alle Einwände nützten nichts. Nicht nur, daß der Heuhüpfer Thusnelda in ihrer ruhigen Besonnenheit reizend fand, machte auch ihr Hausbesitz einen großen Eindruck auf ihn.

»Sie ist ein lieber Schneck«, sagte er immer wieder und machte einen Luftsprung bei dieser Feststellung. Das Schneckenfräulein Thusnelda wieder lobte die Wendigkeit und die leichte Art, sich über alles hinwegzusetzen bei ihrem grünen Bräutigam. Zwar dachten Thusnelda und Hoppauf ihre Entschlüsse nicht zu ändern, doch bereitete ihnen das ewige Gekicher und Getuschel auf der Wiese solches Unbehagen, daß sie sich entschlossen, die heimatliche Wiese zu verlassen und auszuwandern. Und so machten sie sich eines Tages auf den Weg.

Hopp, hopp, und schon hatte der Grashüpfer einen großen Vorsprung und mußte eine ganze Weile warten, bis Thusnelda endlich nachkam. Thusnelda bemühte sich, ganz gegen ihre bedächtige Art, schnell weiter zu kommen. Das kostete sie soviel Schweiß, daß sie eine feuchte Spur hinterließ. »Warte doch!« rief sie ihrem Bräutigam nach und wurde immer unfreundlicher. »Beeile dich endlich!« schimpfte der Heuhüpfer und war alles weniger als liebenswürdig ...

»Du kannst leicht springen«, ärgerte sich Thusnelda, »du trägst ja kein Gepäck mit dir. Aber schließlich ist es ja nicht jedermanns Art, ohne etwas in die Welt zu wandern.«

»Jedenfalls kommt man auf meine Art eher ans Ziel«, schrie Hoppauf und wurde noch grüner vor Ärger.« Es ist geradezu lächerlich, immerzu ein ganzes Haus auf seinem Rücken herumzuschleppen.«

Der Heuhupfer sprang, ohne auf den Pfad zu achten, mitten durch ein Gräserdickicht, während Thusnelda die ausgetretenen Wege kroch. »Stelle doch dein Haus endlich ab«, grollte der Bräutigam.

»Es wird sich in der neuen Wiesenheimat ein anderes finden, wenn du durchaus eines haben mußt.«

»Das Haus habe ich von meinen Eltern mitbekommen und es fällt mir gar nicht ein, es einfach irgendwo stehen zu lassen«, schrie Thusnelda. Plötzlich fing es zu regnen an. – »Eile dich, damit wir zu einem Blätterunterstand kommen«, schaffte der Heuhüpfer.

»Das habe ich nicht nötig«, meinte Thusnelda schnippisch. »Ich habe ja ein Dach über dem Kopfe«, sprach's und ließ sich nicht mehr sehen. »Wie wäre es, wenn du mich auch in dein Haus ließest?« forderte Hoppauf, der schon völlig durchnäßt war.

»Ich habe leider keinen Platz für dich«, kam es höhnisch aus dem Inneren des Schneckenhauses zurück. Thusnelda ist nicht die richtige Frau für mich, dachte der Heuhüpfer und machte sich, sobald es zu regnen aufgehört hatte, eilig und springlustig auf den Weg in die neue Wiesenheimat. Thusnelda bereute, während der Regen auf ihr Haus trommelte, ihre Heftigkeit. Voll guter Vorsätze kam sie beim ersten Sonnenstrahl aus ihrem Hause und rief zärtlich nach ihrem Heuhüpfer.

»Hoppauf!« Thusnelda blickte suchend um sich. Sehnsüchtig drehte sie die Augen so sehr aus dem Kopfe, daß sie sie nie mehr auf den richtigen Platz brachte. »Hoppauf!« Thusnelda rief und rief, aber es rührte sich nichts. So rasch sie nur konnte, begann sie nach ihrem Bräutigam zu suchen. Hoppauf blieb verschwunden. Das war nun freilich ein arger Kummer für die arme Schnecke und sie weinte viele Tränen. In ihrem Schmerz kroch sie noch langsamer als gewöhnlich der heimatlichen Wiese zu. Was hätte sie schließlich allein in der neuen Wiesenheimat anfangen sollen?!

Inzwischen hatten schon die Grillen in ihrem Nachrichtendienst, den sie zwischen die abendlichen Zirpkonzerte einzuschalten pflegten, berichtet, daß Herr Hoppauf in Neuwiesen angekommen sei und kurz nach seiner Ankunft eine Frau genommen habe. Eine grüne Heuhüpferin aus gutem Hause, der es möglich war, noch weitere Sprünge zu machen als er selbst. Ist es da ein Wunder, daß Frau Ameise, daß der geschäftige Laufkäfer, das Käferfräulein Marie, der würdige Hirschkäfer und der wendige Regenwurm sich neuerdings über diese Neuigkeit aufregten?

»Arme Thusnelda«, seufzte das feinfühlige Käferfräulein Marie. Die Spinne, die gerade wieder neue Vorhänge für ihre Astwohnung netzte, spann das eben Gehörte weiter fort. Sie kam zu dem Schlusse, daß es so und nicht anders hatte kommen müssen.

Nach langer beschwerlicher Reise kam Thusnelda wieder daheim an. Sie war sehr mißgestimmt und lebte völlig zurückgezogen. Sobald einer ihrer früheren Freunde und Bekannten sich näherten, verschwand sie so schnell wie möglich in ihr Haus. Aus Rache nannte sie den treulosen Heuhüpfer nur mehr Heuschreck. Und der Name blieb ihm auch.

Hans Hartl

Aus dem literarischen Zoo

Dem Tierschutzgedanken widmen Zeitungen ganze Spalten ihrer Blätter und Fernsehanstalten viele Minuten ihrer Sendezeiten. Man kann dort mit viel Mitgefühl lesen, daß »Vier kleine Kätzchen paarweise ein Plätzchen« suchen, oder daß der »stubenreine Niko« traurig im Zwinger eines Tierschutzhauses sitzt und auf ein neues Zuhause wartet.

Auch die Dichter und Schriftsteller haben in ihren Werken den Tieren viele Gedanken und Zeilen gewidmet. So hat Goethe mit seinem *Reinecke Fuchs,* E.T.A. Hoffmann mit dem *Kater Murr* oder Viktor Scheffel mit seiem *Kater Hidigeigei* ein Loblied gedichtet. Auch Wilhelm Busch hat uns in seinem *Unglücksraben Hans Huckebein* Verse und Bilder geschenkt, und wer kennt nicht die Geschichte von Felix Saltens *Rehlein Bambi* und dessen Verfilmung von Walt Disnay? Auch der Liederfürst Schubert hat den Fischen mit seinem *Forellenquintett* ein Denkmal gesetzt. Und dem *Hund Krambambuli* verhalf die Dichterin Maria Ebner von Eschenbach zu literarischen Ehren.

Und noch einem Hund, dem *Bernhardiner Barri* wurde sogar ein steinernes Denkmal in St. Gotthard gesetzt, weil er 40 Menschen das Leben rettete.

Wer hat als Kind nicht die Geschichte der Bremer-Stadtmusikanten gehört, vom *Esel,* dem *Hund,* der *Katze* und dem *Hahn,* die gefährliche Räuber verscheuchten?

Ja, Tiere haben durch ihr Tun im Lauf der Geschichte oft Bedeutung erlangt.

Man denke nur an die kapitolinischen *Gänse*, die durch ihr lautes Schnattern den Römern das Nahen von Feinden rechtzeitig verrieten und so Rom vor dem Untergang bewahrten. Oder an die Sage von Romulus und Remus, die von einer *Wölfin* aufgezogen wurden.

Einen *Wolf* als Mittelpunkt hat das Märchen »Der *Wolf* und die sieben *Geißlein«* sowie das Märchen vom »Rotkäppchen«.

Sogar *Kranichvögel* hat Friedrich Schiller mit seiner Ballade »Die Kraniche des Ibykus« verarbeitet. Und Genovefa, die Pfalzgräfin von Brabant, ließ nach einem Sagenbuch ihren Sohn Schmerzensreich, von einer *Hirschkuh* als Amme ernähren.

Keinesfalls vergessen darf aber das *geflügelte Roß,* der Pegasus, werden,dem die Dichter die Ideen und die Begeisterung für ihre Werke verdanken.

Als Retter der gesamten Tierwelt hat sich auch der zweite Stammvater der Menschheit, Noah, im Buch der Geschichte verewigt. Schier endlos ist der Zug der Tiere, Vögel und Amphibien, die in das *erste Tierschutzhaus* der Welt, zu Vater Noah flüchteten und die damit nicht nur ihr Weiterleben sicherten,sondern auch für unser leibliches Wohlbefinden sorgten.

Ist es da nicht sehr begreiflich, daß heute hunderte von geflügelten Worten dickbäuchige Bände füllen, in denen schon die Kirchenväter bis zum Dichter Christian Morgenstern den Tieren, Vögeln und Fischen Loblieder sangen?

Der alte Mann und die Krähen

Tagtäglich ging er um halb neun
den glänzenden Vögeln Futter streun.
Ein Säckchen Mais mit viel Geschick
leert er auf jenes Gartenstück
auf dem die Vögel in ihrer Not
fanden immer ihr tägliches Brot.

So ging das fort, einen jeden Tag,
auch wenn der Schnee auf den Wiesen lag,
denn die Vögel taten dem Manne leid
er wußte, sie fänden zur Winterszeit
kein Futter auf Wiesen und Straßen,
auf eisigen Wegen und städtischen Gassen.

Jeden Morgen trat er zum Futterplatz hin
bis die Märzensonne helleuchtend schien
und der alte Mann sein Futter streute
und sich auf das Kommen der Vögel freute.
Die aber hatten in dieser Nacht
sich auf den Heimflug zur Wolga gemacht.

Da stand er nun traurig der alte Mann,
und dachte erschüttert: Ob ich noch kann
bis zum nächsten Jahr warten
auf ein Wiedersehn in diesem Garten?

Artur Hartlieb-Walthor

Ein eher heiterer »tierischer« Spaziergang durch eine berühmte Oper.

Selbst Kenner der »Komödie für Musik« von Hugo von Hofmannsthal, Musik von Richard Strauss, »Der Rosenkavalier«, werden vielleicht nicht wissen, wo und welche Tiere in dieser Oper vorkommen oder erwähnt sind.

Es beginnt schon beim musikalischen Vorspiel: »Durch das halb geöffnete Fenster strömt die helle Morgensonne herein; man hört *im Garten die Vöglein singen.*«

Im ersten Aufzug trifft man dann indirekt auf den Fürsten-Feldmarschall – der in der Oper gar nicht vorkommt. Octavian sagt: »..sitzt im krowatischen Wald und jagt auf *Bären und Luchsen.*« Abgesehen davon, daß Hofmannsthal wohl bewußt das typisch wienerisch-falsche Luch*sen* wählt, hilft dieser Hinweis vielleicht zur Jahreszeitbestimmung. Bären und Luchse wurden wohl im allgemeinen wegen der Pelze gejagt – und diese sind nun einmal im ausgehenden Winter oder Frühjahr am schönsten. Ob aber der Fürst-Feldmarschall zur Zeit Maria Theresia's (die Oper spielt in der Zeit zwischen ihrem Regierungsantritt 1740 und dem Frieden von Aachen 1748) Rücksicht auf den Pelz genommen hat?

Und dann erscheint der Baron mit dem lustigen Namen *»Ochs«.* Woher hat er diesen? Vermutlich ist der Name als *Spottname* gewählt worden. Es ist hier nicht der Platz, alle spöttischen Passagen zu zitieren. Es kann aber durchaus sein, daß der Librettist an die Redewendung »Dieser *blöde Ochs*« gedacht hat. Immerhin läßt er die Marschallin im ersten Aufzug – wenn der Baron noch im Vorzimmer ist – sagen: »Die *blöde,* große Stimm' müßt ich doch kennen.«

Seine beabsichtigte Brautwerbung hält ihn nicht davon ab, auch mit der Zofe der Marschallin, dem als Mariandl verkleideten Octavian, zu »scharmuzieren«. Dies veranlaßt die Marschallin, ihn zu ermahnen: »Aber wo er doch ein Bräutigam ist?« Der Baron bemerkt dazu nur: »Macht das einen *lahmen Esel* aus mir? Bin ich da nicht wie ein *guter Hund* auf einer Fährte? Und doppelt scharf auf jedes *Wild* ...«

Im weiteren Verlauf der Oper erzählt er der Marschallin über seine verschiedenen Abenteuer – insbesonders seine Liebesabenteuer. Er berichtet, daß er jederzeit dazu bereit ist: »Dafür ist man kein *Auerhahn und kein Hirsch,* daß man nicht nach dem Kalender forciert ist ...«, also keine einschränkenden Zeiten für das Liebesleben! Und er beobachtet die Frauenzimmer überall – auch wenn sie »... planschen und plätschern in der *Pferdeschwemm*.« Und er möchte auch sein »... wie Jupiter selig in tausend Gestalten!«, was die Marschallin veranlaßt, ihn zu fragen: »So grob wie ein Stier?« Manche Frauenzimmer gibt's auch: »... da gilts wie ein *Luchs* ... « heranzuschleichen.

Dann kommt es zum Lever bei der Marschallin. Der Haushofmeister meldet, daß sich u. a. der »Kuchelchef ... und das gewöhnliche Bagagi .. im Antichambre« befindet. Darunter ist auch ein »*Tierhändler* mit winzig kleinen *Hunderln und einem Äffchen*.« (Man hat sogar in einem deutschen Opernhaus einmal einen Affen per Radio für die Vorstellung gesucht!) Der Tierhändler preist dann an: »*Schöne Affen*, wenn Durchlaucht schaffen, auch *Vögel* hab' ich da, aus Afrika.« Und später: »*Papageien* hätt' ich da, aus Indien und Afrika. *Hunderln so klein* und schon zimmerrein.« Dann gibt's im ersten Aufzug nichts »tierisches« mehr.

Aber der zweite Aufzug beginnt gleich mit der Ankündigung des Rosenkavaliers durch die Duenna, Marianne: »... vier *Apfelschimmel* sind daran.« – an dem Wagen, der vorfährt. Als aber später dann der Baron nachkommt, benimmt er sich gegenüber Sophie so »ungeniert«, daß diese meint: »Ist er leicht ein *Roßtäuscher* und kommt ihm vor, er hätt' mich *eingekauft*.«

Der Komponist hat diesen Ausdruck mißverstanden und daraus *Roßtauscher und eingetauscht«* gemacht, was einen ganz anderen Sinn ergibt. Rosse werden und wurden nicht getauscht, sondern verkauft – und die *Pferdehändler* galten eben allgemein als *Roßtäuscher*. Der Baron Ochs zeigt aber auch seine »Ungeniertheit« dadurch, daß er an Sophie bewundert: »Ganz meine *Massen*! Schultern wie ein *Henderl! Hundsmager* noch –...«. Der Librettist schrieb hier natürlich *Maßen*, das »Massen« erscheint nur in der Partitur. Wenn man das wirklich so genau nehmen würde, wäre das für die Figur des Baron eher nicht lustig!

Als dann Octavian und Sophie wieder allein sind und sich liebend besingen, meint Letztere, sie fühlt sich bei ihm »*geborgen wie ein Vogel* in den Zweigen ...«. Als später aber der Baron Ochs wiederkommt und hört, daß Octavian vielleicht etwas zu weit gegangen ist, meint er nur: »Muß lachen über den Filou, den *pudeljungen*!«

Im dritten Aufzug, schon am Beginn: »Halt, was wollen die *Maikäfer* da?« Der Baron Ochs meint damit natürlich nicht die Tiere, sondern die Kellner, die laut ausdrücklicher Regieanweisung »maikäferbraune Röcke« tragen. Der Baron will lieber allein sein ... was ihm aber im Verlauf der weiteren Begebenheiten – ohne tierisches Zutun – ganz und gar nicht gelingt. »Das Ganze war halt eine Farce und weiter nichts.«

Wilhelmine Helmich

Die Kriegserklärung

Was haben die Dackel gegen mich einzuwenden? fragte sich Beate.

Ihre Kriegserklärung traf sie von dem Tag an, als sie sich, in größter Eile, weil die Zeit schon drängte, auf den Weg zu einem Rechtsanwalt befand. Auf eine aus entgegengesetzter Richtung kommende Spaziergängerin achtete sie kaum, noch weniger auf den schwarzen langhaarigen Dackel, der neben der Frau herlief. Auch die Spaziergängerin brachte Beate wohl kaum eine besondere Aufmerksamkeit entgegen, nicht doch so der negierte Dackel. Er löste sich unvermutet von seiner Begleiterin los und stürzte, Beates raschen Schritten Einhalt gebietend, lauf kläffend auf sie zu. Ehe sie noch einen Gedanken fassen konnte, war er auch schon in ihren Rock verbissen, zerrte an ihm, als ob er ihr die deckende Hülle vom Leib ziehen wolle, und als sie seinem Bemühen Widerstand entgegensetzte, riß er ein Stück Stoff aus dem Rock heraus.

Der Zwischenfall fand dadurch eine gütliche Bereinigung, weil die Hundebesitzerin gegen solche naturhafte Anwandlungen ihres Lieblings versichert war. Nach längerer Wartezeit erhielt Beate von der Versicherung als Ersatz für das beschädigte Kleidungsstück, das Teil eines dreiteiligen Komplets war, eintausend Schilling überwiesen.

Ob auf Grund ihrer weiteren Erlebnisse mit dieser humorigen Hunderasse erwiesen ist, daß Dackel untereinander eine geheimnisvolle Verständigungsmöglichkeit über Schwierigkeiten besitzen, die sich für sie im Verkehr mit Zweibeinlern ergeben haben, weiß Beate selbstverständlich nicht, man kann die Schlußfolgerung auf Grund aller weiteren Begebenheiten, die diesen einleitenden folgten, auch nicht durchaus abwegig nennen. Denn mit dem Tag, da ein zerrissener Rock von der Eröffnung der Feindseligkeiten Zeugnis ablegte, war das Verhältnis zwischen Beate und den Dackeln gestört. Manchmal nützte es ihr noch, wenn sie, sobald sich ihr einer auf flinken O-Beinchen näherte, ihre Schritte zügelte und ganz vorsichtig und lautlos an ihm vorbeischlich, noch öfter half nicht einmal diese List. Denn wehe, wenn er sie in diesem Moment, da sie gleich einer armen Sünderin an ihm vorbeizukommen trachtete, trotzdem eräugte. Der Seelenstimmung, die ihr Anblick in ihm aufrührte, laut Ausdruck verleihend, kam er im ungestümen Lauf auf sie zu und sie hatte Mühe, ihn solange abzuwehren, bis die Besitzer ihn – gewöhnlich ohne Eile, weil er nach ihren Beteuerungen »so nichts tut« an die Leine nahmen, oder sein aufgeregtes Gemüt auf andere Art beruhigten.

Im Friseurladen, den vor ihr an der gleichen Stelle mehrere Kunden passiert hatten, ohne daß etwas geschehen wäre, kamen sie aus dem Hinterhalt auf sie zugestürzt, wenn sie das Geschäft durchquerte, und ein ebenfalls schwarz gefärbter langhaariger, ein oder zwei Stiegenhäuser von dem ihrem entfernt gut untergebrachter, »Waldi« bellte noch aufgeregt hinter ihr nach, wenn sie, schon weit aus seiner unmittelbaren Nähe gekommen, geglaubt hätte, daß er sie nicht mehr entdecken werde. Gar nicht vorzustellen war der Elan, mit dem er von ihr Kenntnis nahm, wenn sie am Nachbarhaus gerade in dem Augenblick vorbeiging, in dem er ebenfalls im Begriff war, es zu verlassen.

Was hatten sie nur gegen sie vorzubringen, die Dackel, da doch selbst Schäferhunde an ihr vorbeisahen, als ob sie nicht existierte?

Eine in ihrem Wohnhaus lebende junge Dackeldame, vom guten Leben, das sie bei ihren Besitzern führte, etwas gewichtig und asthmatisch geworden, gab zuletzt sogar den Anlaß, daß Beate auf eine die Feindschaft der Tiere in Frage stellende Idee kam. Die Dackeldame war schon infolge ihrer Körperfülle, vielleicht aber doch auch prinzipiell, weil sie weiblichen, also gutmütigeren Geschlechtes war als Angehörige des männlichen, etwas weniger angriffslustig als der einige Häuser entfernt lebende Schwarzhaardackel. Da sie ihren Einzug bei der Wohnpartei hielt, als sie kaum einige Wochen alt war, hatte sie sich wahrscheinlich auch an Beate gewöhnt. Wenn sie ihr begegnete, und Beate sie mit viel höflichen Worten begrüßte – zu Ausschlägen neigend, wagte sie Hunde kaum jemals zu streicheln – äugte sie sie aus schiefen Augenwinkeln beinahe ein wenig belustigt und gegenüber ihrer Person sichtlich kaum von Respekt erfüllt, an. Die besondere Vertreterin der Spezies Zweibeinler, die ihr da eben über den Weg gelaufen kam, schien sie zwar nicht sehr imponierend zu finden, könnte man vermuten, sie war aber bereit, hauptsächlich weil ihr Herr es so wollte, – mochte auf ihrem Verhalten auch noch als Überschrift stehen – ihre Triebe zu zügeln. »Sehen Sie«, sagte der Nachbar eines Tages bei so einer Begegnung zu ihr »sie wedelt mit dem Schwanz, sie ist Ihnen gut gesonnen.«

Sie wedelt mit dem Schwanz – hatte nicht aber sogar der schwarz- und langhaarige Dackel aus dem Nachbarhaus mit dem Schwanz gewedelt, als er Beate das letzte Mal so anging, daß sie ihre Lage für hoffnungslos hielt? Waren sie ihr am Ende gar nicht feind, die Dackel, war sie nur im Laufe des Lebens so auf den Hund gekommen, daß sie sie für ihresgleichen nahmen und mit ihr spielen wollten?

Vielleicht kannte Beate nur ihre Spielregeln nicht und reagierte auf die Anbahnung von Beziehungen, die freundschaftlicher werden sollten, so falsch, daß die Begegnung sich darüber zum gegenteiligen Eindruck entwickelte?

Aber was immer ein Dackelgemüt angesichts ihrer Person bewegen mochte, so oder so sei es den kleinen drolligen Hausfreunden der Menschen nicht übel genommen.

Die Urweltsweide

Es kreuzte einen Weg die schwarze Katze
zerstreuend sich wie ein Demantgeschmeide,
wie dunkle, samten ungewebte Seide,
war sie Sekunden nur nach jedem Satze.

Es hob und senkte Tatze sich um Tatze,
den Boden fanden zweimal zwei sie beide,
als schlank und biegsam in der Urweltsweide
ein Schatten suchte nach dem großen Schatze.

Bald wird, und schweigsam, sich die Nacht verbreiten,
die Weiten werden wachsend näher rücken,
Verdämmernd war die Welt ihnen zu hell.

Es klangen viele rätselvolle Saiten,
so schön im Licht schon auf, um zu beglücken,
doch in der Nacht versank ein dunkles Fell.

Helga Helnwein

Rike, der Eisfuchs

Lappland mit seinen sturmumtosten Hängen, eisbedeckten Gipfeln und der geheimnisvollen Wildnis, war die Heimat von Rike, dem kleinen Eisfuchs.

Der Sommer neigte sich dem Ende zu, verdorrte Kiefern ohne Zweige, gleich Gespenstern, standen neben grünen Bäumen und trotzten Wind und Sonne. Rike streifte durch das öde Hochland, sein Körper war noch bedeckt von dem glatten Sommerfell.

Die Tage vergingen, alle Tiere hatten das weiße Winterfell und die Winterfedern bekommen. Flauschig, warmer Winterpelz hüllte sie ein und wärmte sie wie ein dicker Mantel. Nur Rike lief frierend und zähneklappernd dahin, er hatte noch immer sein leichtes Sommerfell. Vielleicht hat der Lappenbaron heuer auf ihn vergessen? Da begegnete er einem Schneehasen und dieser rief: »Was ist denn mit dir los? Du klapperst ja mit den Zähnen, wo hast du denn deinen warmen Winterpelz?« Rike stand fröstelnd da und sagte, daß er auch nicht wüßte, warum er keinen warmen Winterpelz bekommen hätte. Da meinte ein flinkes Wiesel, das gerade dazu kam: »Ich glaube, es ist am besten, wenn du zu dem Lappenbaron gehst und ihn um einen warmen Winterpelz bittest.« Aus seinem Versteck zwischen den Felsen lugte vorwitzig ein Hermelin hervor, beäugte neugierig den armen Fuchs und verschwand schnell wieder zwischen dem schneeverwehten Versteck. Traurig lief Rike weiter, ein Schneehuhn im winterlichen, weißen Schutzkleid flog vorbei und fragte, warum er denn immer noch sein Sommerkleid trug. Der Eisfuchs antwortete, daß er es auch nicht wüßte, deshalb wäre er auf der Suche nach dem Lappenbaron. So sagte das Schneehuhn: »Vielleicht kannst du die Mittsommernachtsfee fragen. Diese kennt sicher den Lappenbaron.« »Wo finde ich sie denn«, rief der Fuchs! »Sie wohnt unterhalb des Horizonts und ist sehr stolz und unnahbar.«

»Danke« flüsterte der Eisfuchs bebend in der frostigen Kälte. Der Kleine seufzte, der Wind seufzte und dann herrschte tiefe Stille.

Da kam plötzlich, verschwommen, wie vom Taglicht erhellt, ein Wesen aus dem Nichts und nahm Gestalt an; vor Rike stand die Mittsommernachtsfee. Sie läßt sich im Winter wochenlang nicht blicken und erscheint nur ab und zu, gleich einem trüb-dämmrigen Schimmer am Himmel.

Jetzt sprach sie mit weicher Stimme: »Ich habe erfahren, daß du den Lappenbaron suchst, ich werde dir helfen.« Rike war wie von einer schweren Last befreit, aufatmend folgte er der Fee. Sie nahm ihn unter ihren weiten, gelben Mantel, mollige Wärme umhüllte den Eisfuchs und er schlief erschöpft ein.

Als er erwachte, blickte er sich neugierig in der fremden Gegend um. Seine Augen weiteten sich, was sich ihm hier bot, war von so gigantischer Schönheit, daß er geblendet seine Augen schloß. Ein weißer, traumhafter Palast, Rike war betroffen von soviel strahlendem Licht.

Da stand wie aus dem Boden gewachsen der Lappenbaron. In seiner Hand hielt er den weißen, warmen Pelz, der ihn vor der klirrenden Kälte schützen sollte. Der Eisfuchs griff selig danach und schlüpfte rasch aus dem Sommerpelz in den heißersehnten Winterpelz hinein. Lächelnd sah ihm der Baron zu.

Rike hatte endlich seinen weißen Winterpelz bekommen. Er konnte wieder glücklich sein. Später brachte ihn die Mittsommernachtsfee an seinen gewohnten Platz zurück. Seither bekam Rike immer rechtzeitig seinen warmen, kuscheligen Winterpelz.

Sylvia Herforth

Die Geschichte von den Tieren, die anders sein wollten, als sie bisher waren.

Die Schöpfung ist weise, sie stattete die Tierwelt der Spezies und dem Lebensraum angepaßt aus. Entweder mit einem weichen, warmen Fell, einer dicken, schützenden Haut, einem harten, widerstandsfähigen Panzer, oder einem dichten, wasserabweisenden Gefieder. Es waren auch alle Tiere mit dieser Ausstattung zufrieden, weil es ihren natürlichen Bedürfnissen entsprach.

Nun wäre wohl nichts weiter darüber zu erzählen gewesen, hätte sich nicht eines Tages etwas Merkwürdiges ereignet. Wenn es Frühling wird und die lange Zeit des Winters mit Schnee und Kälte endet, erwacht die Natur zu neuem Leben. Aus der braunen Erde sprießt das junge Grün des Grases und Blumen, die Bäume setzen Blattknospen und zarte Blüten an, das vom Eis befreite Gewässer gluckst wieder munter vor sich hin und die wärmenden Strahlen der Sonne holen auch den letzten Winterschläfer aus seiner Behausung.

Schnell werden die verschlafenen Äuglein blank geputzt und das zerknitterte Fell, oder was immer man trägt, in Ordnung gebracht. Sodann hüpft, kriecht, springt oder fliegt man dem Leben mit neuer Kraft entgegen.

So auch Purzel, der Siebenschläfer, dem Übermut und Tatendrang in den schwarzen Knopfäuglein anzusehen sind und der es kaum erwarten kann, wieder aus dem Nest zu kommen. Aber Mutter Siebenschläfer ist streng auf Sauberkeit bedacht und hält Purzel am Schwanz fest.

»Erst wird gewaschen, Purzel«, sagt sie zu ihm. Purzel ist das gar nicht recht, aber Ordnung muß sein. Außerdem wärmt das Waschen die vom Winterschlaf steif gewordenen Glieder wieder auf. Purzel zappelt voll Ungeduld, – sieben Monate hatte er geschlafen und nur hin und wieder aus dem warmen Nest geblinzelt, – jetzt dauert ihm alles viel zu lange. Allzugerne möchte er schon wissen, ob diese weiße Pracht mit den lustig vom Himmel purzelnden Flocken, die vor dem Nest gelegen hat, ihn draußen noch erwartete –, und ob Hoppel der Hase und Feh, das kleine braune Reh, seine beiden Freunde, auch schon ausgeschlafen sind.

Nun war Purzel erst im letzten Jahr zur Welt gekommen, er wußte natürlich noch nicht, daß der Schnee längst weggeschmolzen war und, daß Hoppel und Feh keinen Winterschlaf hielten. Endlich ist es soweit und Purzel darf das Nest verlassen. Schnell schlüpft er hinaus. Ja aber wo war denn diese ganze schöne weiße Decke, die überall gelegen hatte, nur hingekommen? Enttäuscht sitzt Purzel am Ast. »Schade«, denkt er, »es wäre sicher schön gewesen, mit diesen lustigen Flocken zu spielen.« Aber seine Enttäuschung währt nicht lange. Die Sonne lacht, das frische Gras und die Blumen duften, über ihm turnt Herr Eichkatz in den Ästen der Bäume und ruft ihm »Guten Morgen« zu. Artig erwidert Purzel den Gruß, klettert vom Strauch und macht sich auf den Weg zu Hoppel und Feh. Als er zum großen Baumstumpf, dem gemeinsamen Treffpunkt kommt, sieht er nicht nur Hoppel und Feh dort sitzen, sondern auch viele andere Tiere. Sogar Brumm, der alte Braunbär, Reineke, der Fuchs, Zisch, die Ringelnatter, Goldi, der Hamster und Klau, die Elster, sind da.

Vorsichtig pirscht sich Purzel an die Gruppe heran. Die vielen großen Tiere machen ihm Angst, aber dann siegt seine Neugier. Nun, so aufregend ist das gar nicht, was sich da tut, stellt Purzel fest. Auf dem alten Baumstumpf sitzt doch bloß der schwarze Rabe und krächzt aufgeregt. Als er noch ein Stückchen näher heranrückt, kann er gerade noch hören, daß sich der Rabe bitter darüber beklagt, daß er von Natur aus so ein häßliches, blau-schwarzes Gefieder verpaßt bekommen habe, keine einzige bunte Feder ihn schmücke und er mit diesem »Trauergefieder« doch nicht zur Hochzeit der Elfenkönigin gehen könne. »Oh, eine Hochzeit, da gibt es sicher viel zu sehen und erleben und noch viel mehr zu essen« überlegt Purzel. Genießerisch leckt er sich das Mäulchen, denn er hat immer Appetit. Gerade will er von einer riesengroßen, saftigen Haselnuß, an der er knabbern kann träumen, als sich das laute Geschrei der anwesenden Tiere erhebt und Purzel äußerst unsanft in die Wirklichkeit zurückholt.

Brumm, der Braunbär, ist auf einmal mit seinem einfärbigen Pelz nicht mehr zufrieden, er will helle Farbtupfer darin haben. Reinecke, der Fuchs, findet sein rotbraunes Fell mit der weißen Schwanzspitze langweilig und meint, daß ihm Gelb wohl besser stünde. Zisch, die Ringelnatter, ereifert sich für Grün mit orangen Zickzackbändern auf der Haut. Goldi, der Hamster, spuckt seine Körner aus den Backen und beginnt für Himmelblau zu schwärmen.

Klau, die Elster, will farbenprächtig sein wie ein Papagei und sogar Hoppel liebäugelt mit dem Gedanken an ein rosarotes Fell. Nur Feh bleibt still, sie sieht mit ihren schönen braunen Augen von einem zum anderen und malt sich aus, wie Brumm, Reineke, Zisch, Goldi, Klau und Hoppel in ihren Wunschkleidern wohl aussehen würden. Auch Purzel, der sich in seinem hübschen Fell sehr wohl fühlt, denkt darüber nach.

»Das ist ja zum Lachen«, kichert er los und Feh stimmt in sein Lachen ein. »Was gibt es da zu lachen?« fragen die anderen Tiere ärgerlich. Da ergreift Feh das Wort und sagt: »Ich glaube, ihr habt in eurem eitlen Eifer, anders sein zu wollen, als ihr seid, auf etwas Wesentliches vergessen. Die Natur ist weise und hat euch Farben verliehen, die eurem Lebensraum angepaßt sind und euch vor Feinden und Entdeckung schützen sollen. So wie ihr sein möchtet, würdet ihr bald eingefangen, ausgestopft und im Museum für ausgefallene Wunderlichkeiten zur Schau gestellt sein. Wollt ihr denn das?« Erschrocken sahen die Tiere einander an und schüttelten verneinend die Köpfe. Und an den Raben gewandt, fügt Feh hinzu: »Rabe, sei stolz auf dein blauschwarzes, glänzendes Gefieder, trage es mit Würde, du könntest nicht passender für eine Hochzeitsfeier gekleidet sein. Wenn die Menschen Hochzeit feiern, holen sie eigens dafür ihren schwarzen Frack aus dem Kasten, um besonders festlich auszusehen.

So und nun ist Schluß damit, wir sollten lieber darüber reden, welches Geschenk jeder von uns der Elfenkönigin an ihrem schönsten Tag überreicht. Freut euch auf das Fest, freut euch des Lebens, des wunderbaren Frühlings, und, seid zufrieden damit wie euch die Schöpfung geschaffen hat.« »Feh hat recht« sagt Purzel und ist mächtig stolz darauf, daß die kluge Feh seine Freundin ist.

Senta Hiebaum

Hallo, Freunde!

Wie ich bei meinem überstürzten Abschied versprochen habe, möchte ich Euch heute berichten, wie es mir bei meiner neuen Familie ergeht.

Nun bin ich schon ein paar Monate dort und muß sagen, die Tage und Nächte vergehen wie im Flug. Als Einstand bekam ich den seltsamen Namen »Pipsi«, es ist zum Zwitschern, aber bitte, ich konnte mich ja nicht dagegen wehren.

In den ersten Tagen war ich sehr traurig, Ihr meine Lieben seid mir sehr abgegangen und alles war mir furchtbar fremd, aber die neue Mama, meine Freundin Eva, Oma und auch Opa bemühen sich sehr um mich.

Wie Ihr vielleicht noch mitbekommen habt, besitze ich jetzt ein schönes Häuschen mit allem Komfort, das heißt Schaukel, Sitzstangen, Badewanne, natürlich Körndl- und Trinknapf, einen Teller – Ihr seht, so nobel ist es bei uns – ein lästiges Glockerl, das mir immer im Weg ist – und einen Kollegen!

Er ist ein sprechfauler Knopf, aber besser ein großer Schweigsamer, als gar Keiner. Oh', von dieser Sorte habe ich mehrere Knülche! Einer sitzt an der Wand mit einem Rahmen umgeben, und Etliche auf unserer Bar.

Wie gesagt, alle meine Kumpel sind zwar temperamentslos und von einem absolut ausgeprägten Phlegma behaftet, trotzdem habe ich sie mittlerweile liebgewonnen. Sie hören mir immer geduldig zu, wenn mein volles Herz übersprudelt!

Aber nun muß ich Euch meine Familie vorstellen. Ich lebe hier in einer fast nur weiblichen Gesellschaft (der Opa kommt mich nur besuchen!) und habe bereits das Amt des Chefs übernommen, behaupten jedenfalls meine Damen.

Ich bemerke nichts davon im täglichen Streß und muß nur ständig aufpassen, daß man mich nicht übersieht und ich meine Gunst auf alle meine Lieben regelmäßig verteile.

Eva ist meine Favoritin, ihr fällt immer etwas ein, was uns beiden Freude macht, dafür beschenke ich sie mit unzähligen Bussi.

Sie putzt meine Behausung und hat mir auch einen Baum mit Spielzeug behängt, dafür knabbere ich mit Hingabe an ihrer Brille und setze mich leidenschaftlich gerne auf ihren Kopf, was mir stets ein »Pfui, Pipsi!« einbringt. Am Tag ist sie fast immer in der Schule, dafür freu ich mich auf das abendliche Wiedersehn.

Oma ist untertags bei mir, wir verstehen uns auch ausgezeichnet, aus mir unbegreiflichen Gründen – schließlich kann ich ja nicht stundenlang fressen, da wäre meine Linie bald im Eimer – muß ich öfter im Häuschen sitzen als es mir lieb ist, wenn Oma kocht und komischerweise allein essen will.

Diese Maßnahmen boykottieren den Unternehmungsgeist, solche Dinge kann ich meinen Herrschaften einfach nicht abgewöhnen. Was soll ich gegen so viel Sturheit ausrichten!

Ja überhaupt, die Küche ist ein komisches Ding, da zischt, dampft, brodelt ... und stinkt es, und ich werde, doch von Natur aus an allem sehr interessiert, mit lautem Geschrei vertrieben.

Nun, sie sollen ihre Freude haben und mir kann es irgendwo recht sein. Manche Gerüche behagen mir ohnehin nicht sehr.

Mama, die sehr um mich besorgt ist, hat gleich bei meinem Einzug ein Buch gekauft, um mich richtig zu erziehen, das kostete mir einen lauten Zwitscher, ich weiß nicht, wer bei uns wen erzieht. Hauptsache ist, alle sind vom Erfolg überzeugt, und ich fühle mich wohl dabei.

Am Morgen, wenn auch für meine Begriffe mitten in der Nacht, bekomme ich frischen Sand in mein Häuserl gestreut, Mama's eifrige Augen kontrollieren die Näpfe, Futterstangerln und meine »Visitkarten«, ihre Fürsorge ist wirklich überwältigend!

Mein Gott, am Anfang hat sie mir so manches aufgedrängt, was gesund sein soll, aber auch für mich gilt der alte Spruch der Menschenkinder »Was der Bauer nicht kennt, frißt er nicht!«

Wenn Oma auf der Bettbank ihr Mittagsschläfchen hält, stecke auch ich mein wertvolles Haupt zwischen die Flügel und wir genießen gemeinsam die Ruhe der Mittagssonne!

Später nehme ich wieder meine diversen »Aussichtsplätze« ein und erzähle Oma und auch Opa, der sich immer mit feinen Leckerbissen einstellt, die Neuigkeiten, die ich durch die Fenster beobachten kann.

Leider wurde mir mein geliebtes Grünzeug von der Fensterbank genommen, angeblich vertrage ich es nicht, behauptet jedenfalls die liebe Mama, das steht sicher in ihrem klugen Buch, ich werde einmal heimlich diese Weisheiten eingehend studieren, und, wenn es notwendig ist, zerfleddern, vorausgesetzt, daß mich niemand dabei überrascht!

Leider bleibt nichts bei uns verborgen, nachdem ich überall meine Spuren ablege, aber das liegt nun einmal in meiner Persönlichkeit. Der Mond blickt bereits beim Fenster herein und ich werde sichtlich müde und kann mein Gähnen nur mehr mühselig verbeißen.

Morgen werde ich diesen Brief Eva in die Schultasche stecken und sie erinnern, daß sie ihn Euch vorbeibringen soll.

Herzliche Zwitscher, Zwitscher

Euer Pipsi

Albert Illnar

Brief an eine Nebelkrähe

Lieber Jakob!

Ich schreibe Dir diesen Brief, weil ich mir ernstlich Sorgen um Deine Zukunft mache. Aber es gibt nun einmal im Zusammenleben der Menschen einige Spielregeln, an die sich auch ein Vogel halten sollte. Nicht, daß ich nachtragend wäre, aber gewisse Dinge solltest Du Dir schleunigst abgewöhnen, wenn Du weiterhin mit Menschen Kontakt haben möchtest.

Dabei bin ich Dir durchaus wohlgesonnen. Schon bei unserer ersten Begegnung fand ich Dich sehr sympathisch. Erinnerst Du Dich noch? Ich hatte gerade Aufsicht, als Du, zehn Minuten vor acht, in die Garderobe flogst und die dort anwesenden Kinder in helle Aufregung versetztest. Unsere Biologen haben Dich sofort als ein Exemplar der Spezies »Corvus corone cornix«, zu deutsch »Nebelkrähe« erkannt. Und Thomas, ein Schüler meiner Klasse, hat Dich mir dann vorgestellt.

Du hießest »Jakob« und seist von seinem Onkel gezähmt worden, sagte er. Aber was heißt schon »gezähmt worden«? Das glaube ich nicht. Erstens bist Du gar nicht so zahm, und zweitens bis Du ein ganz cleverer Bursche, der höchstwahrscheinlich erkannt hat, daß es viel angenehmer ist, von Schülern mit Brot und Semmelbröseln gefüttert zu werden, als auf Feldern nach Nahrung zu suchen.

Ich war Dir auch nicht böse, als Du während einer Geographiestunde auf dem Gesimse vor der 1 d Klasse auf und ab marschiertest. Was wollte ich da gerade vortragen? Ich weiß nur, daß plötzlich die ganze Klasse bei den Fenstern stand und ich den Rest der Stunde vergessen konnte. Für die Kinder war dies natürlich *das* Erlebnis. Einige wußten gar nicht, daß es Nebelkrähen überhaupt gibt, und nun erlebten sie eine, die sich sogar füttern ließ!

Auch die beiden geschmissenen Mathematikstunden in der 4 b nehme ich Dir nicht übel. Dort kam mir wenigstens der schon erwähnte Thomas zu Hilfe, der Dir nach alter Falknermanier seinen linken Unterarm hinhielt, damit Du Dich daraufsetzen konntest. So wurdest Du dann zum Fenster hinauskomplimentiert.

Eines Sonntags – Du hast bemerkt, daß unser Gymnasium dann geschlossen ist – kreuztest Du bei mir zu Hause auf. Ich nahm Dich wirklich gastlich auf. Du durftest mit meinen Söhnen spielen und ich fütterte Dich mit Hagebutten. Dabei entdeckte ich Deine Vorliebe für rote Sachen. Aber was Du Dir dann alles in der 1 d Klasse erlaubt hast, rechtfertigt strengere Maßnahmen.

Es war zwar ein herziger Anblick, wie Du ein paar Runden im Klassenzimmer herumsegeltest und schließlich auf der Querstange der Afrikakarte Platz nahmst. Ich fühlte mich auch irgendwie geschmeichelt, daß Du Dir ausgerechnet meine Geographiestunde anhören wolltest. Als Du dann aber zwei Löcher in die Karte gepeckt hast (wenn das der Kustos erfährt!), hatte ich genug. Unter Ausnützung Deiner Schwäche für die Farbe rot lockte ich Dich mit einem solchen Bändchen aus dem Klassenzimmer. Danach wandte ich jenes Erziehungsmittel an, das laut Schulunterrichtsgesetz Paragraph 47 für ähnliche Fälle vorgesehen ist und schrieb zum Entsetzen der Kinder ins Klassenbuch:

Belehrendes Gespräch: Jakob Nebelkrähe stört zum wiederholten Mal den Unterricht.

Deswegen hätte ich Dich ja nicht beim Direktor verpetzt, aber er war es selbst, der mir die Dienstanweisung gab, *alle* meine verhängten Schulstrafen auch in der schwarzen Mappe zu vermerken. Und damit muß er Dich gemeint haben, denn ich hatte bis zu diesem Zeitpunkt alle ausgesprochenen Strafen gewissenhaft in jener berüchtigten Mappe festgehalten.

Du hast es aber noch viel bunter getrieben. Und hinterlistig warst Du! Einmal sah ich Dich in einer Pause im Zeichensaal. Das störte mich nicht. Ich war sogar recht froh darüber, ging dann in die 1 d (Wir hatten wieder einmal Geographie) und verkündete etwas voreilig: »Kinder, wir können ruhig die Fenster öffnen! Jakob kann nicht hereinkommen, denn der sitzt im Zeichensaal!«

Entweder waren sie im Zeichensaal nicht auf Krähenbesuch eingestellt, oder das war ein Trick von Dir. Jedenfalls bist Du kaum fünf Minuten später bei uns erschienen, hast Dich sofort auf Simons herumliegendes Käsebrot gestürzt und es auf den Medienschrank entführt. Als wir versuchten Simons Jause zu retten, vollzogst Du rasch einen Stellungswechsel und nahmst vorne auf der Tafel Platz. Wir sausten hinter Dir her und Du flogst wieder zurück. Das wiederholte sich dreimal. Dummerweise war jetzt auch kein rotes Bändchen aufzutreiben. Dann hast Du auch noch Ronalds offenes Federpennal entdeckt, hast einen fleischfarbenen Buntstift mit dem Schnabel aus der Gummischlaufe gezogen und bist flugs zum Fenster hinaus.

Schräg gegenüber, vor den Fenstern zur Aula, hast Du Dich mit Deinem Beutestück niedergelassen und es triumphierend betrachtet.

Aber so gerissen bist Du nun auch wieder nicht! Zwei Schüler der 7 R haben Dir Deine Beute wieder abgejagt. Das Mädchen hat Dich mit einem Papierstreifen abgelenkt, während der Bursche sich in halsbrecherischer Weise auf das Gesimse beugte und den Buntstift in Sicherheit brachte. Stell Dir vor, er wäre abgerutscht und in den Schulhof gestürzt! Irgend ein Zeitungsschreiber hätte bestimmt eine »Schüler-Gerber-Geschichte« daraus gemacht. Und alles nur wegen einer Nebelkrähe, die sich für eine diebische Elster hält!

Es kann ja sein, daß Du sehr sauer auf mich warst, weil Du ohne Jause und Buntstift abziehen mußtest. Dein Racheakt gegen mein Weihnachtsgeschenk von Marion aus der 4 b ist aber beispiellos. Marion hat geheult vor Wut und hunderte Verwünschungen gegen Dich ausgesprochen, wie mir Kollegin B. glaubhaft versichert hat. Dabei hatte sich Marion solche Mühe gegeben und das Gesteck aus Kornähren und Strohblumen selbst gebastelt. Ganz zerzaust hast Du ihre schöne Arbeit. Als mildernde Umstände könntest Du anführen, daß die Strohblumen rot waren und daß der Klassenordner vergessen hatte, die Fenster zu schließen, während alle beim Schulgottesdienst in der Kirche waren. Aber daß Du auch noch die kleine Vase vom Lehrertisch gestoßen und zertrümmert hast, ist der Gipfel.

Laut Schulunterrichtsgesetz, Paragraph 47, Schulordnungsverordnung, Paragraph 8 wäre jetzt eine »Verwarnung durch den Klassenvorstand« fällig. Aber wer soll diese aussprechen? Wegen Deiner Schandtaten in der 1 d wäre Kollegin Z. zuständig. Wie Du Dich in der 4 b verhalten hast, müßte ich es selber tun. Andererseits weiß ich, daß Du auch andere Kollegen und Klassen regelmäßig besuchst. Wer ist also für Dich zuständig?

Ich hab's ! Unser Direktor! Das ist jener Herr, den Du einmal beim Tennisspielen gestört hast. Er war gerade so schön in Schwung und hätte den entscheidenden Satz sicher gewonnen, wenn Du Dir nicht eingebildet hättest, Dich auf das Netz setzen zu müssen, um das Spiel von dort aus zu beobachten. Er soll Dich verwarnen!

Aber Jakob! Eine »Verwarnung durch den Direktor« wird nur sehr selten ausgesprochen! Meist gemeinsam mit der Androhung des Schulausschlusses. Reiß Dich zusammen, Jakob, sonst bist Du die erste Krähe, die von einem niederösterreichischen Gymnasium »fliegt«.

Wirklich Jakob, das täte uns allen sehr leid, denn irgendwie bist Du uns in der Zwischenzeit sehr ans Herz gewachsen und wir wären sehr traurig, wenn wir Dich nicht mehr hätten.

Ein wohlmeinender Freund!

Felix Jaksch

Lustiges in der Natur

Ein Grashalm sprach zu seiner Nichte:
»Ich bin ein Prinz der Grasgeschichte!«
Doch jene sprach nur: »Du vergißt,
daß Dich die fette Kuh bald frißt!«

Ein Käfer kroch aus seiner Rinde
und spottete der alten Linde!
Die Frechheit rächt sich miserabel,
er endete im Spatzenschnabel!

Die schlanke Birke prahlt im Wald
von tänzerischer Traumgestalt!
Die Eiche sprach: »Du hast, oh Schrecken,
den Plattfuß in der Erde stecken!«

Der Igel sprach: »Ich roll' mich ein,
nichts kann für mich gefährlich sein!«
Doch zwischen seinen Stachelspitzen
sah' ich ein Dutzend Flöhe sitzen!

Zu ihrem Rehbock sprach die Geiß:
»Du liebst nur mich, mein Bock, ich weiß!«
Doch er ist ziemlich müd' erschienen,
er hat ein Rudel zu bedienen!

Er war ein junger Schmetterling,
der zärtlich an der Blüte hing!
Doch öffnet sich die schnöde Pflanze
zuletzt der fetten Blätterwanze!

Der Maiwind bringt den Blütendamen
von ihren Männern Blütensamen!
Doch wurden sie, ohne zu naschen,
vom Regen ganz kalt abgewaschen!

Der Hirsch verjagt voll Unvernunft
alle Rivalen in der Brunft!
Obwohl er dann zum Überdruß,
ein Rudel Hirschtiere lieben muß!

Ein Mädchen hatte sich entrüstet,
weil es den Zeck nach Blut gelüstet!
Er juckt und zwickt und saugt und schmatzt,
bis er von ihr zerdrückt zerplatzt!

Zwei Bäume welche Blüten tragen,
wollten vergnügt ein Tänzchen wagen!
Sie konnten sich Äste entgegenstrecken,
doch Mutter Erde läßt sich nicht necken!

Die Grille fühlt sich virtuos
und zirpt die ganze Nacht drauf los!
Doch weil sie allzu vorlaut wird,
frißt sie der Igel ungeniert!

Ein Wolfshund liebt die Mesalliance
und gibt der Pudelin eine Chance!
Doch diese zeigt sich dann verwirrt,
als »Wolfspudelpinsch« ihr Söhnchen wird!

Ein Hahn liebt eine Unzahl Hennen,
die zwecks Befruchtung mit ihm rennen
und hält, was er ihnen verspricht!
Der tollste Playboy kann das nicht!

Es sprach die Maus zu den Bekannten:
»Ich liebe nur den Elefanten!«
Der Riese hörte dies und stöhnte:
»Wie ich die wohl beglücken könnte?«

Glashausurlaub der Orchidee,
war eines Gärtners Glanzidee!
Der Wettergott, der sie gesehen,
ließ nachts im Frost nur Stengeln stehen!

Die Schwammerlsucher sind verfressen,
von ihrer Schwammerlgier besessen!
Doch zwingen giftige Schwammgestalten
die Angst vor Bauchweh Maß zu halten!

Sein Loch verläßt der Regenwurm,
bei Regen und Gewittersturm!
Er glaubt, ihm schadet nur die Sonne,
doch frißt die Amsel ihn voll Wonne!

Mächtig ist der Hornissenschwarm,
wer den erzürnt, ist wirklich arm!
Insektensprayreklamen spotten:
»Auch die sind von uns auszurotten!«

Der Menschheit Gier in der Natur
hinterläßt die Vernichtungsspur!
Ist dies einst nicht mehr gut zu machen,
hat auch der Mensch nichts mehr zu lachen.

Murmeltiere

Murmeltiere, auch Mankeis genannt,
sind als possierlich uns bekannt,
ich sah sogar, daß sie sich küssen,
wenn sie sich im Revier begrüßen.

Und damit niemand sie gefährde,
wohnen sie stets unter der Erde,
auch in der felsigen Natur
führt tief nach unten ihre Spur.

Doch wenn sie aus den Löchern eilen,
um in der Sonne zu verweilen,
sind sie besonders auf der Hut,
damit ihnen der Mensch nichts tut.

Sie warnen sich durch lautes Pfeifen,
eh' sie die Flucht ins Loch ergreifen,
so daß die Jäger mit den Waffen
vergeblich von dem Hochsitz gaffen.

Die kleinen Tierchen sind ja schlau
und wittern die Gefahr genau,
und nur der Mensch will nicht begreifen,
daß sie auf seine Dummheit pfeifen.

Johanna Jonas-Lichtenwallner

Der verschwundene Wecker

Es war eine seltsame Geschichte, die da in Oberberg dem Lehrer Stockschlager passiert ist. Er war ein besonders pünktlicher und genauer Herr. Er kam immer sehr früh in die Schule und achtete auch bei seinen Schülern streng darauf, daß keiner auch nur eine Minute zu spät kam.

Eines Nachts aber – es war im Frühherbst und Lehrer Stockschlager hatte die Fenster weit offen gelassen – kam eine Elster zum Schulhaus. Sie sah die im Dunkel leuchtende Weckeruhr auf dem Nachttisch. Sie konnte der Versuchung nicht widerstehen. Schon hatte sie die Uhr im Schnabel und trug sie davon. Es ist so die Art der Elstern, alles Glänzende, Leuchtende in ihr Nest zu tragen. Der Herr Lehrer aber schlief tief und fest. Der Wecker konnte ihn nicht aufwecken, er lag ja im Elsternnest. Acht Uhr war es. Alle Kinder waren pünktlich in der Schule versammelt. Der Lehrer aber schlief. Die Kinder warteten und warteten, der Lehrer kam nicht. War das ein Jubel, daß auch dem Herrn Lehrer mal vielleicht ein Zuspätkommen passieren würde!

Ein vorwitziger Sonnenstrahl mußte erst die Nase des Herrn Stockschlager kitzeln, daß er aufwachte und entsetzt das Fehlen seiner Uhr bemerkte. Er konnte sich nicht erklären, wo sein Wecker hingekommen war. Lehrer Stockschlager lief, was er konnte, er kam viel, viel zu spät.

Am Abend im Wirtshaus aber erzählte der Jockel vom Huberbauer eine sonderbare Geschichte:

Er war in der Früh um das frische Gras für die Kühe gefahren und hatte sich unter eine Baumgruppe gelegt, um nur ganz, ganz kurz zu schlafen. Er war ja in der Nacht nicht nur in seinem Bett gewesen. Plötzlich aber war er fürchterlich erschrocken: Über seinem Kopf hatte ein Wecker zu ratschen begonnen. Entsetzt sprang er auf und verrichtete seine Arbeit.

Unerklärlich aber blieb es für ihn, wie wohl ein Wecker auf einem Baum läuten konnte!

Lehrer Stockschlager hörte die Erzählung des Jockel und wußte endlich Bescheid um das Verschwinden seines Weckers. Am nächsten Morgen wanderte er mit allen seinen Schülern auf die Wiese hinaus und die besten Kletterer holten seinen Wecker aus dem Elsternnest. Es war ein wunderbares Gefühl für alle, daß es heut noch so seltene Vögel gibt!

Verschlafen hat der Lehrer Stockschlager nie wieder.

Die Schwäne

Vor undenkbar langer Zeit, als noch viele Tiere auf der Erde waren, die es heute nicht mehr gibt, aber dafür viel weniger Menschen, da hatten die Schwäne noch keine langen Hälse, wie sie sie heute haben, und sie waren auch noch nicht stumm.

Sie waren aber schon so schöne, schneeweiße Vögel, größer als die Gänse und Enten und schwammen wie diese auf den Seen und Flüssen. Sie waren glücklich und zufrieden. Es waren genug Fische da für alle, weil es noch keine Fischer gab.

Eines Tages aber ging ein Raunen und Schnattern auf dem See los, denn eine Wildtaube, die von weiter hergekommen war und sich am Rande des Sees ausruhte und vom klaren Wasser trank, wußte seltsame Geschichten zu erzählen:

»Drüben hinterm Wald auf den großen Wiesen, da wohnen seltsame Wesen, die gehen auf zwei Beinen, so wie wir es tun, aber denkt euch nur, sie können nicht fliegen! Sie müssen sich mühsam auf ihren Beinen fortbewegen, sie nennen das Gehen. Aber natürlich können sie nicht so schnell vorwärtskommen wie wir. Und sie sprechen eine ganz andere Sprache, wir können sie nicht verstehen!«

War das eine Aufregung unter den Tieren auf dem See! Einige rüsteten sofort, um dorthin zu fliegen, wo diese seltsamen Wesen lebten, um sie zu sehen, einige aber glaubten der Wildtaube diese Geschichte gar nicht.

Auch die Schwäne beschlossen, sich auf die Reise zu machen und baten die Wildtaube, sie zu den Menschen zu führen. Einige Gänse und Enten schlossen sich an und so flogen sie dahin: voran die Taube, dann die Schwäne, weil sie die größten waren, dann die Gänse und Enten.

Die erreichten die Felder und Wiesen und Waldblößen, wo die Menschen sich angesiedelt hatten und waren erstaunt über die neuen Geschöpfe, die da gekommen waren. Am meisten aber interessierten sie die merkwürdigen Gebilde, die Hütten, die sie gebaut hatten. Sie waren sehr neugierig und wollten in diese hineinsehen. Sie waren aber zu, nur manche Hütten hatten Löcher in den Wänden, aber sie waren zu hoch oben, daß man sie vom Boden aus nicht erreichen konnte und beim Vorbeifliegen sah man herzlich wenig.

Die Enten und Gänse meinten, es wäre wohl nicht so wichtig, aber die Schwäne, die stolzen, waren neugierig, weil sie wißbegieriger waren. Und während die kleinen Vögel laut schnatterten und ihre Meinungen austauschten und so die Menschen anlockten und diese gleich Jagd auf die willkommene Beute machten, um sie zu kochen und zu essen, schlichen die Schwäne heimlich und schweigend an die Hütten heran und reckten die Hälse hoch und immer höher, um durch die Lichtöffnungen in das Innere der Hütten sehen zu können. Es gelang ihnen auch, denn die Menschen waren alle zusammengelaufen, um die Enten und Gänse auf dem Dorfplatz zu braten. Die Schwäne aber sahen in die Hütten hinein, denn ihr Hals war ganz lang geworden. Der liebe Gott sah das Tun der schönen, großen Vögel und lachend rief er:

»Wenn ihr schon so neugierig seid und es euch durch Schlauheit gelungen ist, in die Wohnungen der Menschen zu gucken, obwohl euch dies wahrhaftig nichts angeht, so sollt ihr den langen Hals behalten, damit alle sehen können, daß ihr die neugierigsten Vögel seid; ihr seid aber auch die schlauesten, denn ihr seid stumm gewesen, während die andern schnatterten, so sollt ihr auch weiterhin stumm bleiben. Ihr habt euer Ziel erreicht, denn ihr habt geschwiegen und habt euch angestrengt, aber ob es immer gut ist, so neugierig zu sein?«

So also sind die Schwäne zu ihrem langen Hals und zu ihrer Stummheit gekommen – als Beispiel für alle andern Vögel und für ewige Zeiten.

Wolfs-Rondo

Das ist die Stunde des Wolfs!
Wenn der Mond in der Höhe steht,
bleckt er die Zähne
und giert nach dem jungen Blut,
das seine Fänge nicht kennt,
das seinen Namen nicht nennt,
das noch glaubt an Böse und Gut
und an die Wahrheit der Träne
und an den Wind,
der über der Heide weht –
das ist die Stunde des Wolfs ...

Eulen-Rondo

Sag den Eulen eine gute Nacht!
Sie mögen ihre Beute finden
und den Herrgott loben,
weil ich weiß, daß der Herrgott
auch über seinen Eulen wacht.
Schließ ich ein sie ins Gebet,
das ich vor dem Schlafen spreche.
Vielleicht ist dann die Eule in der Heide
in den Morgenstunden mir gewogen
und schließt auch mich ein ins Gebet,
das sie vor dem Sonnenaufgang spricht
zu ihrer Nacht ...

Agnes Therese Jösten

Am Wege

Auf stillem Ackerraine
ging in Gedanken ich hin,
da lag vor mir am Steine
eine tote Feldmäusin.

Sie hatte die Äuglein offen
und streckte ein Pfötchen nach mir.
Das machte mich so betroffen,
ich beugte mich nieder zu ihr.

Die Zehlein, zerbrechlich und klein,
zwei Zähnchen gar winzig und weiß,
das Schnäuzchen zitterte fein,
als spräche im Schlafe sie leis:

Mein Leben war Sorge und Plage,
um Kinder, um Nahrung und Haus.
Es gab keine lustigen Tage –
und nun schon ist alles aus!

Soll ich verenden am Wege,
so einsam und ohne Grab?
Ach, bitte, komm doch und lege
mich tief zu den Meinen hinab!

Ich grub eine erdige Höhle,
gab Gras und Blätter dazu
und legte die kleine Seele
zu ihrer ewigen Ruh.

Und als ich ein Blümlein ihr brachte
– mir wurde so weh und krank –
da hört' ich ein Piepsen – ganz sachte,
wie seliger Feldmäuschen Dank.

Schwan auf dem Weiher

Inmitten von Licht- und Schattengrün
sich spiegelnder Blätterschleier
schwebt sein Bild
so federleis
weich und weiß
auf ruhendem Weiher.

Siegeskühn
hebt er die Flügel
gleich einem Schild
um stolzen Nackenhügel.

Lichttrunken vom Glanz
seiner Spurengänge –
versunken gleitend
im Wellenkranz
himmlischer Sphärenklänge
die in ihm rauschen –
scheint er zu lauschen
dem Schwanenlied
das lautlos, begleitend
mit ihm zieht.

Frühlingsglaube

Safrangelber Zitrusfalter
heil entschlüpft dem Winterraub
tanzt nach Pan'ens Frühlingspsalter
selig zwischen Zweig und Laub –
taumelt schwebend auf und nieder
liebesblind und glückestaub
malt uns Auferstehungslieder
lüfteleicht aus Flügelstaub.

Amsel im blühenden Kirschbaum

Sing mir dein Lied
das mich erfreuet
– fröhliche Amsel –
solange du willst
damit es mich nicht
im Sommer gereuet
daß du mir heimlich
die Süßkirschen stiehlst.

Die Kröte

Es saß am Brunnentrog versteckt
einsam kauernd im Garten
eine Kröte mit Moderlaub bedeckt
als würde sie lauernd warten.

Im goldbraunen Brokatgewand
traumtief mit gläsernem Blick –
lag ihre zarte Sternenhand
in grünem Steinmoos-Gestick.

Rundum auf dem flachen Köpfelein
erwuchs ihr die glitzernde Krone
aus diamantenen Tröpfelein
wie eine sich spiegelnde Sonne.

Sie stand wohl mit zuckendem Herzen schon
vor der Fürstin im Königssaal –
denn es rollt ihr aus feuchtem Auge davon
ein märchenhaft güldener Ball.

Mathilde Jurtschitsch-Reisinger

Das bittende Hundeg'schau

Eine volksdeutsche Familie wohnte in einer größeren Baracke in einem Garten – mit dem Blick vom Küchenfenster zur Gartentür. Vor dem Fenster stand ein Arbeitstisch, daneben war die Tür zum sogenannten »Hundezimmer«. Ein Zimmer hatten die Leute immer an Studenten vermietet. Die Frau war sehr krank, der Vater, Alleinverdiener, hatte Epilepsie.

Sie hatten zwei sehr brave Jungen, welche die Mutter liebevoll betreuten. Der Vater hatte Gottlob trotz seines Nervenleidens einen angemessenen Arbeitsplatz.

Einmal, als er am Zahltag ohne Hund unterwegs war und auf der Straße einen Anfall erlitt, hatte man ihm seine Aktentasche mit dem gesamten Monatsgehalt entwendet. Nun wurde seitens der Fürsorge eine ständige Heimhilfe hingeschickt, um die braven Söhne zu entlasten, damit sie wieder Zeit zum Lernen hatten und die Prüfungen gut bestehen könnten.

Der Jüngere, Siegfried, ging immer mit dem Hund spazieren. Da wurde der Junge auch einmal krank und mußte zum Arzt gehen. Der Schäfer wurde vorher in sein Zimmer gegeben, damit er Siegfried nicht fortgehen sieht. Ich war am Küchentisch beim Fenster beschäftigt, um das Mittagessen vorzubereiten. Da kam der Hund aus dem Zimmer, legte seine Vorderpfoten auf meine Schulter und drückte mich mit seinem Kopf so, daß ich zum Fenster hinaussehen mußte, als wollte er sagen: »Schau, Siegfried geht heute ohne mich fort!« Dann ging er zur Küchentür und blickte mich so bittend an, ich solle ihm doch aufmachen! Ich habe ihn zärtlich an Kopf und Hals gekrault und gesagt: »Schau, Siegfried muß ja zum Doktor, da darf er dich nicht mitnehmen. Wenn er heimkommt, dann geht er sicher mit dir spazieren.« Der Hund sah mich so gutmütig an, als ob er verstanden hätte, ging mit mir geduldig wieder auf seinen Platz und schlief, bis Siegfried wiederkam. Die freudige Begrüßung bei der Heimkunft kann man sich ja vorstellen! Als Belohnung ging der Junge natürlich nach dem Essen mit ihm spazieren.

Dann erzählte mir die Frau noch eine lustige Geschichte über ihn. Als der Hund noch jung war, da war die Tramway noch hinten und vorne offen, so daß die Leute aufspringen konnten. Das hat der Schäfer mitbekommen! Bei einem Gasthaus an einer Haltestelle bekam er mittags einmal ein feines »Tschapperl«. Das hat er sich gut gemerkt und war um die Mittagszeit auf einmal verschwunden. Nach einiger Zeit war er wieder da. An einem schulfreien Tag ist ihm Siegfried nachgelaufen. Der Junge sah, wie der Schäfer auf die Straßenbahn sprang und bei dem bewußten Wirtshaus ausstieg zum »Tschapperln«, dann fuhr er wieder nach Hause. Die Schaffner kannten den schlauen Hund schon und nahmen ihn bereitwillig mit.

Wenn die Frau wieder einmal einen neuen Studenten aufnahm, schickte sie zuerst den Hund zum Gartentürl. Derjenige, welchen der Schäfer hereinließ, war immer ein guter Mensch ...

Da Schneck

Wer is sou stoark wia ih?
Sou frogg er keck: jo wer?
Da Schneck.

Ih trog mei Häusl olli Tog,
glei ols a gounzer ohne Plog;
sou protzt er keck: jo wer?
Da Schneck.
Obwuhl ih woach und ohne Knochen,
bin drunter nia nou zsoummenbrouchen;
sou prohlt er keck: jo wer?
Da Schneck.

Schiab außa meini Stenglaugn,
wal d'Leut, sou sogg er, derfst nit traun,
und blinzelt keck, jo wer?
Da Schneck.

Auf meiner Roas auf jedn Fleck,
is's Häusl sauber, moch koan Dreck:
Wos wullts! Sou moant er stulz
und keck, jo wer?
Da Schneck.

A Mausgschicht

(Gfressn host'n)

Zwoa Mäuserl ham sih oarg valafn,
ham Hunger kriagg ban Spieln und Rafn,
in Urwold drein, is ah koa Wunda;
do kimmb a Elefant, a gsunda. –

Da Mausmoun gfreut sih, der waa recht,
a sou a Mohlzeit waa nit schlecht!
As Weiberl moant, mir zwoa alloan,
wern's net dapockn, ih geh hoam!

Drauf stulz da Moun sei' Moanung möldt:
»Ih hul glei olli Mäus van Föld;
du holtst'n brav ban Rüassl fest,
aft feiern ma a groußes Fest!«

Da Mäuserich is husch davoun,
er redt glei olli Mäuserl oun:
»Heut gibbs a Fest, vasambs dös nit,
kemmbs schnöll, jo schnöll in Urwold mit.

Durt gibbs an Brotn, gounz an fettn,
pockts enk glei zsomm, loßts enk net nötn!«
Da Mausmoun bringg a groußi Schoar,
zan Weiberl, was alloani woar.

«Wou is da Elefant!« Sou schreit a!
»Der is schon furt, der hot koa Zeit ma!
Hiaz host an Schmoarrn, stott an Kostn!«
»Geh liag net Olti, gfressen host'n!!!«

Unser Hund, die Senta

Daß Hund und Kotz sih tatn nit vatrogn,
dös stimmb goar nit, dös woaß ih gounz genau,
weil unser Kotz, die graue, dö is schlau'
drum g'hört der Spruch nur zu die oltn Sogn.

Dö Gschicht, wos ih dazähl is nit dalogn.
Die Senta is a guats, a schwoarz's Wauwau,
und zan Valiabm, a bsonders herzigs Gschau!
Wos is aft mit da Gschicht, werds hoamlih frogn?

Sie kriagt a Jungs, a liabes, schworzes Wuzerl,
hot auf ihrn Baucherl oba mehra Zuzerl.
Dö graue, gscheite Mutz vasamt dös nit,

sie schleicht sie gschami hin und trinkt ah mit.
Kimm's Junge furt, is d'Senta nit vadrossn,
sie hot jo mit'n Katzerl Freundschaft gschlossn.

Rudolf V. Karl

Hundeschule

Erzählen möcht' ich eine kleine Mär.
Mein Schäferhund, er liebte Klassik sehr.
Wenn ich mich ganz den Tönen weihte,
lag er besänftigt mir zur Seite.
Nur eines konnt' er nicht ertragen,
Musik von Händel aus gar fernen Tagen.
Er jaulte, sprang, fast schon beim ersten Ton.
Das hieß: »Laß deine Hände doch davon!«
Ich tat's, – was muß ich viel erklären?
Man muß Geschmack auch bei den Hunden ehren.
Sie suchen heute Gift und harte Drogen,
werden sie vom Menschen gut erzogen.
Ich ließ von meinem Hund mir etwas sagen.
»Du spielst den Händel schlecht! Was muß ich ertragen!«
Was du nicht kannst, das laß doch lieber bleiben! –
Bevor die Tiere selbst dir ihren Unmut zeigen.

Eine Hundemahlzeit.

Der Herr und sein frisierter Hund
die sind noch beide kerngesund.
Sie leisten sich an manchen Tagen
den feinsten Sport. Man hört ihn sagen:
»Wir wollen speisen heut'. Komm' laß uns gehen.
Wir lassen uns sehr gerne sehen.«
Was ist der Grund? Der Herr ist faul.
Trotz Pfötchen geben, Wiehern und Gejaul
will unser Herrl heute nicht mehr kochen.
Der Hund ist sehr verwöhnt. Die Knochen
oder Speisereste sind ihm zu minder.
Auch Hunde sind verwöhnte Kinder.
Daher erfand der Herr den guten Trick
– er hatte bisher immer großes Glück –
ins Restaurant den Hund zu führen,
der Menschen Herz aufs Tiefste zu berühren.
Angebunden an den Sessel ist die Leine.
Der Herr vertieft ins Lesen, daß es scheine,

er kümmere sich nicht um Tier und Welt,
sei grantig, böse, gallig! Es gefällt
der arme Hund den werten Gasthausgästen.
Er haftet mit den treuen, braven Augen einen festen
Blick auf Nachbars Tisch. Wie schön!
Hier kann man Schnitzel riechen und auch sehen.
Die Leute stutzen. Sie müssen, wie sie meinen,
dem armen Tier in Liebe zugetan erscheinen.
Denn immer wird es Menschen geben,
die, böse oft im eigenen Leben,
den Tieren Liebe zeigen müssen,
besonders dort, wo viele es dann wissen.
Der Hund frißt Schnitzel, dieses arme Tier!
Der Herr des Hundes trinkt sein Bier,
liest Zeitung, rührt sich nicht vom Fleck.
Das Schnitzel ist inzwischen weg.
Der Hund geht einstweilen zum Schweinsbraten über
und schielt zu der Wurst, der guten, hinüber.
Er bekommt auch Gemüse, vielleicht auch Reis.
Er schleckt sich die Schnauze, gut war die Speis'.
Der Herr tut ganz so, als sähe er nichts.
»Was das für ein herzloser Knacker ist!«
So denken die Leute. Doch weit gefehlt.
Tierliebe ist es, die ihr nur nicht seht.
Das Glas ist geleert, das Tier gut versorgt.
Der Herr nimmt die Leine und geht dann fort.
Die Kosten vom Futter, die hat er erspart
und doch dem Tierchen die Treue bewahrt.
Denn kaum auf der Straße, in freier Natur,
umarmt er den Hund. »Mei liaber Bua,
es hat Dir, so hoff ich, sehr gut geschmeckt.«
Das Tier hat's verstanden und leckt
noch immer die Schnauze sich rein.
Was wird die Moral der Geschichte wohl sein?
Fäll' nie schnell ein Urteil, ob gut oder schlecht.
Man kann es den Menschen nie machen ganz recht.
Liebe die Menschen, nicht nur das Tier.
Die Menschen und Tiere, sie danken es dir.

Auf den Tod eines Vogels

Fliegt ein Vogel, wenn sein Herze schweigt,
in einen erdennahen Vogelhimmel?
Mag sein, daß unser Gott ihm zeigt
ein kleines Paradies, in dem auch Schimmel

und selbst Mäuslein weilen.
Mag sein, daß er auf Evas Baum
ganz fröhlich singt. Die Stunden eilen.
Und er erzählt im Liede wie im Traum

von guten Menschen, die ihn wohl gepflegt,
als er in diesem Menschenraum
zu leben von Gott auserwählt.
Sing' weiter, bleib' auf deinem Baum!

Fliegt ein Vogel, wenn sein Stimmchen bricht,
in einen Himmel voll von Sang?
Wir armen Menschen wissen es ja nicht.
Vielleicht nur dann, wenn es dem Tier gelang,
das Herz der Menschen gänzlich zu gewinnen.
Jedes Ende ist ein neu Beginnen.

Die toten Augen

Die toten Augen eines Vogels
starren gebrochen ins Leere.
Sie haben verloren ihren Glanz
und ihre Munterkeit hat sich verkrochen
unter die hängenden, zerzausten Flügel.
Die toten Augen meines Vaters,
die ich selbst geschlossen habe,
blickten erstaunt über die Güte des Lichts,
das ihm entgegen kam, in den Himmel,
um den verlorenen Glanz wiederzufinden.

Friedrich Kaulich

Ich sah noch einmal Bary

Nein – «, es war mein Vater, der es ausrief, hastig und heiser, er schlug dabei die Tür zu, die kaum einen Spalt geöffnet worden war, und er schlug sie mit aller Kraft zu, wie es sonst nie seine Art war, er faßte mich fest bei der Hand und suchte offenbar eine Weile nach Worten. »Wir gehen zuerst in den Kälberstall«, sagte er dann, und seine Stimme fand ihre gewohnte Ruhe wieder, als er weiter sprach, »dort gibt es wieder neue Kälber, ein semmelbraunes Simmentaler und ein Ostfriesländer, schwarz und weiß gescheckt, und ein Montafoner – «, aber ich hörte nicht weiter zu – das Bild stand vor mir, das ich durch den Türspalt eingefangen hatte, ganz kurz, vielleicht nur einen Herzschlag lang, konnte ich es gesehen haben, und das trotzdem mit grausamer Deutlichkeit in mein Bewußtsein eingedrungen war.

Etwas hing da an den mit einem groben Strick gefesselten Hinterbeinen auf dem Pfosten zwischen zwei Boxen, nicht so groß wie ein Kalb, und zwei blutige Hände machten sich daran zu schaffen. Die eine führte flink mit kurzen, sicheren Bewegungen ein Messer, die andere hielt den Balg, der schon zur Hälfte von dem Körper abgelöst war. Und dieser Tierkörper mit dem matten Glanz des Fleisches und dem gelblichen Schimmer der noch wie im Todeskampf angespannten Sehnen hing da, rührend in seiner grotesken Nacktheit und der Armseligkeit einer unschuldigen Kreatur, und schien mir zu schmächtig und unansehlich im Vergleich zum zottigen, braun-weiß gefleckten Fell, das von der blutigen Hand in demselben Augenblick losgelassen, als sich der Türspalt öffnete, über den herabhängenden Tierkopf hinunterfiel, wie ein Vorhang am Ende eines Dramas, in ebendemselben Augenblick, als sich das grobe Gesicht des Stierwärters uns zuwandte, dummdreist und doch etwas verlegen, und in der Box nebenan Apis, der Zuchtstier, unter Kettengeklirr seinen mächtigen Kopf senkte und unheilvoll ein dumpfes Grollen vernehmen ließ.

Allein, bevor der Vorhang fiel und sich der Türspalt, kaum aufgetan, schnell wieder schloß, traf mich noch ein Blick, ein unbeschreibbarer Blick von zwei gebrochenen Hundeaugen, in denen Treue, Hingebung und vor allem ein grenzenloses Staunen geschrieben stand.

»Wo ist Bary?« stieß ich hervor, und als mein Vater nicht gleich antwortete, »wo ist er denn heute, ich habe ihn noch nicht gesehen?«

»Bary ist tot«, sagte mein Vater nicht ohne ein leises Zögern, »man fand ihn heute morgen unter dem Holunderbaum. Er lag dort ausgestreckt, als ob er schliefe. Aber er war tot.« Und nach einer Weile, als wir schon in den Kälberstall gelangt waren: »Er war schon sehr alt und vielleicht auch krank.«

Ich sah nun nicht mehr die Kälber, nicht die schwarzgefleckten und nicht die semmelbraunen, ich sah nicht, wie mir jemand eine Schwinge mit Kleie reichte, ich möge die Kälber füttern, wie ich es immer gern tat, ich sah immer noch die zwei Hundeaugen, die auf mich gerichtet waren, bevor der Vorhang fiel und bevor sich die Tür schloß. Ich sah sie jetzt mit jenen zwei Augen allmählich verschmelzen, die mich zwischen den Gitterstäben des Vorgartens ansahen, und es lag auch diesmal eine bange Erwartung in ihnen und dann ein grenzenloses Staunen, damals, als wir zum Sonntagsspaziergang aufbrachen und Bary zum ersten Mal nicht mitkommen durfte.

Herbstlandschaft mit Rindern

Vergilbender Hecken Gevierte
und wessen Glückes Begrenzungen wohl?
Wiesen dazwischen, herbstzeitlosenbesät,
und weiße Fäden segeln gemächlich darüber zum Wald hin,
wo er sich senkt zum Tal in buntem Gedränge.
Und mitten im Bild,
unter flammendem Ahorn ruhende Rinder.
Sie kauen und kauen,
und wieder und wieder steigt in lustvollem Wiedererkennen
das Urbehagen genossener Äsung ins dumpfe Bewußtsein,
legt sich aufs Auge, das große, nach innen gekehrte,
verdämmernd im Abglanz zwischen den Lidern,
die scheinen zu schlagen vergessen.

Warum wohl nennt man sie blöde,
die Augen der Kühe? –
Die Alten wußten es besser.

Schmetterlinge auf der Buddleia

Als könnten sie es niemals sattbekommen,
die bunten Falter auf den violetten Rispen.
Sie spannten immer wieder ihre Flügel aus
der Abendsonne zu,
die nun schon langsam hinterm Sarstein unterging.
Beim letzten Sonnenstrahl erhoben sie sich
wie auf einen Schlag
und flogen über frischgemähte Wiesen – weit –
zum Waldesrand, wo schon die Rehe ästen.
Ich sah ihnen noch lange nach;
ihr Flattern schien mir wie ein Abschiedswinken.
Oder war's ein Gruß auf Wiedersehen?

Alice Kirner

Tanzendes Glück

Zarter Flügelschlag
eines Schmetterlings.
Blauschimmernde Träume
taumeln leicht
im Windhauch,
Süße naschend
von Blume
zu Blume.

Im Flimmern
des Augenblicks
ein tanzendes Glück
am Sonnenhimmel.

Einhorn

Einhorn –
weißmähniges Pferd,
in silbernen Mondnächten
aus gebündeltem Licht geboren,
das über fahlen Wiesen liegt.
Bleiches Weidennetz
scheckt seinen Leib
und ein rotglühendes Horn
reißt dich aus deinen Träumen,
trifft das Herz,
das blutend
im Monde liegt.

Einmal nur
dich schauen –
traumverloren.

Zugvögel

Auffliegen
mit den Zugvögeln
zu fernen Gestaden
fremder Länder –
weit fort.
Vergessen
das Leid des Herzens
und die nichtgeweinten Tränen
die hinter deinen Augen stehen.
Mit den Zugvögeln
ziehen
in die Freiheit
der blauen Lüfte –
unendlich weit ...

Im Grase

Mit drohenden Stacheln obenhin
lag eine Kugel im Wiesengrün.
Sie schützt sich vor dem hellen Tag,
weil sie nicht weiß, was kommen mag.

Ich stand davor und sah sie an:
da hockt vor mir ein Igelmann.
Er bebt und zittert trotz der Hitze
bis in des Stachels letzte Spitze.

Er wittert die Gefahr, den Feind,
drum igelt er sich ein und greint.
So trotzt er ängstlich der Natur
und wehrt sich seines Lebens nur.

Ich selber blieb ganz still darob,
bis er den Kopf behutsam hob
aus seinem grauen Stachelkleide,
das plötzlich weich und glatt wie Seide.

Zwei runde Äuglein sahen mich,
die Angst auf einmal von ihm wich.
Er schnüffelt leise vor sich hin
und läuft im Gras blitzschnell dahin.

Ach, hätt' ich auch ein Stachelkleid,
ich wär' gefeit gegen alles Leid.
So steh' ich *bloß* vor der Gefahr
und bin verwundbar bis ans Haar.

Der fremde Gast

Ein Schwalbennest hoch oben hängt
die junge Brut sich darin drängt.
Die Schwalbenmutter fliegt einher,
denn ihre Jungen hungern sehr.

Ein kleiner Spatz sitzt in den Zweigen
und äuget nach dem ems'gen Treiben.
Ich will doch seh'n, ob's mir gelingt,
daß man auch mir das Futter bringt.

Dem Frechen nur gehört die Welt,
der Spatz sich zu der Brut gesellt.
Er sitzt jetzt in dem fremden Nest,
nimmt sich vom Wurm das Allerbest'.

Die Schwälbin füttert ohne Rast,
doch ihre Brut verhungert fast.
Die Frechheit hat zuletzt gesiegt,
der fremde Gast vergnügt entfliegt.

Margarete Klauser

Drei Gänse

Oft begegnen wir Menschen oder Dingen, die in uns eine Erinnerung wachrufen, und wir denken : »Mein Gott, ist das lange her.« Lange ist es auch her, daß sich ereignet hat, was ich erzählen will:

Während des Krieges und kurz nach dessen Ende verbrachte ich ungefähr zweieinhalb Jahre im Waldviertel. Dort lernte ich eine Familie kennen, die so besonders war, daß ich sie nie vergessen werde.

Der Mann war der Dorfschmied, betrieb mit seiner Familie eine kleine Landwirtschaft und war nebenbei Imker. Wenn er »geschleudert« hatte, lud er die Kinder des Dorfes ein – auch meine waren dabei – zu einem köstlichen Schmaus. Da stand eine Schüssel voll Honig auf dem Tisch, jeder bekam einen Löffel und ein Stück selbstgebackenes Landbrot. Da wurde geschmatzt und gelacht und es gab nur fröhliche Gesichter. Heutzutage kann man gewiß nicht ermessen, was dies in der Zeit des Hungers bedeutet hat. Von der Frau muß ich doch ein paar wesentliche Züge erwähnen. Wenn am Abend die Jugend »ihre« Enten heimholte aus dem Dorfteich, war das eine langwierige Sache mit viel Locken und Geschrei. Frau Bauer, so hieß die Familie, machte nur »wuli, wuli« und ihre Enten kamen angewatschelt. Mir blieb das immer ein Rätsel. An heißen Sommertagen spannte die Hausmutter ein großes, selbstgewebtes Tuch über ein paar Pflöcke, damit die Hennen Schatten haben sollten. Das bewies nicht nur ihre Tierliebe, sie war auch bekannt und beliebt wegen ihrer Güte und Hilfsbereitschaft.

Der Sohn war vom Krieg noch nicht zurückgekommen, die Tochter geriet nach der Mutter. Es waren sehr fleißige Leute.

Diese Familie besaß drei Gänseriche. Daß man einen Wachhund hält, ist ja üblich, aber Gänse?! Eine bessere Bewachung kann sich niemand vorstellen. Wollte ein Fremder in das Haus, kamen sie, halb laufend, halb fliegend, mit unglaublicher Schnelligkeit daher, schrien und schnatterten, daß einem allein von dem Lärm, den sie schlugen, angst und bange werden konnte. Ließ sich der Eindringling nicht gleich in die Flucht schlagen, flogen sie ihn an. Das wirkte immer.

Es hat lange gedauert, bis sie mich und die Kinder als Bekannte akzeptiert haben.

Eines Tages geschah etwas Unvorhergesehenes. Ein Russe, der sich – wie sich später herausstellte – nach dem Ortsvorsteher, so sagte man damals zum Bürgermeister, erkundigen wollte, war im Begriff das Haus zu betreten. Sofort kamen die Gänse mit lautem und wildem Geschnatter auf ihn zu. Da der Mann sich nicht beeindrucken ließ, flogen sie ihn an und der größte von den drei Gänserichen erwischte den Fremden am Kragen und hielt ihn mit dem Schnabel fest. Der Russe, verärgert, versuchte das Tier abzuschütteln, unterschätzte aber die Kraft seines Gegners. Als die Gans schließlich doch loslassen mußte und auf den Boden fiel, versetzte ihr der Mann einen heftigen Fußtritt und sie wurde an eine Maschine, die im Hofe stand, geschleudert.

Schwer verletzt blieb sie liegen. War es der schwere Stiefelschlag, war es die Wucht des Aufpralles am Eisengestell – das Tier war nicht mehr zu retten. Ich habe mit viel Angst und Herzklopfen von einem Fenster aus alles beobachten können.

Der Russe sah erschrocken und ein wenig ratlos aus und ich hatte den Eindruck, daß ihm leid tat, was geschehen war. Als er merkte, daß das Haus leer war, ging er fort.

In den folgenden Wochen verhielten sich die beiden anderen Gänse merkwürdig. Sie schnatterten nicht mehr, verweigerten das Futter, naschten nur ab und zu davon, ihr strahlend weißes Gefieder wurde gelblich und verlor den fast seidigen Glanz. Es war offenkundig, daß sie litten.

Fehlte ihnen nun der Anführer tatsächlich? Oder war es die Gewohnheit, zu dritt zu sein?

Ich weiß über Gänse, deren Verhalten oder eventuelles Gefühlsleben sehr wenig.

Als die Hausmutter erkannte, daß alle fürsorgliche Mühe und Liebe vergeblich waren, entschloß sie sich, dem Leben der beiden Tiere ein Ende zu machen.

Die Dorfbewohner, vor allem die Jugend, vermißten die Schnatteriche sehr, deren warnendes Geschrei nun nicht mehr über die Felder hin zu hören war.

Katzenwäsche

Unter diesem Titel kann man sich alles mögliche vorstellen, sicher aber nicht das, was ich erzählen will.

Ich hatte eine alte Tante, die manchmal »Katzenwäsche« machte, vor allem, wenn sie in Zeitnot war. Da tauchte sie ihre Finger in kaltes Wasser und fuhr sich damit über die Augen. Als ich sie einmal fragte, warum sie das Katzenwäsche nenne, meinte sie: »Ich schlecke mir nur mein Märchengesicht ab.«

Das war Tante Poldi. Haben sie Tante Poldi gekannt? – Aber von ihr will ich ja gar nicht erzählen. Es geht um Tante Hilde.

Sie hatte Waschtag. Lange Zeit war in Frage gestellt, wer dafür zuständig sei. Waschen ist Frauensache, Maschinen sind Herrensache. Die Waschmaschine war also ein sogenannter Zwitter.

Eines Tages war diese Angelegenheit auf logische Weise geklärt worden. Da es Waschmaschine und nicht Maschinenwäsche heißt, war dafür der Mann zuständig. Wie ja ein Herrenhaus ein Haus und ein Hausherr ein Herr ist. Die Betonung lag auf Maschine und so fiel die Handhabung eindeutig dem Mann zu.

Tante Hilde mußte waschen, weil der zuständige Hausherr sich auf Kur befand.

Es war klar, daß Tante Hilde nicht sehr vertraut war mit diesem elektrisch betriebenen Ding, weil sie sich ja nicht darum gekümmert hatte.

Sie sortierte die Wäsche, stopfte einen Teil in den Rachen des Ungetüms, der Rest kam als Handwäsche in das Becken.

Da fiel dem lieben Hildchen ein, daß ihr Mann die Gewohnheit hatte, bis zu einem halben Dutzend Taschentücher in die Hosentaschen zu stecken. Sie machte sich also auf die Suche nach diesen Dingern, ahnungslos, daß inzwischen etwas geschehen könnte. Was geschah, sollte sich bald herausstellen.

Die Tante ging ins Badezimmer zurück, legte die gefundenen Nasenputztücher ein und setzte die Maschine in Betrieb.

Während sie eben ihre Höschen einseifen wollte, hörte sie klägliches Miauen, das sogleich zu einem jämmerlichen Geschrei wurde.

Das liebe Tantchen, sowieso nervös wegen der ungewohnten Handlung, erschrak. Woher kam das? Vielleicht aus der Speisekammer? Aber da war alles in Ordnung. Sie öffnete die Tür und sah in den Garten hinaus. Da lagen zwei kleine Kätzchen in friedlichem Schlummer.

Das Klagegeschrei wurde unerträglich. Da traf es die Katzenmutter wie ein Blitz: »Die Waschmaschine!« Was tun? Sie riß den Stecker heraus, öffnete, und eine in Schaum gehüllte Masse, in deren Inneren sich etwas zu bewegen schien, quoll heraus. Oh Gott! Hände und Arme fuhren in das Seifenblasen-Luftgemisch, bis sie etwas Festes griffen. Mit großer Aufregung und heftigem Herzschlag wurde das Tier sofort abgebraust. Das arme nasse Ding zitterte vor Angst und Kälte wie ein weicher Pudding. Tante Hilde, nicht weniger zitternd, holte den Fön, trocknete das Fell, kraulte und liebkoste das Tier, und gab sich alle Mühe, es zu beruhigen.

Sie war so sehr damit beschäftigt, daß sie auf die Augen vergaß. Sie sind empört? – Nicht doch! Keine Vorwürfe! Keiner weiß, wie er in einem solchen Schock reagiert.

Der Tierarzt war mehrere Dörfer entfernt. So lief Hilde mit der Katze in die Apotheke. Dort wurden die Augen ausgewaschen und Salbe hineingeschmiert. Der Magister sagte, wenn sich keine Komplikationen ergeben ...

Es ergaben sich keine. Beide haben überlebt. Tante Hilde ihren fürchterlichen Schrecken und die Katze die sehr ungewöhnliche »Wäsche«.

Heidi Knapp

Stiche

Die Frau genoß es, ein Abteil für sich allein zu haben. Der Zug rollte durch die bunte Herbstlandschaft, sie hatte die Schuhe abgestreift, die Beine lagerten genüßlich auf dem gegenüberliegenden Sitz. Obstsäckchen und Lektüre vervollkommneten die Idylle.

Durch das geöffnete Fenster summte eine Wespe herein, begann sich ebenfalls für die Weintrauben zu interessieren. Eine zeitlang beobachtete die Frau das Treiben des Tierchens, dann taten Rattern und Müdigkeit ihre Wirkung und sie nickte ein.

Das Erwachen geschah durch ein leichtes Kitzeln am linken Oberschenkel, begleitet von einem unmißverständlichen Brummton aus dem Inneren der Hosenröhre.

Unangenehme Erinnerungen an ihre Wespenstichallergie und eine im letzten Monat dringend benötigte Calziumspritze ließen die Frau recht schnell hellwach werden.

Wie sollte sie vorgehen?

Die Vorstellung, das Insekt von außen durch den Stoff hindurch zu zerquetschen, ekelte sie. Sie wollte es auch gar nicht vernichten, sondern lediglich loswerden. So begann sie langsam und vorsichtig, die Hose hinunterzustreifen, um die Wespe nicht noch rebellischer zu stimmen. Doch das Gebrumm aus der Hosenröhre wurde jetzt so bedrohlich, daß die Frau kurz entschlossen aufstand, aus der Hose schlüpfte, um sie beim Fenster hinaus auszubeuteln.

Eine gedankenlose Tat!

Ein unachtsamer Augenblick und der Fahrtwind entriß ihr das verwünschte Kleidungsstück.

In ihre Überlegungen, was in dieser mißlichen Lage am besten zu tun sei, platzte der Schaffner. Sein: »Jemand zugest...« blieb ihm beim Anblick der nicht mehr ganz jugendlichen Dame im Slip im Halse stecken. Ihre aufgeregten Erklärungen über Wespe, Allergie, Fahrtwind und so fort, hörte er mit skeptischer Miene an und verschwand auf ihre Bitte, doch irgendwie behilflich zu sein, sichtlich erleichtert, wobei er mit raschem Griff die Abteiltüre von außen verriegelte.

Nach einiger Zeit wurde sie wieder einen Spalt geöffnet und der Schaffner schob einen rundlichen, älteren Herrn mit Doktorköfferchen vor sich herein.

Erst musterte er die Frau kritisch, dann trat er ganz nah an sie heran und hob mit zwei Fingern flink ihr rechtes Augenlid.

In diesem Moment beging die Frau die zweite Dummheit dieses Tages: sie holte zu einer saftigen Ohrfeige aus. Im nun folgenden Tumult wurde sie von den beiden Männern überwältigt, ihre Hände mit einem Dreieckstuch auf dem Rücken gebunden.

All ihre Einwände und Erklärungsversuche unterbrach der Psychiater mit berufsmäßig beschwichtigender Stimme: »Selbstverständlich werden Sie auch bei uns geeignete Objekte für Ihre Tierliebe finden!«

Auf ihr Toben, sie wolle keine »Objekte« sondern lediglich etwas zum Anziehen, vertröstete er sie auf baldige, frische Hosen, sogar in weiß ...

Gemeinsam mit dem Schaffner nahm er ihre Personalien auf und im nächsten Bahnhof wechselte sie unter seiner diskreten Führung ganz schnell vom Eisenbahnwaggon in ein bereits am Perron wartendes Rettungsauto.

In der psychiatrischen Klinik erlaubte man ihr unter Aufsicht, sich mit ihrem Hausarzt in Verbindung zu setzen, der sie schließlich aus ihrer prekären Lage befreite. Seither leidet sie allerdings neben ihrer Wespengiftallergie auch noch an einer gegen Psychiater.

Es sagte ...

... die Termitenkönigin zum Elefanten, der ihre Burg zertrampelt hatte: »Na, warte, wenn ich dich erwische ...!«

... Mama Motte zu ihrer Tochter: »Wenn du jetzt nicht mit mir in die Wäschekammer kommst, gehst du am Abend auch nicht in den Pelzschrank!«

... eine Gelse zu ihrer Brut: »Quälet ruhig die Leut' zum Scherz, denn sie fühl'n wie wir den Schmerz!«

... die Schnecke, als sie nach sieben Tagen vom Zaune fiel: »Das kommt von der verdammten Hudelei!«

... ein Hirschkäfer über den Sechzehnender: »bei *dem* Geweih nur vier Beine, der Ärmste!«

... die Schlange zu Gott: »Deckt denn dein paradiesischer Rechtsschutz diese Apfelgeschichte?«

... eine Zeitungsente zur Ente auf Blaukraut mit Kastanienfüllung: »Ätsch, mich frißt keiner!«

... die heimkehrende Taube zu Noah:
»Laß uns abwarten, was die Versicherung zahlt.«

Opa und Emma

Opa sitzt beim Jausenkaffee und studiert den Grenzboten. Emma, die Stubenfliege, rüsselt genüßlich einen süßen Tropfen von der Kaffeelöffelspitze. Anschließend putzt sie sich mit den Vorderbeinchen das Gesicht. Dazu nimmt sie auf Opas Handrücken Platz.

Der schüttelt sie unwillig ab, wobei der Sportteil der Zeitung zu Boden fällt. Opa bückt sich schwerfällig.

Emma setzt ihre Toilette fort, indem sie mit den Hinterbeinchen die Unterseite ihrer Flügel massiert. Als dazu geeignete Stelle hat sie Opas Unterarm befunden.

Opa verscheucht sie und schlägt sich dabei die Brille von der Nase. Die Brille fällt auf den Holzboden, ein Glas springt heraus. Opa geht aus dem Sitzen mühsam in die Hocke, drückt das Glas in die Fassung zurück, setzt die Brille wieder auf, rutscht auf den Sessel zurück und liest weiter.

Emma dreht surrend ein paar Verdauungsrunden über der Kaffeetasse und läßt sich dann zu kultivierterem Genuß am Goldrand der Schale nieder.

Opa blickt über den Brillenrand angewidert auf die potentielle Überträgerin von dreihundertsechsundvierzig Krankheiten. Er faltet die Zeitung zum Achtel und schlägt nach Emma. Der Inhalt der Schale zerspritzt in weitem Umkreis zu kleinen, braunen Flecken mit auslappenden Rändern. Opa brüllt durchdringend nach der Haushälterin.

Emma zieht in sanften Kurven durch das geöffnete Stubenfenster in den sonnigen Obstgarten.

Erhard W. Knoll

Der Tramp

Dritter Adventsonntag. Das war eigentlich in diesem Falle ohne Bedeutung, höchstens insoweit, daß man nicht zur Arbeit mußte. Obwohl das Jahr zur Neige ging und die Temperatur erheblich unter Null lag, ließ das Fehlen des Schnees keine rechte Weihnachtsstimmung aufkommen. Nur die vereinzelt in den Vorgärten mit elektrischen Kerzen aufgeputzten Bäumen ließen die Nähe des Weihnachtsfestes erkennen. Ein kalter Wind pfiff durch die Gassen und ließ uns den Schal höher schieben, um mehr Schutz zu erhalten. Trotzdem hatten wir uns, daß heißt mein Sohn und ich, entschlossen, »eine kleine Runde« zu gehen. Nicht weit von unserem Garten, wir waren erst wenige Schritte gegangen, kam von rechts, die Stiegen herauf, meine Tochter; vor ihr lief ein brauner mittelgroßer Hund. »Der begleitet mich schon die ganze Zeit«, erzählte sie. Wir kannten ihn. Er war Mitbewohner des weiter unten, neben der Straße, gelegenen Gasthauses.

Meine Tochter verspürte sichtlich kein Verlangen, uns zu begleiten, sie zog es in die wärmende Stube. Der Hund wollte sie begleiten. »Marsch, jetzt geh mit denen da«, meinte sie scherzhaft. Dem Hund schien es gleich, mit wem, und so schloß er sich uns an, besser gesagt, er lief einige Meter vor uns her.

Wer zwar Tiere liebt wie wir, jedoch nie einen Hund besaß, wird vor vollkommen neue Situationen gestellt. Ich meine damit nicht, daß er gleich beim nächsten Auto sein »Haxl« hob, das war für mich, als Autobesitzer wirklich nichts Neues. Manchmal schien es mir, als würden sämtliche Hundebesitzer der Gegend ihre Lieblinge auf mein Auto dressieren: »Und jetzt hoch das Bein ....« Bei so vielem gießen müßten meine Autoreifen schon die Größe von Traktor-Hinterreifen erreicht haben. Auch die unzähligen Haufen genau vor meinen Autoeinstieg ließen zwar meine Zuneigung zu eben jenen Vierbeiner nicht schwinden, jedoch die Abneigung gegen die Beschränktheit ihrer Besitzer anwachsen, die nicht für den entsprechend besser geeigneten Platz oder zumindest die Mitnahme dieser »trittweichen« Spuren sorgten.

Zurück zu unserem Begleiter. Eigentlich wäre es richtiger zu sagen: Er hatte großzügiger Weise beschlossen, sich von uns begleiten zu lassen.

Eben kam auf der gegenüberliegenden Seite der Gasse eine elegant gekleidete Frau, mit einem Königspudel an der Leine, entgegen.

Unser »Tramp« beschloß, das Visavis genauer zu beriechen. Dies hatte bei den beiden aber keine freudigen Äußerungen zur Folge. Mir war nicht klar, ob sie sich bei dem, aus einem Hunde-Modejournal entstiegenen Pudel in Schutz begeben wollte oder umgekehrt. »Nehmen sie doch Ihren ekligen Köter weg« rief sie, und schlug dabei mit der Ende der Leine wie wild um sich. Hier bewies »der Unsere« mehr Adel als die beiden zusammen. Er verbellte sie kurz und ließ sie links stehen, obwohl es eher ein desinteressiertes Links-liegen-lassen war. Aber was soll ich machen, da sie nun einmal eben standen und nicht lagen. Die Dame war empört über uns, über den Hund, über die furchtbaren Geschehnisse einer proletarischen Welt, deren Klauen sie eben entkommen.

Den Tramp focht das nicht weiter an, er blickte sich nur kurz um, ob wir ihm auch wirklich brav folgten, und lief weiter.

Vorgärten, was muß das für einen, dem Leben und den Gerüchen aufgeschlossenen Hund, was muß das für eine Erlebniswelt sein.

Freundlich lächelte uns die Dame im Vorgarten neben einen neugierig herausschnupperten Spaniel entgegen. Der »Unsere« hatte sich freundlich dem Spaniel gegenüber aufgestellt. Man konnte sich also riechen.In diesem Falle wurde die Symphatie der Hunde zueinander unverdienter Weise vom Frauerl auf uns übertragen. So sind die Menschen, sie wissen nichts, sie glauben zu wissen und schon beziehen sie Position auf Grund einer vorgefaßten Meinung. Ob so oder so, es ist gleich.

Jetzt war es aber Zeit, umzukehren. Wie brächten wir unseren Anhang dazu, sich wieder heimzutrollen? Also beschlossen wir, ihn zu überlisten. Bei einer Wegkreuzung taten wir so als ob wir nach rechts gingen, prompt ließ er uns voraus ohne sich umzusehen. Sofort machten wir schnell kehrt und gingen den anderen Weg. Wir waren zufrieden, wir waren doch die klügeren - meinten wir. Was war denn das für ein Geschnaufe hinter uns? Da war er wieder. Er beachtete uns scheinbar wieder nicht. Jetzt gingen wir die Straße, die ihn zu seinem nach Hause führen konnte - wenn er wollte. Schon der nächste Weg, der nach rechts abbog, sollte es zeigen, denn dieser war unser Heimweg. Auch er wollte heim, wie sich herausstellte, er lief weiter und ließ uns allein heimwandern. Fast vermißten wir ihn. So werden wir im Leben oft begleitet, und sehen es als selbstverständlich oder als lästig an. Haben wir aber diesen Begleiter nicht mehr, fehlt er uns.

Tiere im Himmel

Es war ein hoher Festtag im Himmel. Sicher gibt es auch dort solche, denn trotz der ewigen Seligkeit ist es halt wie überall dasselbe. Wenn man ständig jubilieren, Sterne putzen oder Wolken schieben soll, dann kommt auch dort ein klein wenig Unzufriedenheit auf. Doch der Herr, in seiner Allwissenheit und Güte, kennt diese menschlichen Anwandlungen, die auch einen Engel dann und wann erfassen können.

Und so kam es zu einer himmlischen Betriebsversammlung, es bildete sich eine unübersehbare Gruppe von Engeln, die einfach nicht einsehen wollten, daß den Tieren, die ja die unschuldigsten Wesen auf Erden sind, das Himmelstor verschlossen sein sollte.

Zum Anwalt dieses Anliegens vor dem Herrn wurde kein geringerer als der Hl. Franziscus von Assisi erkoren. Wenn auch der Himmel mit unserem Erdendasein nicht vieles gemein hat, ein Anerkannter als Sprecher ist immer besser. Also, wer könnte da besser sein, als ein Heiliger.

Im Gegensatz zur autoritären Hölle - warum sollte das höllische Regime ein anderes sein als jedes autoritäre -, ging es im Himmel sehr demokratisch zu. Nur, dort drüben, da funktioniert alles halt perfekter als auf Erden. Die Autoritäten sind zwar höllisch, aber sie halten nicht so lang wie Luzifers Reich, und die Demokratien sollt' man schon gar nicht in einem Atemzug mit der himmlischen Perfektion erwähnen.

So war es kein Wunder, daß der Antrag auf himmlische Zulassung der Tiere mit großer Mehrheit durchging.

Und also geschah es. Legionen von Tieren, die ihr Erdendasein beendet hatten, strömten durch das mächtige Tor an Petrus vorbei. Eine Zeit lang sah der alte Herr dem bunten Treiben zu, als aber ein Rauhhaardackel sich anschickte, die in Sandalen steckenden Zehen des würdigen Herrn mit seiner rauhen Zunge anzuschlecken, entfloh er. Voll Unverständnis, mit großen traurigen Augen, blickte ihm der Dackel nach. Wie sollte er auch wissen, daß der alte Herr kitzlig war.

So versammelten sich alle, die Engel mit den Tieren. Alle waren glücklich und die Sterne strahlten wie nie zuvor. Der Herr blickte von seinem himmlischen Throne auf die Runde, die trotz der Vielfalt an Rassen in Ruhe und Frieden verharrte. Und er sah, daß es gut war.

Mit einem Blick auf die Erde schüttelte der Herr den Kopf. Kein Wunder, unten, auf Erden, da waren die Menschen; nur vier Rassen – und noch dazu mit der Gabe des Denkens beschenkt -, diesen gelang es nicht, in Frieden und Gemeinsamkeit zu leben.

Doch vielleicht ist es gerade den Tieren vorbehalten, über die Selbsterhaltung hinaus, sich zu vertragen. Wir Menschen sind halt doch nur eine selbsternannte Krönung.

Wenn Sie das aber nicht glauben, dann blicken Sie zum Himmel; da sehen Sie ihn, den großen Bären, den Löwen, den Stier und unzählige andere.

Marion Krafft-Ebing

Das Mißverständnis

So, Annerl«, meinte der Hallerbauer in die Stube hereintretend, »bist fleißig beim Stricken! Dann ist's recht. Frauenzimmer müssen a Arbeit haben, sonst kommen s' auf verruckte Gedanken.«

Aufblickend läßt Annerl den Schalk in ihren Augen hüpfen. »Ja, Vater, da hast recht! Aber wie is eigentlich nachher bei den Männern?« will sie wissen.

»Lausdirndl, vorlauts, willst wohl schweigen! Reden tu hier immer noch i!« poltert gutmütig der Vater und läßt sich zufrieden auf die Ofenbank nieder.

»Aber ein bissl dreinreden darf i ?« kommt es wieder leise vom Stubentisch her.

»I möcht nur wissen Dirndl, wo du des Mundwerk immer her hast?«

»Ja, Vater, da drum haben mich schon manche gfragt. Die Leut sagen halt immer, wenn's mich so anschaun ... ganz der Vater!«

Lachend nickt der Hallerbauer, dann meint er ernst werdend: »So, jetzt muß i aber in den Stall gehen. Weißt Annerl, a Freud hab i, sag i dir, a Freud mit dem Kalbl! Grad leid tut mir's wenn ich das Kuhkalb jetzt hergeb. Aber gsagt hab i's gestern beim Kegeln drunten im Dorf und so muß i schon Wort halten, wenn heut einer drum kommen sollt. I geh jetzen Annerl, i bin aber gleich wieder da!«

» 's ist recht Vater!« sagt das Mädchen und blickt eifrig auf seinen Strickstrumpf nieder.

Kaum sind jedoch des Vaters Schritte verklungen, da klopft es an die Stubentüre. »Herein!« ruft die Annerl und beugt sich noch tiefer über ihre Arbeit. »Därf i ein bissl einikommen zu dir?« fragt über die Schwelle tretend ein junger Bursche.

Ganz erstaunt tut die Annerl: »Ja, du bist's Karli, ja, grüß dich! Und so sauber hergricht bist heut, was ist denn los?«

Der Karl hat sich derweil neben die Annerl gesetzt und rückt näher und näher. »Zuerst einmal rasch ein Busserl, Schatz, i brauch a Stärkung.«

Das Strickzeug fällt klirrend zu Boden und schmollend meint nachher das Mädchen: »Aber du weißt doch Karli, wenn uns der Vater so erwischt, da würd er schön wild werden!«

»Drum soll's ja auch endlich aus sein mit der Heimlichtuerei!« Jetzt springt das Mädchen erregt von der Bank auf: »Karli! Du willst den Vater wirklich fragen wegen uns?«

»Ja, Schatzl, am liebsten heut noch, wenn ich nur die Courage hätt. Aber i fürcht, wie ein Knödel wird mir das richtige Wort im Hals stecken bleiben!«

Jetzt wird das Mädel energisch: »Das einzige Mal, wo du allein reden mußt. Nachher, später, da red schon immer i für uns zwei.«

»Annerl ...!«

»Pst ...! Der Vater kommt, i hör ihn schon!« Die Liebenden können gerade noch rechtzeitig auseinanderfahren, da steht auch schon der Hallerbauer unter der offenen Tür: »So, Annerl, da bin i wieder ... Ah ... Bsuch is da? Ja, der Karli, grüß Gott auch!«

»Grüß Gott, Hallerbauer!« Die beiden Männer reichten fast bis zur Stubendecke, wie sie sich jetzt kräftig die Hände schüttelten.

»Vater«, nimmt Annerl sogleich das Wort, »i glaub der Karl hätt ein Anliegen an Euch! I will derweil in der Kuchel was herrichten ...«

Der junge Bauer wirft seinem Mädchen einen hilfesuchenden Blick zu: »Annerl, könntest ruhig dableiben ...« Aber diese ist schon lachend hinausgegangen und ruft, die Türklinke eben noch in der Hand: »Na, na! Die Männer soll man auch einmal allein miteinand diskutieren lassen!«

Die Männer horchen der Annerl nach, schweigen eine Weile, dann meint endlich der ältere: »Geh, setz dich doch Karli, mach's dir kommod! Also was gibt's?«

»Hallerbauer! I ...i hätt wirklich ein Anliegen an Euch! Und kein Preis wär mir zhoch dafür!«

»Ah ...« schmunzelt der Hallerbauer, »jetzen bin i schon ganz im Bild! Gestern beim Kegeln drunten im ‚Adler' hab i's gsagt, wer mirs beste Angebot macht, dem geb i's und keinem andern. Hast Glück ghabt, daß du net zu spät kommen bist!«

»Ja, mein ganzes Glück!« schwärmt der Bursche, doch dann ruft er erschrocken »um Gottes Willen, wenn i zu spät kommen wär, des wär ja net zum ausdenken gwesen. Bin i froh, daß i heut kommen bin. Jetzt fallt mir grad ein Riesenstein vom Herzen.«

»Karl«, lacht verwundert der Bauer, »jetzt tust grad, wie wennst sonst gar nimmer leben mögst. Bist ja rein narrisch.«

»Hab auch allen Grund, narrisch vor Freud zu sein, Hallerbauer!« Der ältere wirft sich geschmeichelt in die Brust, lacht dröhnend auf, schneuzt sich umständlich, dann antwortet er endlich:»Recht hast! Der Wuchs ist tadellos, die Haltung gut. Bein und Hüften stämmig und doch schlank, der Fleischansatz grad richtig die letzte Zeit. Net zu viel und net zu wenig. Prima zur Zucht, sag i Dir ...komm's gleich anschaun ...«

»Da brauch i nix mehr anschaun«, bestätigt freudestrahlend der jüngere, »das weiß ich selber am besten! Tadellos der Wuchs und...«

»Prima zur Zucht ...«, erinnert der Hallerbauer.

Ein wenig verlegen dreht der Bursche jetzt das Hütl in den Händen. »Aber Bauer, wie redst denn gleich von Deiner ...«

Doch der andere unterbricht ihn: »I werd doch noch reden und loben dürfen, was i mit eigener Hand aufzogen hab oder?«

»Ja, freilich, des schon!«

»Also ein guts Platzl kriegt's, mit dem Preis werden wir schon einig werden, und was das Futter betrifft ...!«

Bestürzt blickt der Karl den anderen an und stottert:

»Das Futter ...?«

»Kruzitürken! Is der Bua aba schwerfällig«, schnaubt der Hallerbauer, »sonst bleibt's am Wuchs zurück und das Fell is auch nimmer glänzig!«

Entsetzt ist der Karl aufgesprungen: *»Das Fell?* « kommt es über sein Lippen.

Aufbrausend, mit zornrotem Kopf schimpft jetzt der Hallerbauer drauflos: »Sakra, Bua, bist du plötzlich deppert worden?«

Der Karli kennt sich nimmer aus und schaut ganz kläglich drein. Da schreit wütend der ältere: »Jetzen hab i's aber satt! Willst du die Kalbin oder willst du sie net?«

»Die *Kalbin ?*«

»Verdammt, jetzen weiß i net, bist du blöd oder bin am End i's selber? Von meiner Kalbin red i doch schon die ganze Zeit!«

Da geht leise die Tür auf und Annerl steht plötzlich wieder neben den zweien. »Ja, du meine Güte, man braucht nur die Mannsbilder einmal allein lassen!«

Jetzt tritt der Karli mit dem Mute der Verzweiflung entschlossen auf seinen zukünftigen Schwiegervater zu: »Eure Kalbin hab i doch gar nie gmeint! Eure Annerl möcht i zur Bäurin!«

»Meine Annerl«, stammelte der Fassungslose und setzt sich nieder.

Da legt Annerl mit glühenden Wangen, in all ihrer Anmut, den Arm um den Hals ihres Liebsten und sagt: »Ja, Vater! Es ist schon so! Wir haben's dir schon länger sagen wollen. Sei einverstanden und die *Kalbin*, gelt Vaterl, die gibst uns auch noch dazu!«

Gertrud Krupitzka-Hilscher

Noch schlägt für uns die Nachtigall

Ein paar Schritte vom Strand entfernt steht unser Wohnwagen, umgeben von Sträuchern und Bäumen. Für die Vögel sind sie der ideale Balz- und Nistplatz. Wir können dadurch ihr geschäftiges Treiben gut beobachten und auch ihre Gesänge aus nächster Nähe hören.

Jeden Abend ziert ein schwarzer Vogel, wie ein Wetterhahn die Kirchturmspitze, den Wipfel des Wacholderbaumes, um möglichst lang die Sonne zu begleiten. Es ist die Standamsel, die dort ihr Abendlied singt. Tag für Tag ist es das gleiche Bild. Sie findet sich auch ein, wenn es regnet.

Im Versteck der Stauden ist ein kleiner, dunkelbraun gefiederter Geselle, die Nachtigall, ein Konkurrent der Amsel. Sie würde, könnte sie es, Akkorde singen. Sie zerlegt diese in wunderschöne Gesänge und transponiert die Wiederholung. Von keinem anderen Vogel wird dieser Melodienreichtum überboten. Selbst die einfallsreiche Amsel und die Drossel werden von dem kleinen Sänger in den Schatten gestellt. Wohl treten sie öfters gegeneinander zu einem Wettstreit an, aber Sieger bleibt die Nachtigall. Sie, die immer ihre Arien mit einem schnalzenden Ton, dem »Schlagen«, beginnt, jubelt ihre Freude in den Äther. Darauf folgt ein langgezogenes Pfeifen, das zu einem neuen Melodienreigen überleitet. Immer wieder erstaunt uns Menschen diese Fülle an Variationen. Man kann sich diesem Zauber nicht entziehen. Mit jeder neuen Melodie erweckt sie abermals unsere Aufmerksamkeit. Fasziniert, als hätte man eine aufpeitschende Droge genommem, hört man zu. In der nächtlichen Stille, wenn sie allein ihre lustvollen Kompositionen zu den Sternen schickt, ist man besonders berührt, so daß jedwede Müdigkeit schwindet und gar kein Schlafbedürfnis aufkommt. Es ist unglaublich, wie unermüdlich der kleine Freier musiziert. In schluchzender Sehnsucht umwirbt der Hahn seine Henne. Mit verführerischem Locken feuert sie erneut ihren Auserkorenen zu noch reizvolleren Liebesgesängen an. Sein ganzer Körper erzittert, hebt er mit weitaufgerissenem Schnabel zu werben an. Scheinbar gerät für das Vogelpaar die Erde genauso außer Rand und Band wie für uns Menschen, wenn die großen Wellen der Liebe über uns zusammenschlagen und uns darinnen in Glückseligkeit fast ersticken lassen. Erlöst und wie neugeboren werden wir vom Wellenberg an den sicheren Strand, den Hafen der Gewißheit, der gefundenen Ruhe, der Geborgenheit in der Umarmung gespült. Immer wieder löst wahres Liebesglück ein Beben der eigenen kleinen Welt aus, man muß es nur wollen. – Und die Nachtigall will es.

In den frühen Morgenstunden, wenn sich der junge Tag bereits ganz zart am Firmament ankündigt und die anderen kleinen und großen

Sänger ihrem Schöpfer für ihr Dasein danken, beruhigt sich die für die Nachtigall aus den Angeln gehobene Welt und pendelt in ihre gewohnte ruhige Lage zurück. Ermüdet schläft das Vogelpaar für ein paar Stunden. Das ist auch für uns die Zeit, wo wir im Wohnwagen unsere Nachtruhe finden können. – Nach zwei oder drei Stunden wird es im Revier der Nachtigall wieder lebendig. Ein kurzes Schlagen und ein tirillierender Morgengruß weckt uns Übernächtige. Tagsüber schalten wir ein Schläfchen ein, um für das kommende nächtliche Konzert ausgeruht zu sein.

Ist die Balzzeit vorbei, wird es leiser im Gesträuch, denn tagsüber hat das Vogelpaar mit dem Nestbau zu tun, und später beginnt ja das Brüten. In dieser Zeit fliegen sie ganz besonders vorsichtig ihren Nistplatz an, um nicht gesehen zu werden. Auch die schlüpfenden Jungen werden mit Flügen, die die Nesträuber in die Irre führen sollen, geschützt.

Es ist ein wunderbares Geschenk, daß uns die Natur einen kleinen Blick in ihre großen Geheimnisse gewährt. Die kleine Nachtigall ist für uns der Beweis, daß uns die Welt als Paradies geschenkt worden ist. Wie lange wohl? Wir haben den kleinen Vogel noch singen gehört und danken voll Ehrfurcht dafür dem Schöpfer.

Das Vogellied

Flieg' meine Seele, zum Lied, das die Dämmerung nahm, –
Bette dich weich in warmes Gefieder,
lausche dem Rauschen im nächtlichen Tann!
Vergoldet die Sonne die Wipfel am Morgen, –
d a s L i e d,
das Lied ertönt sehnsuchtsvoll wieder.

Die Eintagsfliege

Zwoa Jahr' braucht so a kloane Fliagn,
daß s' für an oanzign Tag kau(nn) fliagn.
Wahrscheinli denkt si die Natur;
»Zum sich-Vermehr'n is oa Tag gnua.«

Der Dompfaff

Der Dompfaff mit der roten Brust
wiegt sich am Ästchen lange
und träumt in seiner Liebeslust,
wie er sein Weibchen fange.

Er lockt und singt. Da zeigt sie sich.
»Schnell! Auf zur Futterstelle!«
Dort legt er ihr ein Körnchen vor,
der pfiffige Geselle.

Mit Wohlgefallen jubelt er:
»Wie wählerisch die Kleine!«
»Wenn du stets Kavalier sein wirst,
dann werde ich die Deine!«

Der Floh

Es träumte einst ein kleiner Floh,
er säß auf eines Hündchens Po.
Er biß die Haut auf, saugte Blut,
das brachte Hündchen voll in Wut.
Die Schnauze reichte nicht so weit,
zu wohlgenähret war sein Leib.
Er fletschte nur die Zähne so. –
In Sicherheit – grinste der Floh.

Lilli Kumberger

Die Rächer

In meinem Garten stand ein riesiger Jasminstrauch, dessen Blüten ein betäubender Duft entströmte. Als ich einige Zweige abschnitt, entdeckte ich unter dem dichten Blattwerk ein Vogelnest. Darinnen hockten drei Amselkinder, die kräftig mit den Flügeln schlugen. Sie würden gewiß bald ihre ersten Flugversuche machen.

Schon am nächsten Vormittag hatte Frau Amsel die kleine Gesellschaft auf die Erde herabgelockt und lehrte sie bereits beim ersten Spaziergang, Käfer und Würmer aufzupicken. Possierlich stelzten die Jungvögel zwischen den Grashalmen und dem goldgelben Löwenzahn zum alten, knorrigen Apfelbaum hinüber. Auf seinem Gipfel thronte der Amselmann und hielt in luftiger Höhe Wache. Plötzlich wurde die kleine Schar durch sein lautes Warngezeter erschreckt, in das noch ein paar andere Vögel eifrig miteinstimmten.

Ich schaute beim Fenster hinaus, konnte aber nichts Verdächtiges entdecken. Und doch schien irgendetwas in der Luft zu liegen. Huschebusch, mein Tigerkater, stolzierte steif wie ein spanischer Grande zwischen den Blumenbeeten im oberen Gartenteil dahin. Da er aber vor einer knappen Viertelstunde eine ausgiebige Portion Leber verzehrt und mit reichlich Milch hinuntergespült hatte, hielt ich ihn für keine Gefahr. Die Vogelmutter hatte inzwischen ihre Kleinen geschickt auf den Apfelbaum gelockt, wo der Amselvater noch immer heftig zeterte. Folgsam flogen die Jungen der Alten von Ast zu Ast nach. Auf einmal schwebte ohne ersichtlichen Grund das schwächste Amselkind zur Erde nieder. Ich rannte, so schnell mich meine Beine trugen, in den Garten hinaus, um ein Unheil zu verhüten. Zu spät!

Huschebusch kam mir mit dem totgebissenen Amselkind entgegen. Wie er es mit den Mäusen gewöhnt war, legte er seine Beute vor mich hin und erwartete mein Lob. Ich aber nahm zornig den toten Vogel an mich und sperrte den Übeltäter ins Haus.

Über eine Stunde klagten die armen, verzweifelten Vogeleltern um ihr Junges, bis sie sich endlich in das schützende Gezweig des Jasminstrauches zurück wagten.

Als die Amseln das Nest für immer verlassen hatten, war für den Kater der Hausarrest beendet.

Eines Abends hörte ich schon von weitem das laute Mordio- und Zetergeschrei der Vögel. Von der ganzen Umgebung schienen sie sich in meinem sonst so stillen Garten versammelt zu haben. Hoffentlich nicht schon wieder ein Vogelmord!

Im nächsten Augenblick kam Huschebusch mit gesträubtem Fell um die Hausecke geflitzt. Zwei Amseln flogen mit wildem Gekreische hinter ihm her. Wie zornige Rachegötter stießen sie im Sturzflug abwechselnd auf ihr Opfer herab und versetzten ihm kräftige Schnabelhiebe auf Kopf und Rücken. Bereits zum fünftenmal war die wilde Jagd an mir vorbeigerauscht. Ich aber war derart überrascht, daß ich erst nach der nächsten Runde durch lautes Händeklatschen diesem Spuk ein Ende machte.

Das Tier hockte sich wie ein Häuflein Elend neben mich und folgte mir dann hinkend ins Haus. Kopf und Rücken waren mit vielen kleinen Wunden übersät, und das Fell mit Blut verklebt.

Es dauerte eine ganze Weile, bis sich Huschebusch wieder ins Freie wagte. Sobald sich aber eine Amsel in seiner Nähe zeigte, verständigte er mich jedesmal mit gequältem Miauen und sauste geschwind unter das im Garten abgestellte Auto, denn er war kein Held.

Elly Kwapil-Schneider

Unser Hansi

Da wir sehr tierliebend sind, konnten wir unseren Kindern nicht versagen, einige Tiere zu halten, zumal im Haus und Garten Platz genug war. Hatten auch einen schönen Schäferhund, der nicht nur das Haus, sondern auch die Kinder auf Schritt und Tritt bewachte, sie sogar zur Schule begleitete und auch abholte. Alsbald hatten wir eine Schildkröte, einen Igel und eine junge Krähe, die einen gebrochenen Flügel hatte. Sie wurde gesund gepflegt und war so anhänglich, aber auch ganz schön frech geworden. Meistens saß sie am Fenster und krächzte laut, wenn jemand vorbei ging oder wenn sie Hunger hatte. Wir liebten sie sehr. Ein Geburtstagswunsch der Kinder war ein Häschen. Es wurde eine stattliche Hasenfrau und sollte im nächsten Jahr Junge bekommen. Die Kinder konnten es kaum erwarten, da endlich die Zeit nahte. Und so liefen sie immer zum Hasenstall um nachzusehen. Aber, oh Schreck, eines Morgens lag die Häsin mit den Jungen tot im Stall, nur das Kleinste lebte noch. Die Kinder weinten und waren untröstlich. Ich nahm das Häschen mit in die Küche und in einem Kistchen bekam es ein molliges Bettchen unter dem Herd. Mit Milch und Süppchen aus einer Babyflasche wurde es gefüttert. Es war immer eine Aufregung bei den Kindern, wer es füttern durfte. Hasi wurde der Liebling aller.

Er wuchs zu einem schönen, aber eigensinnigen Hasen heran. Nun mußte er auch wieder in den Hasenstall und das wollte er nicht einsehen, denn er war ja kein gewöhnlicher Hase, der in einem Stall aufwuchs. Er saß mittags bei Tisch und schnupperte gleich, ob er auch dasselbe bekam auf seinem Schüsselchen, was auch wir aßen. Er nagte begeistert mit dem Hund die Knochen, wobei es oft Gezank gab. Gras mochte er wenig, lieber Apfelschalen etc. Hörte er jemand zur Haustür kommen, saß er schon dort und begrüßte mit Männchen. Er war einmalig und nie werden wir Hasi vergessen!

Blick durch das Fenster

Vor dem Fenster Nebel wallen,
krächzend, wie durch düst're Hallen,
fliegen Krähen durch den Raum.
Eichhörnchen, flink und behende,
klettert schnell von Baum zu Baum.
Hungrig läuft von Ast zu Ast es,
findet Futter es doch kaum.
Würde gern ein Nüßlein knacken,
wo kann es dies finden nur?
Plötzlich springt vom Baum es runter,
schnuppernd folgt es einer Spur.
Leichter Schnee bedeckt den Rasen,
ängstlich blickt es um sich her,
denn durch dieses weiße Naß,
ist das Laufen etwas schwer.
Doch der Hunger treibt es weiter –
bis zum Vogelfutterhaus –
und gar flugs ist es schon oben
und guckt aus dem Haus heraus.
Sonnenblumenkerne, Nüsse –
laden ein zu frohem Schmaus.
Es läßt sich's gar herrlich munden,
Schlaraffenland – es ist gefunden.
Die Amseln, Meisen und die Spatzen,
sie flattern schimpfend um das Haus,
doch Eichhörnchen geruht zu schmatzen,
es macht sich weiter nichts daraus.
Die Nüsslein trägt es nacheinander,
fort in sein sicheres Versteck,
verfolgt wird es von frechen Krähen,
die stehlen es ihm wieder weg.
Und jeden Tag zur selben Stunde,
macht Eichhörnchen dieselbe Runde.

Überlistet

Ein Frosch lugt aus dem Schilf hervor,
nach allen Seiten spähend,
ihm war's als stünd' auf Stelzen dort,
ein Storch – um sich her sehend.
Hei, denkt er, du erhascht mich nicht
und taucht ins Wasser unter.
Dem Storch entging er aber nicht –
der schluckt ihn eben runter.

Fuchs und Henne

Im Hühnerstall gab's viel Geschrei,
der Glucke Leben ist vorbei,
der schlaue Fuchs, wer hätt's gedacht,
kam angeschlichen in der Nacht,
die Glucke saß im Nest auf Eiern,
der Fuchs wird nun ein Festmahl feiern.

Das Duett

Ein Vöglein hat gesungen,
ein Fröschlein hat gequackt,
das Liedchen ist verklungen,
das Fröschlein hat gefragt:
»Warum singst Du nicht weiter,
es war so schön zu zwei'n?«
Es klettert von der Leiter –
und ist wieder allein.

Der Hund

Wie treu ist so ein Hundeherz,
es fühlt sogar des Menschen Schmerz,
ist ganz ergeben seinem Herrn,
tut er ihm manches auch verwehr'n,
so bettelt er mit treuem Blick,
ein Lob ist für ihn höchstes Glück.
Hat eine Untat er gemacht,
schleicht reuig er heran ganz sacht,
in Herrchens Hand die Pfote legt,
tut traurig und ganz tief bewegt,
als flehte um Vergebung er –
um Güte heischend, ist sein Begehr.
Hat Herrchen streichelnd ihm vergeben,
beginnt wieder sein frohes Hundeleben.

Elisabeth Lager

Nicki, ein Hundeleben

Alois hatte seine Dackelhündin Daisy verloren und litt sehr darunter. Seine erste Reaktion war, sich nie wieder einen Hund anzuschaffen. Doch dann schlenderte er eines Tages bei einer Tierhandlung vorbei und sah einen kleinen Rauhhaardackel. Er blieb wie angewurzelt stehen. Jetzt hob der kleine Hund den Kopf und sah ihm in die Augen. Das genügte, Alois kaufte den Hund. Der Kleine hieß Nicki.

Nicki gewöhnte sich rasch an seine neue Umgebung. Er hatte seinen Korb in der Küche. Dort wartete er jeden Morgen sehnsüchtig auf seinen Herrn. Wenn Alois dann in die Küche kam, sprang Nicki an ihm hoch und schrie und jaulte, um seiner Freude Ausdruck zu geben.

Alois wanderte gerne. Nicki kam vom Anfang an mit. Manches Mal fürchtete Alois, daß der Weg für den kleinen Hund zu beschwerlich sei und wollte ihn tragen. Der Dank waren zerbissene Finger.

Als die beiden ihre erste größere Bergwanderung unternahmen, erlebte Alois eine ungeahnte Überraschung. Nicki trank bei der letzten Quelle, danach begann der Aufstieg. Schließlich kamen die beiden auf eine Hochebene, wo weit und breit kein Wasser mehr vorhanden war. Nicki bettelte und zeigte deutlich, daß er Durst hatte. Alois hatte vorgesorgt und eine Feldflasche voll Wasser mitgenommen. Allein, diese Flasche reichte nicht sehr weit. Als die beiden am Gipfel saßen und sich stärkten, verlangte Nicki ungestüm wieder zu trinken. Alois hatte aber kein Wasser mehr, sondern nur eine Flasche Limonade. Diese setzte er Nicki vor. Der Hund kostete und fuhr zurück. Gleich drauf probierte er wieder und schließlich hatte er die ganze Limonade ausgetrunken.

Alois und Nicki machten noch viele gemeinsame Bergwanderungen. Nicki wußte sehr bald, daß sein Herr zum Wandern rote Stutzen trug. Deshalb wurde er jedesmal, wenn Alois morgens mit roten Stutzen in die Küche kam, vor Freude beinahe närrisch. Um zu zeigen, daß er bei der Wanderung selbst folgsam sein werde, setzte er sich nach seinem Freudenausbruch zur Türe und wartete auf den Abmarsch.

An einem wunderschönen Herbsttag wanderten Alois und Nicki wieder mitsammen. Der Wald war bereits verfärbt, besonders die Lärchen stachen mit ihren leuchtend roten Nadeln hervor. Alois marschierte munter darauf los und Nicki machte den Weg mindestens vier Mal. Immer wieder lief er voraus, stöberte kurz im Wald herum und kehrte zu seinem Herrn zurück. Nachmittags wurde der Hund langsamer und, als Alois mit ihm zum Auto zurückging, torkelte er nur mehr dahin. Beinahe mit letzter Kraft sprang er ins Auto und brach dort zusammen.

Alois raste nach Hause und holte sofort den Tierarzt. Dieser vermutete, daß Nicki Gift gefressen hätte und traf die Gegenmaßnahmen. Nach einer letzten Injektion erklärte er, daß man jetzt nur mehr warten und hoffen könnte. Nicki hatte die ganze Behandlung über sich ergehen lassen, danach lag er vollkommen apathisch in seinem Korb. Nichts konnte ihn dazu bewegen aufzustehen, geschweige denn zu trinken.

Alois saß vollkommen verstört neben Nickis Korb. Dabei zermarterte er sich den Kopf, wie er seinem Hund helfen könnte. Irgend etwas mußte Nicki aus seiner Apathie herausreißen, mußte ihm einen Impuls geben, selber wieder zu wollen.

Alois grübelte und grübelte, kam aber zu keinem Ergebnis. Es war gut, daß ihn fürs erste die Nacht und am nächsten Morgen der Beruf von Nickis Korb fortholten. Als er dann wieder nach Hause kam, lag Nicki, wenn das überhaupt noch möglich war, noch teilnahmsloser in seinem Korb. Alois konnte das Elend nicht mehr ertragen und ging in den Garten. Dort hatte seine Frau, so wie sie es oft tat, seine Berghose, den Anorak und auch die roten Stutzen zum Lüften aufgehängt. Alois blieb vor den Kleidungsstücken stehen und griff dann, ohne recht zu wissen warum, nach einem roten Stutzen und ging damit in die Küche zu Nickis Korb. Nach einem Stoßseufzer beugte er sich zu dem Hund hinunter und zeigte ihm den Stutzen.

Nicki reagierte zuerst überhaupt nicht. Plötzlich merkte Alois, daß er den Stutzen bewußt ins Auge faßte. Danach versuchte er den Kopf zu heben. Als ihm dies nach langen Anstrengungen endlich gelungen war, probierte er aufzustehen. Dabei knickte er immer wieder ein. Aber er gab nicht auf. Schließlich hatte er es geschafft und stelzte auf steifen Beinen zur Türe. Von dort schleppte er sich in den Garten zur Wäscheleine und versuchte, sich neben den einen noch hängenden roten Stutzen zu setzen. Als er es fertiggebracht hatte, verließen ihn die Kräfte.

Alois trug Nicki in seinen Korb zurück und setzte sich neben ihm nieder. Plötzlich merkte er, daß der Hund tief und fest schlief. Abends verlangte Nicki zu trinken. Dann ging es eigentlich sehr schnell. Er erholte sich zusehends und nach einer kurzen Schonzeit wanderte er wieder mit seinem Herrn.

Olga L. Lemerz

Fünf kleine »Italiener«

Es war ein Sommer, wie jeder andere; so wie die Sommer in den letzten Jahren zu sein »pflegten«: Heiß und schwül oder zeitweise so kühl, daß man einen wärmeren Mantel vertragen könnte. Und gerade in so einem Sommer beschlossen meine Schwiegertochter und mein Sohn, einem Tier aus dem Tierasyl Familienanschluß zu gewähren. Es war also eine beschlossene Sache und alle meine Einwände, wie etwa: Das arme Tier könne doch nicht den ganzen Tag ohne Aufsicht, praktisch in der Wohnung eingesperrt sein – damals war meine Schwiegertochter noch als Lehrerin tätig und kam somit zu den verschiedensten Tageszeiten nach Hause – halfen nichts. Auch mein leiser Einwand, daß ein deutscher Schäferhund – denn ein solcher mußte es sein – täglich einen größeren Fleischberg nebst Sonstigem verbraucht, und daher tief in den gar nicht vollen Taschen der jungen Leute liegen würde – half nichts.

So behielt ich meine nicht »gefragten« weisen Ratschläge für mich, und harrte der Dinge, die da kommen würden.

Es vergingen ein paar Tage und ich dachte schon, daß sie sich die Sache mit dem Haustier doch noch überlegt hätten. Plötzlich rief mich mein Sohn an und schwärmte mir in den höchsten Tönen von einer wahren Schönheit vor. Im ersten Augenblick dachte ich, es handle sich um eine »Frauens-person«, wie man so zu sagen pflegt und bedauerte schon im Geheimen meine bezaubernde Schwiegertochter.

An Hand der nachfolgend ausführlichen Schilderung – wie großen Stehohren usw. – kam ich jedoch auf die richtige »Spur«.

Es war also so weit: Sie hatten einen Hund !! Ich muß zugeben – die Haskyhündin Dunja –, es war also doch kein deutscher »Schäfer«, eroberte auch mich, nach dem bewährten Muster: kam, sah und siegte. Dunja war ungemein klug und anpassungsfähig. So schaffte sie es, daß man sie auf eine vierzehntägige Italienreise mitnahm. Ich wollte meinen Sohn noch beraten ... nein, ich beriet ihn besser nicht ... !

So fuhren sie zu Dritt in den sonnigen Süden. Nach ungefähr zehn Tagen erhielt ich folgenden Anruf meines Sohnes: »Mutter, es ist etwas passiert! Weißt Du was?« Nein, ich wußte es nicht. Dachte aber gewohnheitsmäßig an das Ärgste, um dann irgendwo im Hinterkopf doch das Mildere gleich einer Gnade zu erflehen. »Na, was ist denn?« fragte ich neugierig und ängstlich zugleich. »Stell' Dir vor – Dunja hat fünf Junge bekommen!« »Was ist mit Dunja?!?« fragte ich sicherheitshalber nochmals. »Sie hat fünf putzige Junge; und ich war der Geburtshelfer!« Nun folgte eine detaillierte Schilderung: Angefangen von den »Wehen« bis zur Geburt des letzten Hundekindes. Niemand konnte sehen bzw. dachte auch nur daran, daß Dunja Nachwuchs erwartete. Wieder bewunderte ich die Klugheit dieses Tieres. Nun galt es aber, mit dem unerwarteten Nachwuchs über die Grenze zu kommen. Aber wie alle kleinen Erdenbürger hatten auch diese Hundekinder einen Schutzengel. In einem mit Wäsche zugedeckten Körbchen, unter Aufsicht der still auf der rückwärtigen Bank des geräumigen Autos sitzenden Dunja, kamen alle glücklich über die Grenze und nach Hause. Dunja war eine hervorragende Mutter und wußte, wie man den Kleinen »Hundelebensart« beibringt. Vier der süßen Hundebabys fanden ausgezeichnete Plätze. Das fünfte Hundekind namens »Hektor« lebt mit seiner Mutter Dunja noch heute im Familienverband meines Sohnes.

Manchmal »kriegen« sich Mutter und Sohn »ins Fell« und zwar, wenn es darum geht, wer über meine inzwischen geborene entzückende Enkelin Iris im wahrsten Sinne des Wortes »wacht«!

Roland Libbach

Das Wirtshaus an der Straße

Im kleinen Wirtshaus an der Straße
kehrt' ich einst ein, bei einem Maße
taufrischen Bieres zu verweilen.
Ich setzte mich, ohne zu eilen,
auf die behäb'ge Bank am Tische
uns sah mich um. In einer Nische
am Fenster bunte Butzenscheiben,
so recht alt-traulich! Zum Verbleiben
entschloß ich mich. Der Wirt fragt nett,
was ich denn gern zu essen hätt'?
Die Auswahl sei hier keine große,
und er empfehle Klops mit Soße
und dann, als Nachtisch, sei parat
wohlschmeckender Sell'riesalat.
Mir war das recht, was er empfahl.
Er brachte mir auch gleich das Mahl.
Ich sage nur: es war vorzüglich,
und ich verzehrte es vergnüglich.
Nur eines störte mich. Der Grund?
Es kam herein ein großer Hund.
Der setzte sich zu mir beim Essen
und tat, als wolle er mich fressen.
So böse fletschte er die Zähne
und knurrte mit gesträubter Mähne.
Das wollt' mir doch nicht recht behagen.
Ich rief: »Herr Wirt, ich muß schon sagen,
bei allem Lob für ihre Speisen,
doch sollten sie den Hund verweisen,
daß er die Gäste nicht geniert!«
»Das macht er immer«, sagt' der Wirt,
»solange nur, als Sie indessen
aus seinen beiden Schüsseln essen!«

Limeriks

Ein Regenwurm sprach in Ostende
zu noch einem Wurme im Gelände:
»Oh, wie ich Dich liebe!«
Doch der sagt: »Du Rübe,
ich bin ja Dein anderes Ende!«
'nem Hufschmied traf einst in Edirne
ein Roß mit dem Huf vor die Stirne.
Er lag auf der Erd',
da fiel ihm vom Pferd
ein A p f e l exakt auf die » B i r n e «.

Chemio-Zoologik

Ein Zwitscherling,
ein fescher Ding-
rich saß auf einem Aste.
Er flötet zwitschernd in die Welt
teils a) weil es ihm so gefällt
teils b) weil 's ihm so paßte.
Ein Katzenvieh
voll Ironie
saß auf 'nem höh'ren Aste.
Die macht das Zwitschern ganz nervös
teils a) weil sie darüber bös',
teils b) weil sie es haßte.
Ein Satz – ein Sprung!
Ein »Pieps« verklung.
Die Katze saß im Grase.
Sie fraß den Vogel ganz und gar
mit Putz und Stingel, Haut und Haar.
Dann leckt sie sich die Nase.
Doch wie so oft
ganz unverhofft
zieht es ihr krumm den Nabel.
Zu Tod getroffen sinkt sie hin.
Es mangelte das »Losantin«.
Vergiftet, sagt die Fabel.

(Es war ein – Gelbkreuzschnabel!)

Fatal

Des E b e r s Galle überrinnt,
weil seine Kinder F e r k e l sind.
Auch sagt man, seine liebe Frau
sei eine ausgewachs'ne S a u!
Und die Verwandtschaft, ihre, seine:
Alles S c h w e i n e !

Klein-Susi

»Onkel, darf ich Dich bald einmal
besuchen?«, will Klein-Susi wissen.
»Gern, Klein-Susi!«
»Sehr bald, Onkel?«
»Liegt Dir denn soviel daran?«
»Ja, Onkel, ich möchte so gerne den
großen Käfig sehen!«
»Aber Klein-Susi! Wer sagt Dir denn,
daß ich einen großen Käfig haben soll?«
»Ich denk'es mir, Onkel! Weil Pappi
gestern nach Deinem Weggehen sagte, Du
habest einen außerordentlich großen
Vogel!«

Dackel

In B. ist mir einmal ein schwarzer
Dackel zugelaufen. Genau genommen
war es eine Dackeline.
Die hat mir auf's Wort pariert!
Das glauben Sie nicht?
Und es stimmt doch!
Wenn ich gerufen habe: »Kommst Du sofort
her oder nicht?!«
Dann kam sie sofort her – oder nicht.

Elisabeth Lichtenfels

Wildpferde

Wehende Schatten
in jagender Hast
tobt es über die Heide.
Plötzliches Halten,
kurze Rast,
weiches Maul rupft die Heide.
Braunes Auge,
du Spiegel des Seins,
versponnen sind Himmel und Erde
zu einem einzigen,
göttlichen Eins
in euren Leibern – Pferde.

Tiertod

Ungedeutet
die namenlosen Tode
hinter namenlosem Leben.
Spinnenfüßige Schritte
Flatterflug
Krallengang
Hufeschlag –
erwachend,
verendend,
Tag um Tag
ungedeutet
die namenlosen Tode.

Tod einer Löwin

in memoriam regina szugar

Goldenes Vlies dein Fell,
Tänzerin über den Baumstamm.
Reißfähige Krallen
versteckt in samtenen Polstern.
Flackern der Wildnis
in braunen Sehern –
doch jungfräulich zärtliche Lefzen
lösten behutsam
die Bissen aus meiner Hand.
Goldenes Vlies dein Fell,
Tänzerin über den Baumstamm –
heimgegangen
in unendliche Wüsten.

Mein Pferd

Windruf dein Haar,
dein Flattermähnenhaar.
Wildheiß dein Leib,
dein wildheißer Leib
unter meinen Schenkeln
und mein Herz steigt
auf der Dampfsäule deines Atems
himmelan.

Die Tigerin Somanca

Somanca streicht den Gang entlang, der zur Manege führt. Die Grannen des gelben Felles, das von schwarzen Streifen wie von Peitschenhieben durchzogen ist, berühren fast das Gitter. Somanca schiebt den mächtigen Leib vor. Pranke um Pranke. Das grelle Licht fällt ein. Es schmerzt. Somanca schließt die Augen zu messerscharfen Strichen. Wittert. Nimmt den vertrauten Geruch der Manege auf. Öffnet langsam die Augen. Die anderen haben schon die Posten auf Böcken und Tonnen bezogen. Nur die Schwarze nicht. Sie liegt neben dem Gitter auf dem Boden, schlägt mit dem Schweif und faucht leise vor sich hin. Somanca schielt zu ihr. Sie haßt die Pantherin. Haßt ihre Augen, ihr schwarzes Fell. Mißgönnt ihr jeden Happen, jedes Wort, jeden Blick. Scharfe Töne reißen an Somancas Ohren. Sie geht zu ihrem gewohnten Platz, legt sich. Da kommt Ihr Herr. Hochaufgerichtet, die Peitsche in der Hand, steht er in der Mitte der Manege. Die scharfen Töne brechen ab. Es wird still. Dann fällt seine Stimme wie ein Raubvogel einen nach dem anderen an: Simba! Hoch! Natascha Platz ... Somanca blinzelt. Sie weiß, sie hat noch Zeit ... Träumt vor sich hin. Seit sie denken kann, gehört er ihr und sie ihm. Als kleine Katze schmiegte sie sich in seine Arme, schlief neben ihm, spielte mit ihm. Bekam den ersten Fleischbrocken von ihm ... Sie liebt ihn. Liebt ihn mit der ganzen Ergebenheit ihrer Katzennatur und mit der heißen Wildheit des Raubtieres. – Er soll sich nicht so viel mit der Neuen abgeben! Wenn er sich zu der Schwarzen beugt, ihr leicht mit der Peitsche über den Kopf streichelt, beginnen Somancas Barthaare leise zu vibrieren. Er gibt sich viel zu sehr mit der anderen ab. Er gehört ihr, Somanca, der mächtigen, gelben Tigerin. Sie hebt den Kopf und wie zur Bestätigung ihrer Gedanken, stößt sie ein scharfes »UUUaUU« aus ...

Bald wird seine Stimme über ihr sein. Mit lässigen Schritten wird sie zu ihm gehen. Die Pranken auf seine Schultern legen, durch den feurigen Reifen wird sie springen. Vorsichtig werden ihre mörderischen Reißzähne das Fleisch aus seiner Hand nehmen. Zuletzt wird sie mit ihm balgen. Seinen Kopf wird er zwischen ihre Lefzen legen und rufen: »Somanca, ich freß dich!«

Die draußen vor dem Gitter werden den Atem anhalten. Dann wird sie neben ihm durch die Manege schreiten. Sie, die eindeutige Herrscherin ... sie räkelt sich.

Er kommt vorbei. Seine Hand streichelt über ihren Kopf. Der Löwe Simba springt auf seinen Bock. Für ihn ist die Arbeit heute beendet. Somanca ist wieder hellwach. Jetzt muß der Ruf kommen, der ihr gilt. Die Stimme schwebt über ihr. »Somanca, Platz!« Was ist das? Die Stimme weist sie auf den Platz neben Simba und schwebt dann zärtlich zu der verhaßten, zu der schwarzen Pantherin mit den grünen

Die Stimme weist sie auf den Platz neben Simba und schwebt dann zärtlich zu der verhaßten, zu der schwarzen Pantherin mit den grünen Augen. Die Pantherin faucht und stöhnt unter der Last der Stimme. In Somanca bäumt sich etwas auf. Wird groß, steht wie ein mächtiger Schatten vor ihr ... unabänderlich vor ihr. Ihre Lefzen zittern. Ihr Blut erstarrt. Die Pantherin setzt zum Sprung durch den Reifen an. Somancas Pupillen werden winzige Punkte. *Mein* Reifen, denkt sie, *mein* Sprung, mein ... mein ... Die Stimme schwebt immer noch, leise, bittend, befehlend über der Manege ... hoch ... komm, komm nur ... brav ... Du, denkt Somanca. Du, was fällt Dir ein. Du gehörst mir, mir ganz allein. Das ist mein Platz dort neben dir ..., neben dir ... Somanca duckt sich. Wie ein gelbes Bündel ist ihr riesiger Leib zusammengerollt ... Dann schnellt sie mit einem Schrei, der wie eine Fanfare über die Manege schmettert, in Richtung Stimme. Die mächtige Pranke schlägt zu, reißt auf, dringt ein. »Somanca!« Seine Augen begegnen den Ihren. Schreie – Rufe ... Schüsse. Somanca liegt eng an ihn geschmiegt – kleine rote Rinnsale fließen von ihm zu ihr ... von ihr zu ihm.

Marguerithe Liebler

Der Tierquäler

Der elfjährige Peter aus einer Kleinstadt Niederösterreichs ließ kein Tier in Frieden. Er kniff jeden Hund, der ihm ahnungslos zulief, oder klemmte der Nachbarskatze eine Kluppe an den Schwanz, die damit, jämmerlich miauend, das Weite suchte. Mit Steinen zielte er auf Blindschleichen und riß Käfern und Fliegen die Flügel aus. Kein Wurm war vor seinen Quälereien sicher und jeden Ameisenhaufen zerstocherte er unbarmherzig, obwohl er genau wußte, wie nützlich sie für die Natur waren.

Seine Schulkameraden boxte er bei den geringsten Anlässen und war das gefürchtete schwarze Schaf der Klasse. Die Raufbolde verehrten ihn als Helden, die schwächeren Kinder jedoch wichen ihm in weitem Bogen aus. Dabei war er keineswegs ein schlechter Schüler, nur vorlaut, schlampig und faul.

Seine Eltern betrieben einen kleinen Kaufmannsladen und hatten nur wenig Zeit für ihr einziges Kind. Der Vater hatte aus rumänischer Gefangenschaft Malaria heimgebracht und versuchte die aufkommenden Schmerzen eines Anfalls zuerst immer mit Alkohol zu betäuben, ehe er Chinin schluckte und einige Tage fiebernd das Bett hüten mußte. In diesem schmerzhaften Zustand ließ er sich oft zu unschönen Worten hinreißen über den unsinnigen Krieg.

So Manches drang davon in die unreife Seele des Jungen, der die Kraftworte dann bei seinen Auseinandersetzungen mit seinen Mitschülern lautstark einflocht. »Es ist ein rechtes Kreuz mit ihm«, versicherte mir der Lehrer, wenn er über den begabten Jungen sprach. Seine Mutter hatte erst mit 30 Jahren geheiratet und ließ dem Kinde fast alles angehen. Reichlich mit Taschengeld versorgt, fühlte er sich als Krösus über die ärmeren Kinder. Wohl hielt ihm seine Mutter öfter eine kleine Strafpredigt, doch geschickt wußte er sie danach um den Finger zu wickeln, stellte seine Lausbübereien als harmlos hin und versprach sich zu bessern. Kaum aber war er wieder unter Seinesgleichen, trieb er es ärger als zuvor.

Eines Tages unternahm der Lehrer mit seinen Schülern einen Ausflug zu den nahen Tropfsteinhöhlen. Er nahm, für alle Fälle, Peter an seine Seite. Denn, dachte er, er könnte jeden Ansatz zu einem verwegenen Streich des Jungen unterbinden.

Vorerst ging ja alles gut. Staunend betrachteten die Kinder die bizarren Gebilde, die durch stetes Herabträufeln des kalkhältigen Wassers wahre Wunderwerke bildeten. Durch einen schwach beleuchteten Gang gelangten sie an einen unterirdischen See, an dessen Ufer etliche Boote verankert lagen. Auf des Führers Geheiß stiegen die Kinder ein und wurden auf den See hinausgerudert. Voll Andacht lauschten sie den Erläuterungen ihres Lehrers. An den Wänden des Sees waren bunte Scheinwerfer angebracht, die die Grotte in märchenhaftes Licht tauchten.

Peter hielt sich brav. Schon frohlockte der Lehrer, als die Boote dem Ufer zustrebten. Da erhob sich Peter voreilig und brachte das Boot zum Kippen. Mit Schreckensrufen landeten die Insassen im Wasser und versuchten schwimmend ans Ufer zu gelangen, wo ihnen neue Besucher hilfreich die Hände entgegenstreckten. Doch wo war der Missetäter? Er war der beste Schwimmer seiner Klasse. Unruhig spähte der Lehrer übers Wasser. Gott sei Dank! Da war ja der Lausbub: »Komm heraus, Peter!« Doch dann erstarrte er. Peter, im Begriffe, das gekenterte Boot aufzurichten, schwamm darauf zu. Den gleichen Gedanken jedoch hatte auch der Bootsführer. Mit Schwung brachte er es in die richtige Lage und traf mit dem Kiel des Bootes Peters Kopf. Mit schaurig-hallendem Aufschrei versank dieser blutend im Wasser. Bewußtlos wurde er herausgezogen und von der Rettung ins Krankenhaus gebracht. Dort mußte er wegen Verdachts einer Gehirnerschütterung einige Tage verbleiben. In der Nacht hatte er einen schaurigen Traum, der entscheidenden Einfluß auf sein weiteres Leben hatte.

»Ich schwamm in einem tiefen See, über dem ein fahles, graugrünes Licht schimmerte. Plötzlich griff eine moosige, mit Dreizack bewehrte Hand nach mir und zog mich in die Tiefe. Ein algenbewachsenes Land bot sich meinen Augen dar, indem es mich kalt überlief. Unzähliges Getier kroch darinnen herum, das sich mir drohend näherte. Von einem grauen Ungetüm, halb Fisch, halb Mensch, wurde ich an einen Pfahl gebunden und plötzlich spürte ich die Bisse der roten und schwarzen Ameisen, die an mir emporkrochen. Ich konnte mich nicht wehren und schrie vor Schmerz. Doch nun, welch Graus, sprangen riesige Katzen aus dem Dunkel hervor und zerkratzten mir mit ihren scharfen Krallen mein Gesicht. Es brannte höllisch, und Blut rann aus den Wunden über mein Gesicht. Ich wimmerte vor Schmerz und versuchte vergebens, meine Fesseln zu lösen. Eine Meute Hunde sprang nun an mir empor und versuchte zähnefletschend, mich zu zerfleischen. Mit Gewalt gelang es mir, meine Beine aus den Fesseln zu befreien, dabei riß ich mir brennende Wundmale. Mir wurde übel vor Schmerz, doch nun schwirrten Fliegen und Fledermäuse um mich, die mich bedrohten, gefolgt von riesigen Kröten und züngelnden Schlangen. Von panischer Angst ergriffen, gelang es mir, meine Handfesseln zu sprengen und auf die Spitze des Pfahles zu klettern, wo ich mich krampfhaft festhielt. Schon hatte mich eine der Schlangen erreicht, als das graugrüne Ungetüm mit dem Dreizack den Tieren Einhalt gebot und mich anbrüllte: ›Das hier sind alle Tiere, die Du in deinem Leben gequält hast! Nun nehmen sie Rache an Dir!‹

Und schon gab er erneut den Tieren ein Zeichen, mich zu bedrängen. ›Halt ein!‹, schrie ich vor Angst, ›ich verspreche Dir, kein Tier mehr zu quälen. Nur, bitte, halte ein!‹

Da verblaßte die schaurige Landschaft, ich verspürte keinen Schmerz mehr und erwachte.«

Beruhigend strich ihm die Krankenschwester übers wirre Haar: »Das Versprechen, kein Tier mehr zu quälen, sollst Du aber auch wirklich halten. Der Traum ist eine Mahnung des Allmächtigen, der all Deine Fehler beleuchtete.«

Peter wurde ein braver Bub. Als ich ihn nach Jahren wiedersah, staunte ich, mit welcher Liebe er sich als Tierarzt jeder Kreatur widmete.

Lucy Ludikar

Der Frosch in der Ballettschule

Ich schlenderte, 14 Jahre alt, vollbepackt mit den erstaunlichsten Träumen, auf dem Weg in die Ballettschule, die sich nahe der unteren Landstraßer Hauptstraße befand, durch die Wollzeile. Und da führten mich – dies war oft eine Verlockung des Teufels für mich – meine Schritte vorbei an einer damals sehr bekannten Tierhandlung. Von dort stammten meine, indessen in den Tierhimmel eingerückten Meerschweinchen ebenso, wie die Ahnherren meiner, bereits die stolze Sippe von 32 Stück umfassenden, weißen Mäuse.

Die Verlockung hieß mich stehenbleiben und überlegen. Meerschweinchen waren von zu Hause aus untersagt. Weiße Mäuse hatten wir schon. Hamster – schliefen bei Tag. Aber, da fiel mein gieriger Blick auf ein Terrarium mit Laubfröschen.

Gegen einen Laubfrosch würde gewiß zu Hause niemand etwas einzuwenden haben. Er machte keinen Schmutz, keinen Lärm, fraß kein Grünzeug, brauchte keine Milch und nagte gewiß keine Kasten- oder Tischbeine an, kurzum, er war das ideale Haushaltstier.

So erstand ich, heroisch auf die von mir als Hauptnahrung ausersehene Salzgurke verzichtend, und alle sonstigen Wünsche, wie etwa eine Semmel dazu, zurücksteckend, einen Laubfrosch.

Einen süßen, kleinen, grünen Laubfrosch.

Damals herrschten bei den Tierhändlern noch barbarische Sitten, so packte man mir meinen künftigen Hausgenossen in eine Papiertüte, und ich zog ab, Richtung Hauptzollamt.

Doch mit des Geschickes Mächten ... Kollege Schiller hatte schon recht. Ew'ge Bünde sind überhaupt sehr schwierig zu flechten und in diesem Falle lauerte das Geschick bereits.

Ich kam also in die Ballettschule, zog mich um und ging zu meiner Tanzstunde.

Ich war die Jüngste des Ensembles, zum Teil verwöhnt von allen, zum Teil immer sehr verärgert, weil, wenn sich die älteren Mädchen irgendwelche Abenteuer erzählten und ich kam dazu, hieß es plötzlich »Pst, die Kleine ist da«, und alle wurden still und ich blieb unwissend, was meinem Neugierkomplex zu besonderem Wachstum verhalf. Dies nur am Rand bemerkt.

Nach der Tanzstunde war kurze Pause. Wir tobten alle in die Garderobe. Plötzlich ein lauter Schrei: Mein Frosch hatte seine Papiertüte durchgeweicht – kein Wunder, er ist ja ein feuchtes Tier – und hatte sich indessen in der Garderobe umgesehen, das heißt, er sprang eben von einem Kleidungsstück ab, knapp an der Nase Olly's vorbei –

es war ein ungeheurer Erfolg. Alle quietschten, lachten und wichen dem armen, seine weitesten Sprünge produzierenden, Frosch aus.

Da kam die Meisterin, unsere Lehrerin, sie stimmte, aber nicht fröhlich, in das Gelärme ein. Als sie endlich genau erfaßt hatte, wessen der Frosch sei, befahl sie mir energisch, ihn sofort wegzubringen. Hat sich, ihr »Sofort!« Ein hüpfender Frosch, vielleicht in Todesangst, ist nicht so rasch zu fassen.

Einige meiner Kolleginnen, die keine Angst vor dem kaum eigroßen grünen Geschöpfchen hatten, machten sich mit mir auf die Jagd. Endlich gelang es, ihn mit einem Handtuch dingfest zu machen. Und dann berieten wir – die Meisterin, der das Tierchen nun wieder leid tat, mit uns –, was mit dem Frosch zu machen sei.

Nach langen Beratungen – die nächste Stunde sollte längst anfangen –, kamen wir zu dem Schluß, daß ein Frosch weder in eine Tanzschule, noch in eine Wohnung in ein Marmeladeglas, sondern in die Freiheit gehöre.

So wurde ich beauftragt, sofort in den Stadtpark zu laufen – weit war es ja nicht –, und den Frosch auszusetzen, sozusagen dem Leben in Freiheit wiederzugeben.

Ich zog mich schnell an, nahm das Handtuch mit Frosch-Inhalt und raste in den Stadtpark, während des Weges dem Frosch die Schönheiten seines zukünftigen Lebens ausmalend.

Dann suchte ich einen geeigneten Platz. Am besten, weil vor Belästigungen geschützt, erschien mir eine Stelle unter großen, tiefgrünen Blättern, dort, wo aus dem Teich das Wasser abläuft ...

Ich entließ den Frosch in die Freiheit.

Er hatte seinen zweiten Hüpfer noch nicht getan, so sagte eine Ente, die dort unter den Blättern mäuserl-, eher entenstill, gesessen war, vernehmlich: »Quack« – und mein Frosch hatte das Zeitliche gesegnet. So schnell geht das.

Ich war sehr traurig. Nicht nur hatte ich auf Salzgurke und Semmel verzichtet, um den Frosch zu haben, dann waren bei unseren Beratungen, wohin mit ihm, alle meine besten Eigenschaften und Freiheitsgefühle für ihn erwacht – und nun – kein Ende in Freiheit, sondern im Schnabel einer alten Quackente, die ohnedies genug zu Fressen hatte und die meinen armen grünen Hüpfer wirklich nicht gebraucht hätte.

Meine Kolleginnen weinten – oder leider, leider – lachten mit mir. Wie gesagt, mit des Geschickes Mächten. Manchmal suchen sie sich eine Ente aus, und alles wird anders, als man es sich vorgestellt hat . . .

Liebe

Schwarzer Mörder, willst im Garten
Wenn die Abendsonne fällt
Auf die kleinen Vöglein warten,
Mörder in der schönen Welt?

Gierig funkeln Deine Augen
Und Dein Schwanz peitscht wild den Sand.
Willst das Blut aus ihnen saugen,
Wenn Dein Wunsch sein Opfer fand?

Schwarzer Mörder, Deine Klaue
Ist voll Blut – ich mag Dich nicht,
Nicht Dein zärtliches Miaue,
Nicht dein süßes Angesicht.

Doch ich kann Dich nicht verstoßen –
Daß es sowas wirklich gibt!
Selbst die Sünder, die ganz großen,
Haben jemand, der sie liebt.

Rosita Magnus

Pigi, der Pfau

Wenn er kommt, ist seine Hochzeit schon vorüber und die prächtigen langen Schwanzfedern seines königlichen Federkleides schon ein wenig abgenützt. Die laute Geschäftigkeit der Besucher des nahen Zoos ist ihm zuwider; so macht er sich morgens auf den Weg und flüchtet in die Stille unseres Gartens.

Gelassen und ohne Scheu nähert er sich der Terrasse. Längst hat er begriffen, daß wir es nicht auf seine schillernden Federn abgesehen haben.

Ab und zu verharrt er im taufrischen Gras, unentschlossen und überlegend, ob er uns nicht doch zuerst noch einen Strauß von den zartrosa Gänseblümchen pflücken sollte, die den Rasen besternen. Mit hochaufgerecktem Hals äugt er aus seinen schwarzen Beerenaugen zu dem gedeckten Frühstückstisch unter den Götterbäumen.

Das Klirren der Kaffeetassen ist ihm vertraut. Die kleinen Kuchenstücke sind süß und weich.

»Pigi«, rufen wir zärtlich, »Pigi, guten Morgen!«

Er überhört unseren Ruf, noch ist er nicht so weit, den Gruß zu erwidern. Er hat seinen Spiegel verloren und so strebt er mit großen Schritten den blitzenden Scheiben der Terrassentür zu. Lange und kritisch betrachtet er sich in dem spiegelnden Glas, zupft emsig sein Federkleid zurecht und macht einige gymnastische Übungen aus dem Stand, indem er Flügel und Beine seitlich spreizt und streckt.

Doch dann dreht er sich ein wenig und beginnt langsam und würdevoll seine prunkvollen Schwanzfedern aufzustellen zu einem festlich schimmernden Rad, grün-golden mit blauglänzenden Augen auf braungoldenem Grund. Tänzelnd trippelt er um seine eigene Achse, zeigt stolz die kräftigen Stützfedern, die über dem zarten Flaum seines Hinterteils fast ein klein wenig lächerlich wirken.

Pigilein!

Zufrieden mit sich faltet er sacht sein Königskleid zusammen, legt seine ganze Federpracht wieder eng auf den großen, schimmernden Leib. Zierlich und ohne Hast nimmt er nun die Kuchenstückchen auf und pickt prüfend nach den Goldstücken, die uns die Sonne auf den Tisch gelegt hat. Er scheint einen erstaunlich kleinen Magen zu haben, dieser große, stolze Vogel, der sich nicht streicheln und liebkosen läßt. Er legt Wert auf Distanz.

Nach dem Frühstück nimmt er geruhsam seinen Platz vor der Terrassentür ein. Die Marmorplatten sind angenehm kühl.

Im blinkenden Glas findet er sein Spiegelbild im satten Grün des Gartens wieder. Er streckt sich aus, scheinbar schlafend und doch wachsam, immer bereit aufzuspringen und fortzulaufen, sollte sich irgendein Unbekannter zeigen.

Geduldig wartet er, bis wir ihm Mozarts Sonate A-Dur vorspielen oder den »Frühling« von Vivaldi. Er genießt die Ballettmusik von »Dornröschen« und entflieht, wenn Wagners »Rheingold« erklingt.

Huldvoll erlaubt er, daß wir ihn zeichnen und malen, wenn ihn auch sein Abbild dann nicht im geringsten interessiert. Er ist ganz auf seinen Naturalismus eingestellt, den ihm die spiegelnde Terrassentür zeigt.

Wenn die Sonne zu sinken beginnt, mahnt ihn seine Uhr, zu gehen. Er streckt seine kräftigen Beine, lüftet einige Male die Schwingen und zupft mit raschem Schnabel so lange an seinem Federkleid herum, bis sich eine der großen, grün-goldenen Federn gelöst hat. Er macht sie uns zum Geschenk für einen langen, geruhsamen Tag ...

Der Flug auf die Gartenmauer ist kurz, der mächtige Ast einer uralten Eiche nah und einladend. Seine dunkle Silhouette verwebt die Nacht mit dem Indigoblau des Himmels.

Bisweilen hören wir seinen klagenden Schrei im Grau des kommenden Tages, der uns die Kunde bringt, daß er nicht kommen kann, weil es Regen geben wird.

Die Schachtelmaus

Der Schulwart der Dorfschule fand sie zufällig in einem alten Schuhkarton, als er kurz vor dem Schluß der Sommerferien beschloß, nun doch noch die Abstellkammer, in der die Putzfrauen den Staubsauger, Schrubber, Besen und ihre Eimer aufzubewahren pflegten, in Ordnung zu bringen.

In der Schachtel befand sich allerlei Kram, alte Sicherungen, eine rostige Schere, Bindfäden, Blumendraht, bunte Stoffetzen und ein einzelner brauner Wollhandschuh mit einem Loch im Däumling. Er bemerkte sie erst, als er einen verblichenen, blauen Socken aufhob. Unbeweglich saß sie in der Ecke der Schachtel und schien kaum zu atmen. Überrascht starrte er auf die winzige Maus, die sich nicht von der Stelle rührte und auch nicht daran dachte, die Flucht zu ergreifen.

Das arme Tier, dachte der Schulwart, ich muß ihm die Freiheit schenken. Vorsichtig trug er den Karton hinaus in den Schulgarten. Gerührt betrachtete er seinen Findling, der ihm so klein und hilflos erschien wie ein neugeborenes Kind.

Behutsam nahm er das Mäuslein aus dem Karton und setzte es zwischen seine Füße in den Rasen. Er glaubte, daß es sofort davonspringen würde, doch es rührte sich nicht vom Fleck. Es schien von der Frische des Tages benommen und von dem Sonnenlicht geblendet zu sein. Wie hatte sich nur diese Maus ohne die achtlos liegengelassenen Jausenbrote der Kinder, angebissenen Äpfel oder Kuchenreste in den Papierkörben über die langen Ferien bringen können? Unzweifelhaft war sie eine bestaunenswerte Lebenskünstlerin.

Noch immer saß sie zwischen seinen Füßen, possierlich aufgerichtet mit leicht angewinkelten, zierlichen Vorderpfötchen. Das Tageslicht und die neue Umgebung, ungewohnt und fremd, schienen sie immer noch geschockt zu haben und so wußte sie noch nichts mit der ihr gebotenen Freiheit anzufangen.

Der Schulwart überlegte, ob er ihr nicht mit einem kleinen, zarten Stoß den Sprung in das neue Leben erleichtern sollte, aber ein unbestimmtes Gefühl hielt ihn davon ab. Er hatte der Maus die Sicherheit ihrer Behausung genommen, die ihr Zuflucht und Heim bedeutet hatten, wie konnte er sie jetzt in eine ihr grenzenlos erscheinende Fremde jagen, vor der sie sich zu fürchten schien und die sie nicht anzunehmen bereit war. Er begann, sich für dieses kleine Tier zwischen seinen Füßen verantwortlich zu fühlen, blieb unbeweglich stehen und wartete. In Gedanken vertieft, bemerkte er seine alte Hauskatze nicht, die sich lautlos näherte. Sie schlich, den weißen Bauch auf den Boden gedrückt, langgestreckt, ganz Spannung und Gier, auf die erspähte Beute zu, die ihr so gut wie sicher war. Sie duckte sich, verharrte und sprang plötzlich mit einem gewaltigen Satz nach vorne auf die Maus zu, packte sie und hielt sie, fast zärtlich, für einen Augenblick mit den Pfoten fest, um sie dann gleich wieder loszulassen. Erschrocken lief die Maus schutzsuchend unter die leuchtenden Kresseblüten, gefolgt von der Katze, die, in der unbändigen Lust am Spiel, ihr Opfer schnell erreichte, packte und wieder ausließ und festhielt, um sie dann wieder, in der Hoffnung auf ein Entkommen, laufen zu lassen, bis das Fell der erschöpften Maus feucht zu werden begann vor Todesangst und damit maulgerecht für die lüsterne Katze, die ihr grausames Spiel immer wieder von neuem begann.

Und wieder war die Maus, die sich schutzsuchend zwischen die Beine des Schulwartes geflüchtet hatte, von der Katze gepackt worden. Der Schulwart sah das zitternde Opfer und seinen unbarmherzigen Verfolger und fühlte dabei den unerklärlichen Zwang, eine Entscheidung treffen zu müssen, Richter zu sein, dem die Verpflichtung auferlegt worden war, unschuldiges Leben zu retten.

»Nein, so nicht!«, sagte er entschlossen, bückte sich, nahm der verdutzten Katze die Maus aus den Pfoten und setzte sie behutsam in die alte Schachtel zurück.

»Ich wollte ihr zu einem schöneren Leben verhelfen«, murmelte er nachdenklich, »und hätte ihr beinahe statt der Freiheit den Tod geschenkt; wie recht hatte sie mit ihrem Entschluß, ihr Leben einem engen, aber sicheren, alten Schuhkarton anzuvertrauen, er ist ihre Freiheit, ihr Zuhause!«

Mit diesen Worten trug der Schulwart die Maus samt den alten Stoffetzen, Bindfäden, Sicherungen und dem braunen Wollhandschuh wieder zurück in die Abstellkammmer, verstaute die Schachtel auf dem Regal, nachdem er noch einige Käsestückchen und Kuchenkrümel unter den verblichenen Socken gelegt hatte. So konnte die Maus in Ruhe und Frieden ihr gewohntes Leben beschaulich weiterführen.

Edelgard Mirus

Das Begräbnis

»Wenn Du nach T. kommst, dann kannst Du unsere Verwandten, die Schmids, besuchen! Und vergiß nicht, ihnen schöne Grüße von uns auszurichten. Sie wohnen im eigenen Haus, da kannst Du sicher eine Nacht oder zwei bei ihnen bleiben ...« So hatte meine Mutter gesprochen, als ich meinen Rucksack packte, um meine Ferienreise anzutreten.

Nun kannte ich diesen Zweig meiner Familie kaum, als Kind war ich nur einmal mit ihnen zusammengewesen, aber daran erinnerte ich mich nur mehr sehr wenig.

Wie gesagt, unsere Bindungen waren recht lockere, immerhin ist es angenehm, wenn man weiß, wo man auf einer Tour nächtigen kann, ohne viel Geld dafür ausgeben zu müssen.

Gegen Ende meiner angenehm verbrachten Ferienwoche in schöner Gegend kam ich also wirklich nach T., und ich fand auch nach kurzem Suchen das Haus der Verwandten.

Ich trat ein in das unversperrte Haus und befand mich in einem Vorraum, wo ich meinen Rucksack abstellen konnte. Kein Mensch war sichtbar. Als ich an die erstbeste Tür klopfte und sie öffnete, fand ich die ganze Familie um den Tisch herum versammelt: den Onkel, die Tante, meinen Vetter, die größere und die kleinere Kusine. Sie saßen alle auffallend still und schweigsam da, ihre Gesichter machten einen betroffenen, beinahe traurigen Eindruck. Und sie sprachen alle nur in halblautem Ton, wenn sie überhaupt etwas sagten, das fiel mir besonders auf.

Etwas betreten blieb ich auf der Schwelle stehen. Jetzt sahen sie alle auf mich, erstaunt. Etwas zaghaft trat ich ein, stellte mich vor und richtete die Grüße meiner Familie aus. Ich sei auf einer Ferienfahrt, berichtete ich, und hätte nun, da T. zufällig auf meinem Wege lag, die Gelegenheit benutzt, die lieben Verwandten einmal aufzusuchen ...

Man bewillkommte mich freundlich, aber mit einer gewissen ernsten Feierlichkeit. Die Tante forderte mich zum Sitzen auf, goß mir aus der großen Kanne, die auf dem Tisch stand, Kaffee ein und strich mir Butterbrote. »Du wirst Hunger haben, meine Liebe«, meinte sie, während sie mir den gehäuften Teller hinschob. Hunger, den hatte ich freilich, aber ich fühlte mich irgendwie bedrückt. Es war alles merkwürdig. Ich hatte das Gefühl, ja, als ob ich in ein Trauerhaus gekommen sei!

Verwundert sah ich von einem zum anderen. »Was ist geschehen?«, fragte ich schließlich schüchtern. Und unwillkürlich sprach auch ich jetzt in dem sonderbar gedämpften Ton.

»Heute haben wir ihn begraben«, sagte die Tante mit dumpfer, zitternder Stimme. »Freddy ist tot!«

Freddy? Tot? Wirklich, ich hätte mir für meinen Besuch bei den lieben Verwandten wohl keinen ungünstigeren Zeitpunkt aussuchen können. Doch was half das jetzt, wo ich einmal hier war, müde von der Reise und einem schweren Rucksack als Gepäck.

»Der arme Freddy«, sagte ich und bemühte mich um einen möglichst bedauernden Ausdruck in meiner Miene und meiner Stimme. Dabei überlegte ich krampfhaft und angestrengt, wer Freddy denn eigentlich war. Onkel und Tantes Kind vermutlich, von dem ich aber bisher nichts gewußt hatte oder vielleicht schon das Kind meiner älteren Kusine? Aber sie war ja wohl noch gar nicht verheiratet? Jedenfalls konnte ich mich nicht erinnern, den Namen Freddy im Zusammenhang mit meiner Familie jemals gehört zu haben. Und ich verwünschte heimlich meine Unwissenheit in verwandtschaftlichen Beziehungen. Meine Mutter hätte mich entschieden besser aufklären sollen! Jedenfalls empfand ich es als recht peinlich, nichts über Freddys Existenz zu wissen, aber natürlich durfte ich mir das auf keinen Fall anmerken lassen.

»War er lange krank?«, frage ich stattdessen und versuchte, mit nicht allzuviel Heißhunger mein Butterbrot zu verspeisen. Es schien mir unpassend, in einem Kreis Leidtragender, die vielleicht gerade vom Begräbnis kamen, Appetit zu entwickeln.

»Nein, nur einige Tage«, erwiderte der Onkel düster. Er hatte überhaupt noch nichts gesprochen.

»Und – gab es keine Rettung mehr für ihn?« Diese Redewendung hatte ich bei derartigen Anlässen öfters von meiner Mutter gehört und ich hielt sie in diesem Falle für sehr passend.

»Nein – ach nein, keine!« antwortete der Familienchor. »Mit Bauchschmerzen fing es an – ja, die Bauchschmerzen waren gleich so verdächtig! Er verweigerte die Nahrung, wurde immer schwächer ...« In den Augen der Tante schimmerten Tränen. Es ging sichtlich über ihre Kräfte.

»Er war so ein lieber, süßer, goldiger kleiner Kerl, unser Freddy ... Immer denke ich, die Tür müßte aufgehen und er müßte hereingestürmt kommen, auf meinen Schoß springen, er müßte sich zärtlich an mich kuscheln, wie er es so gerne tat, und mich mit seinen treuen, klugen Augen ansehen . . .«

»Wo ist er begraben?« erkundigte ich mich nach einer Weile.

Mein Vetter zeigte mit der Hand in irgend eine Richtung, wahrscheinlich lag dort irgendwo der Friedhof, aber da ich ortsfremd war, wußte ich es nicht. Ich überlegte eben, ob ich nicht ein paar Blumen auf das Grab legen sollte – keine aufwendigen, da meine Reisekasse schon sehr zusammengeschrumpft war –, als meine ältere Kusine mitten in der Stille hinein mit lauter Stimme verkündete: »Aber das sage ich dem

Bürgermeister. Die Hundesteuer für das zweite Halbjahr muß er uns zurückzahlen!«

Hundesteuer??

»Ja, war Freddy denn ...?«

»Ein Hund! Aber natürlich, mein liebes Kind«, erwiderte die Tante sanft. »Unser entzückender, kleiner, reinrassiger brauner Dackel! Oder was dachtest Du sonst?«

»Ja, ja, natürlich, selbstverständlich ... Ein kleiner, süßer, brauner Dackel, so einer mit großen Ohren und krummen Beinen – ach, die hab ich ja auch so gern!«

Aber wißt Ihr was? Unser Nachbar, zuhause, hat eine Hundezucht. Auch Dackel. Die Hündin wirft bald, das weiß ich. Ich werde Euch den schönsten kleinen Hund aussuchen und Euch schicken. Als Ersatz für Freddy.«

I. L. Moravitz

Schwan und Frosch, oder Zwei Freunde

Groß und still lag der See. Auf seiner spiegelnden Fläche, die nur der Wind kräuselte, schwamm der weiße Schwan, ganz allein unter dem Himmel. Außer dem seltenen Ruf eines Vogels störte nichts die Stille. In der blaugrünen, kühlen Luft des Morgens zeigte der dahinziehende Schwan ein Bild von so großer Einsamkeit und Unberührbarkeit, daß man meinen konnte, die Stille, die diesen See einhüllte, beginne zu sprechen.

Erzählte Sagen und Geschichten – erfundene und erträumte – hielten Zwiesprache mit der flimmernden Luft. Sodaß man nach einiger Zeit nicht wußte, war diese Stille nicht ganz erfüllt mit Raunen und Leben oder sprach nur das eigene Innere an diesem Orte so vernehmlich, daß man sich fast die Ohren zuhalten wollte, so klang es da.

Aber selbst dem Schwan war es manchmal doch zu einsam. Immer nur Leere, Weite und Wasser.

»Gar keine Gesellschaft habe ich hier«, dachte er. »Man braucht jemanden zum Reden. Das ist es«, überlegte er. Da hörte er Rascheln im Schilf, ein ordentlicher Lärm kam von dort, als ob ein Krokodil dort hauste. Dann hörte er es platschen und einen Ruf: »Quarak, qua, qua«, machte es hinter ihm. Da bemerkte er einen noch jungen Frosch, der ihn mit schiefem Kopf ansah und etwas verschämt blinzelte. »Quara, quarak«, sagte er, das heißt »Guten Tag, Nachbar. Du staunst? Ich auch! Hab dich hier noch nie gesehen. Lange genug bin ich durchs Schilf gehüpft, ordentlich müd macht das. Dort drüben vom Ufer bin ich hergeschwommen. Aber meine Eltern haben schon gesagt: ›Der wird ein tüchtiger Schwimmer.‹«

»Hm«, machte der Schwan, »bißchen viel auf einmal, so eine lange Rede bin ich nicht mehr gewöhnt, aber wo hast Du denn jetzt Deine Familie?«

»Quak, davon, davon«, sagte das Fröschlein. »Bin ich nicht alt genug, allein zu reisen? Sieh, hier, meine kräftigen Füße!«

»Tja, schon«, sagte der Schwan, »ist ja wahr, bist ganz munter und flink, wir könnten zusammen schwimmen, es ist doch ein wenig einsam hier.«

»Quak, das ist gut! Warte ein wenig«, und mit einem Sprung war er weg, aber schnell kam er zurück, mit einem Ast zwischen den Zehen, sodaß er nur etwas plantschen brauchte, um vorwärts zu kommen. »Jetzt erzähle ich Dir die Quakaquaralalageschichte von allen meinen Brüdern und Schwestern, von denen ich soviele habe, wie Steine hier sind«, hörte man ihn noch sagen, während sie fortschwammen.

Und es ist nicht zu glauben, neben dem Gequake des Frosches konnte man den Schwan zwischendurch lachen hören, fröhlich und hell, und es klang, wie wenn Glöckchen das Glück einläuten, so silberhell und froh.

Die Krähen

Kraah, kraah, kraa – kraa«, schrie es. »Nein, Nord-Nord«, schnarrte eine andere. »Nord-Nord-Ost«, krächzte es weiter vorne, »dort gibt es Felder mit Kernen, mit Sonnenkernen, kraahh!«

Die Luft wurde in lauter kleine Vierecke zerschnitten bei ihrem Schrei. Es war, wie wenn schwarzer Regen fiele. Es war, wie der dritte Tag nach der Sintflut, da alles totenstill und doch voll lebendigem Entsetzen war. Es war, wie wenn eine Horde Piraten ins Land raubend eingefallen wäre, als die Schar Krähen schreiend aufflog, die ganze Luft ausfüllend, schreiend auseinanderbrach, unheilvoll rauschend erfüllte.

Krähen, die Ihr unsere Wälder überfliegt, seid Ihr Boten – Boten einer bösen Zeit? Oder bloß Symbol uns innewohnenden Ahnens, daß alles, was kommt, sich im Zeichen ankündigt?

Die kleine Amsel

Da saß sie, die junge Amsel, und piepste ängstlich, sie war noch nicht flügge. »Vergessen, vergessen haben sie mich«, piepste es, und es sah aus, als weinte das Vogelkind. »Aber laß sie gehen, hier scheint die Sonne ebenso schön wie anderswo«, sagte der Löwenzahn, zwischen dem es saß. »Laß' gehn.«

»Aber allein bin ich«, piepste es wieder.

»Was tut's, wir sind auch da, und viele andere auch noch«, säuselten die feinen Rispen der Gräser.

»Ja«, hauchte es, »paßt Ihr auf mich auf?«

»Aber ja, schau, wer da kommt!«

Und etwas Gelb-Schwarzes schob sich im Grase heran. Eine dicke und sehr schöne Raupe, die alles gehört hatte. Sie bog sich hoch auf, wie eine Schnecke, um sich der Amsel zu zeigen.

»Aber fressen darfst Du mich nicht«, sagte sie dabei.

»Aber nein!«, rief die Amsel, »Bleib nur hier, damit ich nicht allein bin, ich picke mir Sandkörner und Grassamen auf, ich finde schon etwas. Du bist mir ohnehin zu groß und hast zuviele Haare rundherum, die brennen im Magen.«

»Schau, sie wird schon keck«, sagte die Raupe. »Es geht ihr schon besser.«

»Ja, tatsächlich«, rief die Amsel, »es geht schon besser, wir wollen mitsammen singen.« Da drehte der Löwenzahn den Kopf weg, die Raupe seufzte, und als die Amsel ihren Schnabel auftat, kam nur ein »pieps, pieps«, sonst nichts heraus.

Da hörten sie in der Ferne ein Rauschen und im rosenroten Sonnenuntergang begann ein Tirilieren und Singen, als hätten alle Rosen ihre Knospen erst neu geöffnet.

Es sang und klang und jubelte und trillerte und in den rosa Wolken des Abendhimmels sah man eine Schar Amseln auf- und niederschweben und ihrem Schöpfer ihr Dank- und Abendlied darbringen.

Dafür, daß sie sein durften, was sie sind. Gefiederte, lebendige Zeichen seiner Liebe und seines Schöpferwillens, die Erde lebendig, farbig und als Abglanz der Ewigkeit zu gestalten. Und seine gefiederten Sänger dankten es ihm mit ihren schönsten Lobliedern.

Da, als alles noch staunte, und die Dämmerung unversehens leise angebrochen war, stürzten zwei Amseln auf den kleinen Amselwollknäuel zu und riefen: »Schnabel auf, Abendessen kommt!« Es waren seine Eltern.

Marlies Mulac

Erlebt im Krankenhaus

Tage, Wochen vergehen. Eingesperrt in vier Wänden, ich darf nicht raus, Krankenhaus!

Ein dünner Vorhang hängt vor dem Fenster. Ich schiebe ihn zur Seite. In zartem Grün steht die Birke vor meinem Fenster. Frühling ist eingekehrt. Es blühen Primeln und Krokusse. Die buntgefiederten Vogerln proben im Baumgeäst ihre ersten Lieder. Ich öffne das Fenster. Warm ist es draußen geworden. Im Mauerwerk steckt noch verspäteter Frost.

Ich liege alleine im Zimmer, so kommen mir viele Gedanken. Nur wenige kann ich verwirklichen.

Leise klingen Walzerweisen aus dem Radio, das neben mir auf dem Nachtkästchen steht. Sehnsucht, Erinnerungen ziehen an mir vorüber, wie anmutige, hellfarbene Bilder; lassen manche Stunde in Träumen vergehen.

Ich lese viel, dabei kam mir ein Deutschbuch unter. Das Kapitel »Erkenne Dich selbst!« hat mich sehr beeindruckt:

»Wahre Selbsterkenntnis, das ist ein kristallener Spiegel, in dem uns das eigene Ich erscheint, in dem wir uns selbst in die Augen sehen, nüchtern und hart gegen uns selbst alle unsere Fehler und Schwächen erblicken, alles das, was wir falsch gemacht haben und versäumten in unserem bisherigen Leben, die Sünden der Vergangenheit, Nachlässigkeit, Unentschlossenheit, auch die Ungerechtigkeiten gegen andere, Habgier, Geiz, Vertrauensbruch, Untreue – und dabei gehen uns dann plötzlich die Augen auf, dann findet mit einem Mal alles Dunkle, alles Unglück seine Erklärung, die Rückschläge, die Enttäuschungen, die Verluste als die Folgen unserer eigenen falschen und schlechten Handlungsweise, dann erkennen wir klar und deutlich, daß nicht andere Menschen schuld an unserem Unglück, an unserer Erfolglosigkeit tragen – daß wir selbst alles ganz anders anfassen, daß wir uns ändern müssen.«

Ja, ohne kühnes Wagen ist noch nie etwas Großes erreicht worden! Das Leben ist Kampf. Kraft, Ausdauer und ein starker Wille gehören dazu. »Hilf Dir selbst, so hilft Dir Gott!«, sagt uns ein Sprichwort. Und unterstreicht die schicksalhafte Bedeutung des Vertrauens auf die eigene Kraft im Ringen um die letzte Entscheidung. »Sich ändern« – ist einfach gesagt!

Trotz Wärme, Musik und guter Betreuung, fühle ich mich im Augenblick von Gott verlassen, einsam, alleine.

Die vielen Untersuchungen, Spritzen, täglichen Blutabnahmen, führten bis jetzt zu keinem Erfolg. Man sucht nach einem Virus und kann ihn nicht bestimmen. Die ganze Situation ist für mich bedrückend, liegt mir schwer auf der Seele. Wieviel ich auch darüber sinne, forsche, nach Sinn und Zweck des Lebens, zu einem Schluß, einem Urteil, »warum, wieso«, komme ich nicht. Alles Grübeln nützt nichts, ich darf nicht wehleidig werden, das Leben muß weitergehen.

Aus Wochen wurden Monate!

Inzwischen ist der Sommer ins Land gezogen. Auf den Beeten der Krankenhausanlage blühen schon die Rosen. Spielerisch, anmutig zieht der süße Duft bis zu mir ans Fenster.

Hoffend schaue ich zum Himmel. Die Sonne lacht mit goldenem Schein. Man weiß, daß sie einfach strahlt und wärmt, ob man ihr dankt oder nicht. Ein Naturgesetz der ständigen Erneuerung. Ohne Sonne kein Leben. Aber was ist Leben? Leben heißt Veränderung. Kommen und Gehen, Vernichtung und Wiedergeburt. Prinzipiell hat jeder ein Recht auf ein Leben, oder die Form dazu so zu gestalten, wie er es gerne haben möchte. Doch äußere Einflüsse wie Umwelt, Krankheit, Familie, vereiteln oft geheime Wünsche. Man kann sich vieles vornehmen, aber die Zukunft ist, Gott sei Dank, noch nicht voraussehbar.

Ich hatte geschlafen, etwas hat mich aufgeweckt! Da, ein banges Schreien, Schlagen und Klopfen am Fenster. Ach, Du lieber Gott! Ein zarter, kleiner Vogel schwirrt aufgeregt zwischen dem Doppelfenster.

»Warst neugierig wohl, wolltest alleine die Welt erobern? Nun mußt Du es mit Angst und Schrecken bezahlen. Immer mit Vorsicht, mein Kleiner, die Welt hat so viele Gefahren! Wie kannst Du wissen, Du kleiner Wicht, daß Glas, eine Fensterscheibe, so gefährlich ist! Sie nahm Dir die Freiheit, den freien Flug, ohne den Du doch nicht leben kannst. Aufgeregt? Das Herzerl pocht! So schwirrst und flatterst Du zwischen den Scheiben und klopfst. »Hilfe, laß mich raus! Warum hältst Du mich fest, unsichtbares Gespenst? Ich möchte zum Himmel, zur Sonne fliegen!«

Du armer, kleiner Vogel, weißt nicht, was geschehen ist? Daß diese Scheibe, die Licht und Wärme ins Zimmer läßt, für viele einziger Trost im Leben, Kontakt zur Außenwelt, für Dich ein Gefängnis ist! Warum schlägst Du so ungestüm Dir Deine Flügel wund? Aus Angst, die Freiheit zu verlieren? Es geht Dir so wie mir, wir schauen die Freiheit, und sind doch eingesperrt.

Der frischen Luft wegen, halte ich die Oberlichten stets geöffnet. Aber wie kam es, daß Du gerade durch diesen schmalen Spalt zwischen den Fensterscheiben kamst?

Sei ruhig, mein Kleiner, nicht so aufgeregt, atemloses Geschöpf, fürchte Dich nicht.

Ich fühle im Inneren meiner Seele die heiße Sehnsucht des Tieres nach Freiheit.

Da fliegt von außen, mit schlagenden Flügeln, das Muttertier. Wie es lockt und ruft!

Drüben, im Blattgewirr der Birke, eine Vogelschar ein Klagelied singt.

Du kannst nicht mehr, Deine Kräfte haben Dich verlassen und resigniert sitzt Du auf dem inneren Fensterbrett.

Vorsichtig öffne ich das Innenfenster. Nun kann ich Dich fassen. Du mußt Dich nicht fürchten! Ich will Dir doch helfen, Du armer, kleiner Federwisch. Zart und weich halte ich ihn. Nun öffne ich das Außenfenster. Ein Husch, schon fliegst Du der Birke entgegen und Deine gefiederten Brüder umjubeln und begrüßen Dich.

Wie glücklich bin ich über Deine Freiheit! Weckte Dein Los doch Gefühle in mir, die gleiches Geschick uns bestimmte.

Ich sitze beim Fenster und schaue in die Freiheit. Doch bin ich allein, eingesperrt in vier Wände. Kann nicht entfliehen. Gast bin ich hier, kein eigener Mieter. Sehnsucht nach Freiheit. Sehnsucht nach Freiheit, nach Liebe verzehrt mich, Mensch unter Menschen zu sein. Und doch bin ich glücklich, dem Schicksal verbunden, wenn eine helfende Hand sich mir entgegenstreckt.

Oh, Gott! Du gabst mir mein Schicksal, es war oft steinig der Weg, und Dornen rissen manche Wunden. Doch wuchs mein Geist, meine innere Einstellung mit jedem Schicksalsschlag. Nun aber bin ich am Ende. Wochen, Monate, warte ich!

Nimm mich, oh Vater, in Deine Hände, so wie ich dem Vöglein die Freiheit gab, führe mich noch einmal gesund in die Welt.

Hedwig Neubacher-Klaus

Marienkäfer

Nach anstrengenden, arbeitsreichen Tagen liebte ich es, mich zu entspannen und künstlerisch zu betätigen. Ich hatte mich damals mit Holzschnitzarbeiten in der freien Zeit beschäftigt und hatte aus einem Stück Lindenholz eine Christusstatue geschnitzt. Die meiste Arbeit war bereits getan, die Gestalt hatte Form angenommen und ich war nun gerade dabei, die feinen Ausarbeitungen durchzuführen.

Es war ein schöner, warmer Sommerabend und ich arbeitete auf dem Balkon. Vertieft in die Arbeit, versuchte ich dem Gesicht Ausdruck zu verleihen und bemerkte, als ich kurze Zeit innehielt, daß ein Marienkäfer angeflogen kam und sich auf dem Haupt der Christusstatue niederließ. Über diesen Besuch freudig überrascht, begann ich zu dem Marienkäfer zu sprechen.

Zunächst begrüßte ich ihn lautlos, um ihn nicht zu erschrecken, und sprach dann leise mit ihm. Ich sagte zu dem Marienkäfer, daß ich mich über den Besuch sehr freue. Aber wenn er auf dem Kopf sitzenbleiben möchte, kann ich mit dem Schnitzmesser nicht am Gesicht arbeiten, denn ich will ihn nicht vertreiben. Der Marienkäfer blieb sitzen. Also, dachte ich, wenn Du hier bleibst, und mir zusehen willst, dann kann ich ungestört bei den Füßen weiterarbeiten.

Und so geschah es auch. Ich schnitzte vorsichtig an den Füßen weiter. Der Marienkäfer – er saß nicht mehr auf dem Kopf, auf der höchsten Erhebung, er kroch über die Stirne bis hin zur Nasenspitze, zum weitesten Gesichtsvorsprung, und blieb nun dort sitzen. Ob er tatsächlich auf seine Weise verstand, was ich mit ihm redete, und ob er mir wirklich zusah, das kann ich nicht mit Sicherheit sagen. Jedenfalls schien es so und er blieb auf der Nase sitzen. So konnte ich bis zum Dunkelwerden meine Arbeit fortsetzen.

Natürlich beobachtete ich zwischendurch meinen lieben Besuch und sah seiner nächsten Bewegung zu. Er begann im Gesicht herumzuspazieren, und zwar so, als suchte er etwas. Schließlich ging es über die Wange, hin zum Ohr, und in der Aushöhlung der Ohrmuschel fand er ein geschütztes Plätzchen – und dort verblieb er. Dieser Spaziergang über das Gesicht und Aufsuchen eines Schlafplätzchens war ein so lieblicher Anblick, daß es mir ganz warm ums Herz wurde, und ich sagte zu dem Marienkäfer: »Wenn Du nun Ruhe haben möchtest, höre ich mit der Arbeit auf und wünsche Dir eine gute Nacht!«

Sehr früh war ich wieder draußen auf dem Balkon und schaute nach. Ich traute meinen Augen nicht – und doch war es so. Der Marienkäfer war noch da, saß noch im Ohr –, aber, er war nicht allein. Ein zweiter Marienkäfer hatte sich zu ihm gesellt und beide schliefen noch.

Der Wellensittich und das Meerschweinchen

Fipsi, der Wellensittich, hatte seine eigene Geschichte. Zunächst übermütig und neugierig, flog er eines Tages aus der Geborgenheit seiner Umgebung durch ein offenes Fenster hinaus in eine für ihn unbekannte Welt. Was muß er da gesehen und erlebt haben? Unter anderen Gefiederten ein Fremdling, der gewohnt war, aus der vorgesetzten Schale sein Futter zu nehmen und sein alleiniges Recht zu behaupten. Abgemüht und hungrig saß er auf einem fremden Fensterbrett und wußte nicht weiter.

Der Zufall wollte es, daß der jüngste Sproß einer Familie das arme Tier in seiner Verlassenheit erschöpft sah und rettete. Aber wie sollte es mit dem Tierchen weitergehen? Er selbst war im Internat und nur über das Wochenende daheim, denn die ältere Schwester hatte Hochzeit. Und da kam ihm die rettende Idee: »Ich schenke meiner Schwester zur Hochzeit diesen Wellensittich ...«

Gedacht, getan! Die Schwester Christina bekam zur Hochzeit den geretteten Vogel. Nun, ja, sie hatte ihren Bruder sehr lieb und war auch tierliebend und so kam der Vogel in ein neues »zu Hause«.

Das scheue Tierchen gewöhnte sich langsam an die neue Umgebung und wurde allmählich zutraulich. Zunächst steckte es nur sein Köpfchen aus dem geöffneten Käfig und besah sich den Raum mit den geschlossenen Fenstern. Und schließlich getraute sich Fipsi, so nannte ihn das junge Paar, seinen ersten Ausflug zu tun. Es war nur eine kurze Runde, aber er fühlte sich wohl. Und so wurde er unter liebevoller Pflege zutraulich und das schöne große Zimmer gehörte nun auch ihm. Er zog seine Runden, die Flüge wurden immer ausgedehnter und er pfiff mit kräftiger Stimme.

Es war an einem Sommertag. Eine Freundin bat Christina, ihr Meerschweinchen während der Urlaubszeit zur Pflege zu übernehmen und Christina sagte zu. Die vorgesehenen 14 Tage würden bald vorübergehen, dachte sie, und richtete mit ihrem Mann Wolfgang gemeinsam in einem großen Karton ein gemütliches Dasein für das Meerschweinchen. Es war im gleichen Raum untergebracht, wo Fipsi sein Revier hatte. Aber das paßte dem Wellensittich gar nicht. Er stellte seine Flüge ein und besah sich das umherlaufende »Etwas« zunächst aus der Perspektive des schützenden Käfigs. Was mag da alles durch dieses kleine Köpfchen gegangen sein? Bis zum offenen Türchen wagte er sich, aber nicht weiter.

Grüne Salatblätter liebte Fipsi sehr und stürzte sich immer darauf. Eines Tages war Wolfgang sehr in Eile. Um jedes Tier mit dem mitgebrachten frischen Salat schnell zu versorgen, gab er dem zunächst gelegenen Meerschweinchen als erstes Salatblätter. Da aber pfiff Fipsi mit schrillem Ton durch den Raum und schimpfte darauf los. Er hatte immer alles aufmerksam beobachtet und wollte das Meerschweinchen schon gelten lassen, aber daß er nicht als erster seinen Salat bekam, das überstieg sein Erstlingsrecht. Er schimpfte und schimpfte. Das um Verzeihung bittende Gespräch blieb erfolglos und der Salat welkte in seinem Käfig unangetastet. So blieb es einige Zeit. Und wie es öfters vorkommt, nach den 14 Urlaubstagen wurde das Meerschweinchen nicht abgeholt und verblieb bei Christina, Wolfgang und Fipsi.

Schließlich siegte der Appetit auf Salat, die Reihenfolge der Verpflegung wurde richtig eingehalten, Fipsi vergab und er begann sich für das vierbeinige Tierchen zu interessieren. Er nahm kleine Flüge wieder auf und näherte sich allmählich dem Meerschweinchen. Schließlich setzte er sich auf sein Gitterdach und fraß mit einer Wonne Meerschweinchens Salat. Das Meerschweinchen sah mit einer Gemütsruhe zu und ließ den Vogel nach seinem Belieben gewähren. Es wehrte sich nicht und war auch nicht böse! Es freute sich über den Besuch.

Das imponierte Fipsi wohl und er dürfte erfaßt haben: Er rächte sich und fraß Meerschweinchens Salat, aber es tat nichts dergleichen, es sah ihn nur mit den kleinen Äuglein liebevoll an. Fipsi begann sich in der Gesellschaft wohl zu fühlen, und, was keiner gedacht hätte, geschah. Wolfgang und Christina saßen beim Abendessen, Fipsi und das Meerschweinchen fühlten sich ungestört und wurden dennoch beobachtet. Durch die Gitterstäbchen liebkoste Fipsi mit seinem Schnabel das Meerschweinchen und dieses liebkoste zurück. Eine zärtliche Verbindung hatte sich zwischen den so Ungleichen angebahnt und ergab ein friedliches Miteinander.

Das kleine Meerschweinchen wußte eben nichts von dem überholten Gesetz »Aug um Aug, Zahn um Zahn«. Es lebte schlicht und einfach danach: »Liebe Deinen Nächsten«.

Johanna Nowak

»Ich« – Kater Murli

Sie sollten sich schämen, mich anzustarren, nur weil ich hier, hinter diesem ebenerdigen Fenster, sitze. Ich bin Kater Murli und derzeit schlecht aufgelegt.Miau! Winter und Schnee – brrr, krrr! Nichts hasse ich mehr, als nasse Pfoten.

Wie?! Ich soll hinausspringen und im Schnee herumlaufen? Brrr! Krrr! Auch jene Leute, die bei mir wohnen – erst vorhin mein Frauerl: »Na, Murli, nix Gassi gehn?« Mich so zu veräppeln! Miau!

Bereiten Euch Menschen Schnee und Kälte Vergnügen? Oder laßt Ihr die Flocken nur herunterrieseln den Hunden zuliebe, diesen ekligen Biestern, die ihre Nasen hineinstecken und sich drinnen wälzen. Wie könnt Ihr Euch mit jener würdelosen, hüpfenden, schnüffelnden, bellenden Bande abgeben? Wenn mir einer zu nahe kommt, fletsche ich die Zähne und sause auf einen Baum.

Übrigens! Niemand kann derart schnell klettern wie ich. Sie meinen – die Eichkätzchen? Frechheit, sie so zu nennen!

Kommt allerdings ein ganz kleiner Hund – ja, das muß ich Ihnen erzählen. Vorigen Sommer! Miau! Ich lag gerade unter der Parklinde, da tauchte jener dicke Köter von nebenan auf mit der Nase auf dem Boden. Brrr! Krrr! Schon strecke ich ein Hinterbein aus, er fällt darüber. Ich recke mich auf, tu sehr beleidigt und hau ihm meine Vorderpfote um die Ohren. Sein verdattertes Gesicht! Miau!

Was seid Ihr Menschen für Stümper. Früher, da glaubte ich an Euch – wirklich – doch jetzt ... Nicht einmal dem lächerlichen Schneien wollt Ihr Einhalt gebieten.

Nun ja! Miau! Über meine eigenen Leute kann ich mich nicht beklagen, die habe ich sorgfältig ausgesucht und erzogen. Stundenlang spiel ich den Gekränkten, wenn sie es wagen fortzugehen ohne meine Erlaubnis.

Meine Freundin Mira! Mira! Rassig, temperamentvoll – eine Prachtkatze! Und klug ... Sie müssen sie unbedingt kennenlernen. Wie?! Sie wissen schon, wen ich meine? Miau! Sie sind ebenfalls von ihr aufs Kreuz gelegt worden? Ihr origineller Trick – sie wankt durch den Park, miaut kläglich und mimt die arme, verlassene Mieze. Und immer wieder bleiben Dumme stehen, bemitleiden, streicheln sie und bringen ihr das Beste zum Naschen.

»Murli, Murli! Pappi, Pappi!«

Hören Sie – mein Frauerl schreit! Soll sie! Justament! Ich komm nicht, und wenn sich mein Magen vor Hunger umstülpt. Ich laß mir nichts vorschreiben, ich freß dann, wenn ich es wünsche.

»Murli! Pappi!«

Wie laut sie brüllt! Nun ja! Miau! Eigentlich habe ich meine Leute recht gern. Menschen sind die nützlichsten Hautiere, die sich eine Katze halten kann. Warm und bequem die Wohnung, mein Klo tadellos geputzt, der Körbchenpolster frisch überzogen. Auch das Essen wird pünktlich serviert. Miau! Herrchen und Frauchen haben sich sogar eine Bilder erzeugende Flimmerkiste ins Zimmer gestellt. In der wird jeden Tag ein paarmal vorgeführt, wie man Katzen richtig füttert.

Bloß einmal – brrr, krrr – war ich sehr böse. Stellen Sie sich vor – da haben meine Leute behauptet – so eine Frechheit – ich stinke! Nun ja – damals – bin ich mitten hinein in einen Hundekot gefallen. Ich wurde eingeseift und gebadet trotz meines Maunzens, Pfauchens und Beißens. Brrr! Krrr! Nachher habe ich mich – zu Fleiß – fest im Sand gewälzt. Miau!

Aber sonst! Im allgemeinen sind Menschen ganz nett, wenn auch ein wenig blöd. Na ja – eigentlich – Miau! Wenn ich es recht bedenke – nichts für ungut – sogar ziemlich blöd. Ich brauch mich nur ein bißchen anzuschmiegen, zu schmusen und zu schnurren und schon erreiche ich alles, was ich will, selbst um vier oder sechs Uhr in der Früh, je nachdem, wann ich geruhe, von meinen nächtlichen Ausflügen heimzukehren, ein warmes Essen.

»Murli! Pappi!«

Ich überlege. Hm! Miau! Soll ich nicht doch zu meinem Frauerl laufen? Gewiß gibts wieder köstliche Leckerbissen.

Die Unterhaltung mit Ihnen hat mich gefreut. Entschuldigen Sie, wenn ich Ihnen jetzt den Rücken zukehre, es geht nicht anders. Also, dann, auf später – bis zum nächsten Mal. Miau! Miau!

Helmut Pacholik

Erbärmlicher Tod

Müde legt der kleine Taucher seine Schwingen an den abgekämpften, matten Körper – unter ihm liegt verheißungsvoll flimmernd ein lieblicher See! Hier wird er für diese Nacht bleiben – ein Rastplätzchen, wie geschaffen, weit und breit kein Mensch – kein Haus – keine lärmende Autostraße. Die blinkende Wasserfläche verspricht Sicherheit und Geborgenheit, wird ihm Refugium für ein paar kurze Stunden sein.

Hoch aus dem Norden kommt er – wie so viele um diese Zeit. Mühsam und voll Gefahren ist der Weg – war auch dieser heutige Tag für ihn.

Er war am Morgen dem Lauf des Flusses gefolgt, hatte die tiefdunklen, riesigen Wälder hinter sich gelassen und so wie jedes Jahr die majestätischen Gipfel des mächtigen Gebirgszuges überquert – hatte versucht, die tobende, feuersprühende Wolkenbank zu umfliegen und war vom Weg abgekommen. War stundenlang umhergeirrt, doch jetzt war er in Sicherheit! – Ein erfrischendes Bad, ein fetter Wurm, eventuell dann noch ein paar Tauchversuche und ein ruhiges Plätzchen irgendwo am wiegenden Saum des Schilfes – und morgen wird er dem Ruf der ziehenden Vögel folgen! »Aber sollte er nicht doch noch, so wie immer vor einer Landung, eine Erkundungsrunde fliegen? – Ach, wozu – der See liegt so still und friedlich, und er ist so müde heute, so abgekämpft und ermattet!«

Entschlossen gleitet der anmutige Flieger vom verdämmernden Himmel. Er ahnt nichts von der bestialischen Brühe, die hinterhältig auf ihn lauert – von der tödlichen Falle, die schon so vielen Zugvögeln das Leben gekostet hat. Zu spät erkennt er die Gefahr – schlägt in dem stinkenden Ölsee auf, taucht ein in die warzige, blasenspeiende Oberfläche. Verzweifelt rudert er mit den Schwingen, versucht der zähflüssig-klebrigen Masse zu entrinnen und stürzt sich dadurch endgültig ins Verderben. Von panischer Angst befallen, bietet er all seine Kraft auf und versucht noch einmal aufzufliegen – und es gelingt ihm tatsächlich, fast bis ans Ufer zu streichen. Der Erschöpfung nahe, schwimmt er die letzten Meter durch die zähe Flüssigkeit bis an den Rand des Ölsees. Dort liegt er hoffnungslos ermattet am Saum der stinkenden Brühe.

Minuten verharrt er so, unfähig, sich zu bewegen. Sein schlanker, einstmals hell gefiederter Hals – jetzt von Öl triefend – taumelt hin und her. Angst und Schauer schütteln ihn, und er kriecht, eine ekelige Ölspur hinter sich herziehend, mit letzter Kraft über die steile Böschung und bleibt dort erschöpft liegen.

Stunden müssen seit der unheilvollen Landung vergangen sein! Der kleine, ölgetränkte Körper liegt noch immer am oberen Rande der bestialischen Kloake. Das erste, was der kleine Taucher wieder wahrnimmt, ist der schrille Schrei des Triels. Mühsam versucht er die Augen zu öffnen, es vergehen Minuten, bis er wieder klar denken kann. Vereinzelte Vogelstimmen nimmt er wahr, das Rattern einer Maschine, das helle Lachen eines Menschen, und dann wird es eigenartig still um ihn.

Er erwacht erst wieder unter den spätsommerlichen Strahlen der Mittagssonne, die seinen ölverklebten Körper entsetzlich peinigen. Taumelnd hebt er seinen bleischweren Kopf, bietet noch einmal alle Energie auf, schleppt sich über den steinigen Weg bis in den Schatten staubbedeckter Klettenstauden. Sein Schnabel ist weit geöffnet – ölverklebt seine spitze Zunge – erbärmlich quält ihn der Durst. Schräg über sich sieht er die zartblauen Blüten der Wegwarte und drüben die roten Lampions der Judenkirsche – und eine Vision von tiefblauen Seen, von klarem Wasser, von plätschernden Wellen und dem feurigen Auge der sinkenden Sonne tut sich ihm auf. – Ein Paradies, für das er sein Leben geben würde!

»Errp – errp«, tönt es von irgendwo her – die Nacht ist kühl und blauschwarz. Entsetzliche Qualen peinigen den gemarterten Körper. Mühsam ringt der kleine Vogel nach Atem – und er wünscht sich das erste Mal sehnlichst, zu sterben. Unendlich lang schon liegt er hier, der Schmerz ist kaum noch zu ertragen.

Und Gott scheint Erbarmen zu haben – denn wieder wird es dunkel um ihn.

Bleischwer kriecht der neue Spätsommermorgen am Horizont in dampfenden Nebelschwaden, hebt sich über den Saum des gelbflammenden Akazienwäldchens und blinzelt dem Mann im grünen Loden höhnisch lächelnd ins Gesicht.

Jener ist oft hier an dieser mörderischen Ölschlammdeponie, inspiziert mit dem siebenfachen Glas die blasenspeiende Oberfläche des Ölsees – sucht am verpesteten Ufer – in Gräben und Rinnen – an Wegen und Feldsäumen – hat jetzt eine unscheinbare Bewegung unter den blauen Blütengesichtern der Wegwarte wahrgenommen.

Eine weiße Hand tut sich auf – hebt den ölgetränkten, sterbenden Körper des kleinen Tauchers anklagend wie ein Mahnmal zum Himmel empor.

Unendlich müde hebt der kleine Vogel noch einmal seinen Kopf – hört über sich den Ruf der wilden Gänse, hört den Brachvogel flöten und das »Witt, witt« der ziehenden Schwalben. Voll Sehnsucht ist sein kleines Herz – wie gerne würde er jetzt mit ihnen ziehen! – Übermächtig entschlüpft seiner ölverklebten Kehle ein winziger Schrei! – Ganz sanft gleitet der Kopf danach auf die Seite und baumelt zur Erde nieder. Seltsam ruhig, fast glücklich, hat er sein kleines Leben ausgehaucht!

Merkwürdig feucht sind die Augen des Mannes im grünen Loden. Er beißt die Zähne aufeinander, als müßte er sie zermalmen. Seine Brust ist unsagbar eng, und es ist ihm, als würde er ersticken ...

»Was kümmert es schon den standardbewußten Wohlstandsbürger, wenn sein *Bruder, das Tier* – die Kreatur Gottes – erbärmlich krepiert!«

Lydia Perger

Aufgezogenes Reh – nun in freier Wildbahn

Eine wahre Tiergeschichte aus der Steiermark

Vor Jahren ging Frau Sophie H. vom Bettelbauer – den auch seinerzeit Peter Rosegger erwanderte –, heimwärts in ihre Stadtwohnung. Als sie die Waldstraße entland mutig ausschritt, sie gehörte noch zu jenen von Jugend an gestählten Frauen, überholten sie zwei Burschen, jeder auf einem Moped. Der eine hatte einen Korb auf dem Gepäckträger und sie beobachtete aus der Ferne, wie plötzlich etwas daraus zu Boden fiel und am Straßenrand liegen blieb. Es sah aus wie ein Tuch. Die Burschen schienen den Verlust nicht bemerkt zu haben, denn sie fuhren weiter.

Als aber Frau Sopherl – wie sie auch genannt wird –, das vermeintliche Tuch näher besah, entdeckte sie ein kleines, zitterndes Bündel: Es war ein vor zirka zwei Tagen frischgesetztes Rehkitz. Sie trug es mit nach Hause.

Dann fragte sie meinen Mann, ob sie die den Wilddieben »abgejagte« Beute aufziehen dürfe. Er, ein verantwortungsbewußter Wald- und Jagdbesitzer, riet ihr: »Nur dann, wenn es kein Bockkitz ist, weil der älter werdende Rehbock durch seine Krickel auch für den Menschen gefährlich werden könnte«.

Da es aber ein Geißkitz war, wurde Frau Sophie eigentlich ganz unverhofft Pflegemutter eines kleinen Rehs. Daß sie sich damit keine leichte Aufgabe zugelegt hatte, erfuhr sie nach und nach: Es hieß vorerst das Kitz wie ein Baby zu ernähren, und zwar mit dem Flascherl! Vor lauter Sorge, es richtig zu machen, wollte die besorgte »Mutti« ihm gewässerte Milch geben. Da aber die Kuhmilch einen geringeren Fettgehalt als die Rehmuttermilch aufweist, mußte die Milch mit Süßrahm und Kindernahrung aufgebessert werden. Ansonsten es die pflegliche Behandlung doch nicht überlebt hätte!

Aber nicht nur, daß die Nahrung mit der Zeit zu einem teuren Spaß wurde, es mußte vor allem alle zwei bis drei Stunden gefüttert werden! Und dies nicht nur bei Tag, sondern ebenso bei Nacht! Nachdem es fertig getrunken hatte, wurde es gestreichelt und am Bauch massiert. Die Rehgeiß nämlich leckt ihr Kleines solange, bis es nässen kann. Ein Vorgang, der von der Natur so eingerichtet ist und den die Menschenmutter in anderer Form nachahmen mußte.

Fau Sophie hatte dem Kitz daheim ein Betterl aus Heu im sogenannten Besenkammerl gerichtet, doch da es immer größer und kräftiger wurde, war es nicht mehr bereit, dort untergebracht zu sein. Nach ungefähr zwei Monaten hatte es in der Wohnung keinen Platz mehr und so wurde es mit dem Wagen zum Bettlbauer in Waldesnähe gebracht.

Schweren Herzens, aber naturnahen Verstandes, erkannte die Pflegemutter, daß sie »ihr Kind« der natürlichen Umgebung wieder zurückgeben müsse. Um es allmählich an die Freiheit zu gewöhnen, sollte es im Schutz des Gartenzaunes für eine Zeit verbleiben. Von dieser Idee hielt sie mein Mann ab: Es könne zwar nicht hinaus, aber jegliches Raubwild – wenn es geschickt genug ist –, hinein und da keine Fluchtmöglichkeit gegeben ist, wäre es dem Fuchs möglich, es zu reißen. So unterblieb die Ausführung des Wunsches und »Hansi«, so wurde das Kitz inzwischen benannt, der freien Wildbahn wieder übergeben.

Interessanterweise kam das Reh jedoch immer wieder zum Haus, ließ mit sich sprechen und sich über das Fell streichen. Im Herbst, beim Haarwechsel, kam es besonders gerne, da die abgestoßenen Haare ihm einen Juckreiz verursachten und so ließ es sich genießerisch bürsten.

Eines Tages kam eine Frau vorbei, deren Hund nicht an der Leine geführt wurde, so wie es dem Jagdgesetz entspricht und der Hund versprengte akkurat Hansi. Voll Sorge suchte Frau Sopherl die Umgebung ab und befürchtete, daß Hansi verletzt worden war oder im schlimmsten Fall vielleicht sogar umgekommen war.

Es vergingen einige Monate. Da entdeckte die Tiermutter das inzwischen zu einer Schmalgeiß herangewachsene Reh weidend auf der Wiese und rief es an: »Hansi, bist eh wieder da?« Tatsächlich drehte das Tier seine Lauscher, erkannte die Stimme und setzte sich in Trab. Genau auf seine ehemalige Mutter zu.

Vor lauter Freude sprang die Geiß an ihr hoch und hätte sie beinahe umgeworfen, wäre Frau Sophie nicht so eine standhafte Person, die sich nicht so leicht umwerfen läßt! Ein Glück! Jedenfalls bekam Hansi an diesem Tag besonders viele Leckerbissen, so auch reife Ebereschen, die sich das Tier alleine nicht vom Baume holen hätte können. Und – es schmeckte ihm sichtlich.

Sämtliche Jäger der Umgebung wußten von dem zutraulichen Reh, das eine Zeit lang seine leuchtendgelbe Ohrmarke trug und ließen es auch in Ruhe, als es diese verloren hatte. Denn Hansi blieb ihrem Standort treu.

Ungefähr zwei Jahre später – es war Frühjahr –, tauchte sie wieder auf und siehe da, sie mußte im vergangenen Sommer sich mit einem wilden Rehbock im Wald befreundet haben, denn sie zeigte ihrer Pflegemutter ziemlich stolz das von ihr gesetzte erste Kitz!

Mit dieser Tat wäre eigentlich Frau Sophie »Großmutter« geworden. Hansi jedenfalls ließ sich nur von ihr steicheln, während sämtliche Kitze, die sie im Laufe der weiteren Jahre geboren hatte, im Respektabstand stehenblieben.

Pflegemutter und Geiß verständigten sich mit dementsprechenden Lauten und Gebärden und das Gebare des Tieres zeigt seine Wünsche an, so, zum Beispiel, zieht sie bis heute noch Kreise um Frau Sopherl, das bedeutet, sie möge stehenbleiben oder sich niedersetzen. Stößt sie mit dem Häuptl gegen ihre Oberschenkel, so heißt dies nichts anderes als »Geh weida!« Hansi möchte mit ihr ein wenig spazierengehen.

Dieses Vertrauensverhältnis währt nun über neun Jahre! Als Beweis dafür, daß eine so gute Beziehung zwischen Mensch und Tier möglich ist und zwar dort, wo ein Tier in freier Wildbahn geboren wurde und von Menschen aufgezogen wurde, damit es leben kann. Es ist, als ob eine Art Band der Liebe entstanden ist, ein schöner Lohn für denjenigen, der seinen Einsatz mit Zutrauen und gleichermaßen als Dank quittiert bekommt. Wie man sieht – auch vom Tier.

Hilde Peyr-Höwarth

Ein Hund namens Fleckerl

Angefangen hat es damit, daß Onkel Heinrichs Dackelhündin Junge bekam. Eines davon sollte mir zum Geschenk gemacht werden. Ich hatte die Wahl zwischen Susi und Fleckerl. Onkel Heinrich riet mir zur Susi, ich nahm Fleckerl. Warum ich mich für ihn entschied, kann ich nicht genau sagen. Vielleicht deshalb, weil er im Moment der Entscheidung sein winziges kaltes Schnäuzschen an meinem Handrücken rieb. Das dürft den Ausschlag gegeben haben.

Jetzt war Fleckerl mein Eigentum. Eine Handvoll Hund. Eigentlich sah er zu diesem Zeitpunkt noch gar nicht aus wie ein richtiger Hund. Er hätte ebensogut eine Kreuzung zwischen einem Meerschweinchen und einer Ratte sein können. Onkel Heinrich versicherte mir, aus diesem winzigen Etwas würde ein prächtiger Dackel werden. Die Prophezeiung traf ein. Allerdings hatte ich vorher noch einige Abenteuer mit ihm zu bestehen. Wer konnte schließlich ahnen, daß dieses kleine Geschöpf es »faustdick« hinter den reizenden Hängeöhrchen hatte? Wenn man Fleckerl zusah, wie er mit hochgestelltem Schwanz im Zimmer herumstolzierte, hatte man eher den Eindruck, ein hilfloses

Wesen vor sich zu haben. Dem war aber nicht so, das merkte ich bereits auf der Heimfahrt.

Mein erstes aufregendes Erlebnis mit ihm hatte ich in einem Krautacker. Wir waren kaum einige Minuten gefahren, da begann Fleckerl unruhig auf seiner Decke umherzukrabbeln. Um ein Malheur zu verhindern, hielt ich den Wagen am Straßenrand an und half meinem kleinen Fahrtgenossen ins Freie. Fleckerl verschwand blitzschnell auf seinen krummen Beinchen in besagtem Krautacker. Sooft ich glaubte, den Ausreißer überlistet zu haben, entwischte er mir, um am anderen Ende der Ackerfurche aufzutauchen. Dabei schien in seinen braunen Dackelaugen ein Funke von Bosheit aufzuleuchten. Fleckerl war mit seinem Federgewicht im Vorteil. Ich sank in dem aufgeweichten Boden bis zu den Knöcheln ein. Dieses »Hasch mich Spiel« dauerte ziemlich lange. Schließlich kam ich schweißgebadet mit verkrusteten Schuhen und kotbeschmierten Kleidern zu Hause an.

Meine Familie zeigte bei meinem Anblick zunächst Bestürzung, nach Aufklärung der Zusammenhänge Erheiterung – und als sich der braune Erdklumpen in meiner Hand als Dackelbaby entpuppte, Entzücken. Mein Sohn lief in das nächste Geschäft, um ein Körbchen für unseren neuen Hausgenossen zu besorgen, das zweimal umgetauscht werden mußte, weil es einmal zu hoch und einmal zu breit war, so daß Fleckerl in seinem neuen Bett geradezu verloren aussah.

Dann bekam er eine weiche Unterlage, die ihm zu mißfallen schien. In Kürze hatte er sie zerlegt. In seinem Körbchen sah es aus wie in einem Hühnerstall. Er freute sich sichtlich an den weißen Federn. Wenn ein Luftzug sie in die Höhe wirbelte, schnappte er nach ihnen.

Die erste Nacht verlief ziemlich unruhig, ihr sollten weitere solcher Nächte folgen. Fleckerl wollte nicht allein gelassen werden, er jaulte jämmerlich, sobald wir das Zimmer verließen und das Licht ausknipsten. Fleckerl wurde immer erst gegen Morgen müde. Dann schlief er fest, was auch wir nach der gestörten Nachtruhe taten und das Läuten des Weckers überhörten. Mein Mann stellte leicht zornig fest, daß er seit Fleckerls Einzug regelmäßig zu spät zur Arbeit kam. Als dann eines Tages aber zuerst die Hausschuhe und dann die Seidenkrawatte dem Zerstörungstrieb meines vierbeinigen Lieblings zum Opfer gefallen waren, war der Zorn gegen den Missetäter nicht mehr so leicht.

Fleckerl hatte auch die Eigenheit, sich statt eines Baumes im Garten das Medaillonmuster unseres Teppichs auszusuchen. Daran hielt Fleckerl auch dann noch fest, als ich blaugefroren mit ihm von einem ausgedehnten Spaziergang zurückkam. Schließlich rollte ich – kurz entschlossen – den Teppich zusammen. Es mußte eine Zeit auch ohne ihn gehen.

Als sich Fleckerl auch noch an unseren Wohnzimmervorhängen verging, riß meinem Mann die Geduld. Er sagte, er sein nicht länger gewillt, seine Lebensgewohnheiten denen eines Hundes anzupassen.

Ich setzte zu einem Plädoyer für Fleckerl an, mußte aber auf die Vorhalten meines Mannes, daß wir in keinem Haus, sondern in einer Hundehütte lebten (der Teppich war in der Reinigung, die Vorhänge in der Kunststopferei), keine passende Antwort. Mein Sohn sprang ein: »Was macht das schon. Im Krieg habt ihr sicher nicht nach Teppichen und Vorhängen gefragt, da seid ihr froh gewesen, überhaupt ein Dach über dem Kopf zu haben, nicht wahr, Mama?« Ich nickte schwach, was wiederum ein Fehler von mir war. »Wir leben nicht im Krieg«, schrie mein Mann und verließ wutentbrannt das Haus, nicht ohne Fleckerl vorher als »Ungeheuer« bezeichnet zu haben, was in Anbetracht von Fleckerls Kleinheit wirklich reichlich übertrieben war. Als das Familienoberhaupt am Abend zurückkehrte, sagte ich mit tränenerstickter Stimme, daß wir Fleckerl Onkel Heinrich zurückgeben könnten. Dort habe er es gut. Aber eine Schande sei es schon, daß wir mit einem so kleinen Hund nicht zurechtkämen. Mein Mann sagte zunächst nichts. Dann sah er zu Fleckerl hinüber, der zusammengerollt wie ein Häuflein Unschuld in seinem Körbchen lag und aussah, als könne er kein Wässerchen trüben. Dann hob er das Köpfchen und blinzelte aus halbgeschlossenen Lidern zu uns herüber.

Vor so viel Liebreiz mußte selbst mein Mann kapitulieren. Er meinte, daß Fleckerl bereits so viel angestellt haben, daß seine Missetaten nicht mehr ärger werden könnten und zum Zerstören nicht mehr viel übrig blieb und wir den kleinen Gauner doch behalten sollten. Schließlich müßte selbst ein Dackel einmal den Flegeljahren und der Sturm- und Drangperiode entwachsen.

Die Freude in der Familie war groß. Fleckerl reckte sich genüßlich in seinem Körbchen, ganz so, als wollte er mit seinem listigen Dackelgesicht sagen: »Na, wie habe ich das geschaukelt?«

Alfons Podeu

Die Tragödie der Rehe

Eine unscheinbare Zeitungsnotiz kündete kürzlich vom tragischen Tod von sechzig Rehen, welche in einem nahegelegenen Flußlauf elend zugrunde gingen, weil sie, den gewohnten Wildwechsel überquerend, das neuverbaute, steilansteigende jenseitige Ufer nicht erklimmen konnten. Dieses ursächlich der Gedankenlosigkeit des Menschen anzulastende Geschehen stimmt mich nachdenklich. Ist die Naturentfremdung des homo sapiens schon so weit gediehen, daß er sich der brüderlichen Rücksichtnahme auf die stumme Kreatur so gänzlich abwendet?

Ein gleichnishafter Vorgang? Ja, denn er zeigt an einem erschrekkend drastischen Beispiel, daß sich der »Herr der Erde« nicht mehr der gerühmten Gottähnlichkiet würdig erweist, geschweige denn, sich als Krone der Schöpfung aufführt. Läuft er nicht Gefahr, des Bodens unter den Füßen und des Himmels über seinem Haupte verlustig zu gehen, wenn er sein Heil mehr oder minder bewußt außerhalb der ihm zugemessenen Grenze im Rahmen der Schöpfung sucht? Sein Verhältnis zum Tier ist ein untrüglicher Maßstab. Versagt er in diesem Punkt, dann kann er seine hochtrabenden Redensarten vonwegen Humanitas getrost auf den Hut stecken.

Wenn die Beziehungen zum Tier – von der Liebhabertierhaltung einmal abgesehen – nur mehr über Schlachtviehpreise oder gelegentliche Prämierung seiner Zuchtergebnisse zustande kommen, dann ist es hoch an der Zeit, aus dem tierischen Bereich keine Schimpfnamen mehr zu übernehmen.

Die aufgezeigte Tragödie der Rehe ist ja auch lediglich die Spitze eines Eisberges, denn die motorisierte Hinschlachtung auf unseren Autobahnen und anderen fortschrittlichen Verkehrsflächen, deren entsetzliches Ausmaß ohne besondere Erregung von der Öffentlichkeit hingenommen wird, macht einmal mehr deutlich, wie weit es mit der Abstumpfung unseres teilnehmenden Bewußtseins gekommen ist.

Nun kann man in diesem Zusammenhang natürlich nicht übersehen, daß eine unglaubliche Zunahme an Haustierhaltungen festzustellen ist. Wenn man der Statistik glauben darf, dann ist in jeder dritten Wohnung wenigstens ein Hund oder eine Katze anzutreffen. Die meterlangen Regale der einschlägigen Geschäfte, Supermärkte etc. mit Tiernahrung unterschiedlichster Gattung und Güte sind die augenscheinlichsten Beweise hiefür. Mit einem Bruchteil dieses Aufwandes könnte man einen guten Teil der Ernährungsprobleme der Entwicklungsländer lösen, wobei deren Einwohner eher bescheidenere Qualitätsansprüche stellen würden. Trotzdem ist gegen eine maßvolle und verantwortungsvolle Haustierhaltung nichts einzuwenden. Verantwortungsvoll soll heißen, daß man sich der einmal aufgenommenen Tiere nicht gleich entledigen dürfte, wenn sie der Bequemlichkeit und Vergnügungssucht irgendwie im Wege stehen.

Auch mit der steigenden Beliebtheit des Pferdesports und der damit verbundenen Aufwertung der Rösser unterschiedlichster Rassen kann man absolut einverstanden sein. Sah es noch vor einiger Zeit so aus, als würden die Pferdestärken nur noch in den Autopapieren eine kümmerliche Existenz fristen, so weist der Zuwachs der »Berittenen« eine immer mehr ansteigende Tendenz auf. Der Pferdsport ist somit von einem Elite- zu einem Breitensport geworden. Als erfreuliche Entwicklung ist auch festzuhalten, daß die militärische Verwendung des hochwertigen Pferdematerials von einer fast ausschließlich friedlichen abgelöst wurde. Kavallerieregimenter sind nur noch historische Reminiszenzen. Übrigens, auch der Pferdemetzger ist so gut wie ausgestorben.

Kommen wir auf die Tragödie der Rehe zurück. Sicher hat jede Epoche ihre zeitspezifischen Tragödien: Denken wir zum Beispiel an die Massenabschlachtung des Rotwildes durch hochherrschaftliche Treibjagden, an die lange Zeit unausrottbare Wildererromantik, an den leider immer noch grassierenden Singvogelmord in südlicheren Breiten, an die modebedingte Verfolgung und Dezimierung begehrter Pelztierrassen und so weiter und so fort.

Inwieweit hat sich nun unser Verhältnis zum Bruder Tier gegenüber vergangenen Zeitläufen verschlechtert? Hat sich aus der Sicht des konsumorientierten Zeitgenossen das Tier von einem Gottesgeschöpf zu einem jederzeit austauschbaren Stück Ware gewandelt? Sind die ungeheuerlichen Dimensionen des sinnlosen Sterbens und Aussterbens vieler Tierarten lediglich oder vornehmlich den schädlichen Umwelteinflüssen anzulasten?

Der Fragen ist kein Ende. Hätte sich die »Tragödie der Rehe« durch eine weniger gedankenlose Bedachtnahme auf die stumme Kreatur vermeiden lassen oder ist unser Gewissen schon mit dem Abschluß einer Wildschadenversicherung beruhigt?

Abschied von Kater Tommy

Nimm es nicht krumm,
daß ich dich nicht mitnehmen kann,
hierher ins wohlversorgte Altersheim.
Die Hausordnung, an die zu halten
ich verpflichtet bin,
verbietet die Mitnahme von Haustieren
aus angeblich guten Gründen.
Ob diese Gründe gar so gut sind
möchte ich lieber nicht untersuchen.
Fest steht, daß ich dich sehr vermisse.
Du bist zwar nur ein Kater
– so wie ich ein wenig invalide –,
aber auch mit nur drei Pfoten und einem Stummelschwanz
bist du mir ans Herz gewachsen.
Ans Herz, das wieder ein bißchen mehr vereinsamt ist,
seit ich dich zurücklassen mußte.

Maria Pointer

Das Geschenk

Zu Weihnachten mit Körbchen präsentiert,
von der Familie gleich akzeptiert,
den Kindern Spielzeug kuschelweich und warm,
ein Hundebaby liegt so süß im Arm.

Das erste Lackerl nimmt man gern in Kuaf,
allein, Verpflichtung zehrt die Liebe auf!
Das Tier wird größer, letzten Endes fast
ist es schon unerwünscht und nur mehr Last!

Im Urlaub löst sich endlich das Problem,
ganz elegant und allen angenehm;
die Rast im Grünen dient nur einem Zweck:
Tür auf – »los spring!« Tür zu – und nichts wie weg ...
Im Spiegel zeigt ein hastig kurzer Blick
den Hund, der ratlos rennt, dessen Geschick
das Auto feig auf schnellstem Weg verläßt,
er bleibt zurück, wie Müll vom Weihnachtsfest!

Möwen

Magische Kreise
ziehen die Möwen
über den Wellen.
Schwerelos. Freie!
Tanzen und schwingen.
Traumhaftes Bild.
Steigen ganz leise.
Fallen und schweben.
Nur ihre grellen,
kreischenden Schreie
hört man erklingen,
fremdartig – wild.

Die Schwalben ziehen ...

Die kleinen Schwalben
sind fortgeflogen,
weggezogen nach dem Süden.
Und nur die müden Herzen
der Menschen im Norden
blieben zurück.

Die Vögel, dachte ich,
ziehen ins Glück
und machte mich auf,
sie heimlich zu suchen,
mein Glück dort zu finden!

Allein, auch im Süden
traf ich die müden Herzen
der Menschen, gleich jenen
im Norden.

Sollte ich fluchen?
Wie ward ich betrogen,
zumal die Schwalben
längst fortgeflogen
ins neue Glück!

Ich fuhr zurück,
mich zu besinnen,
aus eignem Quell
nun zu gewinnen,
was mir die Welt,
verstockt, versagt.

Umsonst hatt' ich mich
nicht geplagt!
Klüger geworden
weiß ich jetzt:
Glück wird in mir
selbst nur liegen!

Und lächelnd
seh' ich die Schwalben
fliegen ...
bleibe getrost daheim
zurück.

Kleine Episode

Schläft ein bunter Schmetterling
und ich seh ihm zu.
Träume wohl, du kleines Ding
in der süßen Ruh.

Träume von des Himmels Blau,
wenn du dich erhebst
aus des Morgens frischem Tau
selig taumelnd schwebst.

Träume von dem Sonnenschein,
der dich sanft umgibt
und dem schönsten Blümelein,
das dich innig liebt.

Träume, kleiner Falter du,
von des Lebens Glück.
Bringst mir doch, seh ich dir zu,
auch davon ein Stück.

Bachamseldasein

Beherzt stürzt sie sich
in des Baches Fluten,
durchtaucht mit starkem
Flügelschlag die Wellen,
um abgetrieben, plötzlich
hochzuschnellen.
Ein heller Jubellaut entringt
sich ihrer Brust.

Im Winter selbst
kann sie der Schnee
nicht schrecken,
die Nahrung von des Wassers
Grund zu nehmen.

Kein Frost vermag
den Eifer ernsthaft lähmen.
Bachamseldasein scheint
ihr höchste Lust!

Gertrude Pollerus

Kleines Denkmal für Rolf

Bei Rolf war, glaube ich, etwas von einem Dackel und etwas von einem Jagdhund dabei. Sein Fell war kurz und braun. Er gehörte meinem Cousin Willi, im Zweiten Weltkrieg Jungbauer im nordmährischen Heimatdorf meines Vaters.

Rolf war der freundlichste Hund, den man sich vorstellen kann. 34 Jahre ist mir nun so etwas nicht mehr untergekommen. Nur jetzt, als ich nach fast dreieinhalb Jahrzehnten meinen Mut zusammennahm, und dem alten lieben Dorf unter so veränderten Umständen einen Besuch abstattete, kam mir am Elternhof meiner Freundin schweifwedelnd der kleine tschechische Hund Dolar entgegen und schmiegte seinen schwarzen Dackel-Jagdhund-Kopf an mich, umsprang uns überall mit fliegenden Ohren und trieb mir Tränen in die Augen.

Denn nichts erinnerte mich so sehr an die »gute, alte Zeit« im Sudetenland wie dieser einjährige Hund, und ich laß es mir nicht ausreden: Er muß der Ururenkel oder Großneffe von unserem Rolf sein, von Rolf, mit dem ich getreulich meine Frühstückssemmeln teilte, der mit eingekniffenem Schwanz vor der Gießkanne in seine Hundehütte im Hof flüchtete oder Knochen und Butterpapier im Triumphzug dorthin schleppte, der uns alle nicht nur mit dem Schwanz, sondern mit seinem ganzen Körper, vor Freude wedelnd, begrüßte, während er die Lefzen von einem Ohr zum anderen zog, als würde er wirklich lachen, der nach dem Schweineschlachten seine liebe Not mit den Speilen der Leberwürste hatte, wenn wir ihm die Wursthaut infamerweise samt diesen zuwarfen.

Er war ein glücklicher, aber auch ein geplagter Hund, denn sein geliebtes Herrl spielte nicht nur Harmonium, sonder blies auch Trompete. Noch klingt mir Rolfs herzzerreißendes Winseln und Heulen in den Ohren, mit denen er die Übungen und Darbietungen zu begleiten pflegte.

Wenn Willi die hohe Leiter außen am Haus zum Heuboden hinaufstieg, kraxelte Rolf wacker nach. Hinunter konnte er allerdings nicht mehr, und mein Cousin mußte Rolf mit seinen 28 Kilogramm huckepack hinunterschleppen.

Im letzten Kriegsjahr mußte Willi, einziger Sohn einer Kriegerwitwe, einrücken. Wie wird sein Hund unter dieser Trennung gelitten haben! – Nun kroch Rolf auf den Heuboden den Cousinen nach, die dem Abtransport kaum gewachsen waren.

Willi kam vom Krieg nicht mehr zurück, blieb auf der Krim. Meine Verwandten mußten ihre Heimat verlassen. Und wo blieb Rolf? Ich habe nie danach gefragt, ich will lieber nicht wissen, wie er geendet hat.

Kleines Denkmal für Bianka

Sicher bist du schon lange in den ewigen Weidegründen für Esel, denn du warst schon betagt, als wir vor vielen Jahren auf der Roten Insel bei Rovinj, Jugoslawien, an Land gingen, empfangen von dem kleinen Steinlöwen, bei dem die Schiffstaue befestigt wurden. Du standst wartend unweit der Landebrücke, und eine mit uns angekommene Dame ging mit ausgebreiteten Armen auf dich zu: »Bist du denn auch noch hier, du gute, alte Bianka?«

Deine Aufgabe war es, dem mit Flaschensteigen voll beladenen Wagen von der Schiffsanlegestelle zum Hotel, dem ehemaligen Kloster, zu ziehen und wohl noch so manches andere. Dir fiel das schon etwas schwer, und hie und da schob ein Urlaubsgast hinten an, auf dem bergaufführenden holprigen Weg; auch mein Mann half dir.

Einmal besuchten wir dich in deinem Stall. Viele weiße Haare hattest du schon, und etwas grämlich war dein Gesichtsausdruck. Nur wenn man dir etwas Leckeres zum Fressen reichte, hellten sich deine Züge auf.

Im Winter, erzählte uns dein Wärter, kannst du auf dem anderen Teil der Insel den lieben langen Tag friedlich grasen, aber im Sommer bist du eben im Dienst.

An einem anderen Ort lernten wir einen völlig unbeschäftigten Esel im besten Alter kennen, der vor Langeweile ganz grantig war. Verglichen mit diesem Los, war Biankas Leben vielleicht gar nicht so schwer.

Ich hätte Scheu, auf die Rote Insel zurückzukehren: nicht nur weil dort noch etliche Hotels aus dem Boden gestampft wurden und es jetzt wohl nicht mehr so idyllisch ist, nein, auch weil ich vergebens nach Bianka Ausschau halten würde.

Ehrfurcht vor jeglichem Leben

Kein Gift für die Tiere,
keine Köder, keine Fallen,
nicht für den Stier
in der Arena
der ausweglose Kampf,
weg die Keulen für die Robben,
scheuen den grausamen Mord!
Arg genug schon die Flinten,
die Netze und Angelhaken,
schrecklich die Qualen
in den Labors,
die oft vermeidbaren,
und der versteckte Tod
in den Schlachthöfen.
O könnten wir doch
friedlich und in Liebe
zusammenleben
auf dieser Erde!
Keiner Mücke, keinem Käfer
sei das Leben genommen
ohne dringende Not.

Bruno Puchinger

Rexi

Ih hob mein Hund begrobn,
heit Nocht is er gsturbn.
Jetzt liegt er wach zuadeckt,
tiaf unt in der Gruabn.

Sei Pupperl, des klane,
leg ih erm dazua,
und a Hand voller Blia,
schlof selig in Ruah.

Du bleibst unvergessen,
vü Freid host uns gebn.
Worst Freind und Beschützer,
nur z'kurz wor dei Lebn.

Noh sich ih dih sitzn,
mit Augn wia a Reh,
ols wolterst uns bittn,
ma möcht dih versteh.

Jetzt liegst in der Erdn,
du kannst mih net hörn.
Du bist scho im Himmel –
was nutzt do mei Röhrn.

A tierische Haushaltshilfe

Mei Weiberl möchtert gern an Affn.
Ih frog warum? Sie hot doh mih!
Na, na, ih tät nur essn, schlofn,
ih wa a schlechte Parodie.

In USA, so hot sie glesn,
gabs Affn, wunderbor dressiert,
de warn Genies mit Fetzn, Besn,
und wuaratn ah niemols miad.

Sie hot gleih gschriebn, des wor recht teuer,
de Antwort hot sie deprimiert,
olls war vergriffn schon für heuer.
Jetzt hockts im Zimmer und sinniert ...

Ols Zwischnlösung mant sie trockn,
miaßt ih zur Not der Springer sein!
Ih war zwor miad, do ih könnts pockn,
de Frog is nur: Wer schult mih ein?

So geh ih holt scho d' vierte Wochn,
bei jedn Wetter, Regn und Sunn,
um d' Hausarbeit schnö zum dalerna,
zum Affnkäfig nach Schönbrunn.

D' Mausjogd

Mei Muatterl hot a Stecknpferd,
des wos mih ehrlich gsogt recht stört.
Draußt in der Schupfn und im Haus,
suachts ollerweil noch aner Maus!
Denn wo ma hinsteigt stehngan Folln,
geht ma auf d' Nocht und holt ma Kohln,
dastößt ma sih und reißt an Stern,
mit an Trumm Tippl kann ma röhrn.
Viel Viecher hots daweil scho gfangt,
de hättn fia an Kla-Zoo glangt.
Eichkatzeln, Igln und an Rotz,
Ataxln und a klane Kotz,
an Maulwurf noh a anders Mol,
Spotzn a ganze Buttn voll.
In aner Folln habn stad verbrocht,
zwa Schneckn erna Liebesnocht.
Ganz seltn fangts a echte Maus,
auf de wars eigentlich jo aus.
Und olle Viecher wos darennt,
de findn gor ka schlechtes End.
Na nur ka Angst und ruhig Bluat,
glaubts jo net, daß ses brotn tuat.
A jede Amschl, jeder Spotz,
kriagt schnö a Fuader und an Schmotz,
dann loßts ses, Vogl oder Maus,
beim Nochborn drübn im Gortn aus!

A Regnwurm

Manches Mol hot ma de Sehnsucht,
und möcht gern a Viecherl sein.
Ih schau auße bei mein Fenster,
und scho follt mir ah wos ein.

Regna tuats und des scho Stundn,
wann ma jetzt a Regnwurm wa!
Herrlich wars im nossn Graserl,
oder auf an glottn Sta.

Dort, dort kreult a ganz a dicker!
Gmiatlich, sicher voll Hamur.
Der hot's guat den stört ka Nässn –
wa ih jetzt des Würmerl nur.

Do ... auf amol kommt a Amschl!?
Und de frißt des Würmerl zamm!
Serwas des wor echt a Masl,
ih bleib Mensch in Gottes Nam!

Helene Reisinger-Peusens

Vier kleine Spatzen im Baum

Im Winter, wenn der Schnee die Wiesen, die Felder und den Boden des Waldes bedeckt, haben es die Tiere nicht leicht. Besonders die kleinen Vögel, die in den verschneiten Bäumen und Sträuchern leben. Woher sollen sie das Futter nehmen, um satt zu werden und bis zum Frühling durchzuhalten?

Gewiß, die Früchte auf den Zweigen stillen eine Zeitlang ihren Hunger. Aber wenn die aufgegessen sind, was dann? Es gibt ja gute Menschen, die sich der hungernden Tiere erbarmen und ihnen Futter streuen, doch manche wissen nicht genau, was so kleine Vögelchen vertragen und schaden ihnen dadurch mehr, als sie ihnen nützen.

Die vier Brüder Sperling zum Beispiel haben heuer im Winter etwas, nun ja, ziemlich Trauriges erlebt und das kam so:

Tschirp, Dieps, Pieps und Ziep heißen die Vier. Ihre Wohnung haben sie auf einem großen Baum in einem Park, der vor einem großen Haus liegt. Dieses hat viele Fenster und wenn es Abend wird, fällt der

Lichtschein auch auf die Zweige des Baumes, wo die vier Brüder Sperling eng aneinander in einer Astgabel sitzen.

»Tschirp, tschirp«, murmelte da Tschirp eines Abends schlaftrunken, »scheint schon die Sonne? Oder ist schon Frühling?«

»Dieps, dieps«, keppelte Dieps unfreundlich, »so dumm kannst auch nur du fragen. Die Füße sind vom Frost so steif, daß man glaubt, sie brechen ab und er spricht vom Frühling!«

»Pieps, pieps«, machte Pieps beruhigend, »sei nicht so barsch, er hat wahrscheinlich schon geschlafen und geträumt.«

»Was geht mich das an«, bellte Dieps unhöflich, »solche dumme Bemerkungen, von Frühling und so, gehen mir auf die Nerven. Ich will meine Ruhe und möglichst viel schlafen.«

Die anderen antworteten nicht mehr, denn sie wußten, gegen Dieps Mundwerk war nicht aufzukommen. Sie kuschelten sich wieder aneinander und schliefen, bis der Morgen kam. Dann hatten sie es nämlich eilig, da mußten sie schnell auf Futtersuche gehen, denn sie waren ja nicht die einzigen, die satt werden wollten.

»Gebt Ruh, gebt Ruh«, rufen die großen Tauben immer, wenn die anderen auch fressen wollen, »geht weg, das ist unser Futterplatz!«

Die Spatzen flogen auf, aber kaum hatten die Tauben ihre Köpfe wieder zum Fressen gesenkt, schlüpften die kleinen, kecken Sperlinge von neuem herbei, zwischen den Tauben hindurch, schnappten ein Bröckchen oder Körnchen oder auch zwei und flogen rasch wieder weg, um ihre Beute an einem ruhigen Plätzchen zu verzehren.

Die scheuen Amseln und die bunten, kleinen, zaghaften Singvögel hatten es ja noch viel schwerer, die wagten kaum, es mit den Tauben aufzunehmen. Doch über sie, wollen wir ein anderes Mal plaudern.

»Ziep, ziep«, zwitscherte Ziep an diesem Morgen, »ich versuchs heute dort, wo der Meisenring hängt. Da fällt auch für Spatzen mitunter etwas ab.«

»Tschirp, tschirp«, machte Tschirp, »nimmst du mich mit, Pieps? Ich fliege so ungern allein.«

»Aber klar, komm nur mit, Brüderchen, wir versuchens zuerst beim Vogelhaus oder weiter unten, wo die alte Frau Futter streut. Da kann man ordentlich satt werden.«

»Und wo fliegst du hin, Pieps«, fragte Ziep seinen ruppigen Bruder.

»Glaubst du, ich bin so dumm, euch das zu verraten«, schnarrte Dieps, »da bekäme ich ja nur ein Viertel von meiner jetzigen Ration. Ja, schau nur meine Taille an, ich stehe gut im Futter.« Er lachte höhnisch und flog davon.

Traurig sahen sich die drei Zurückgebliebenen an, machten sich aber dann auch auf die Futtersuche, denn Pieps mahnte:

»Rasch, rasch, wir bekommen sonst nichts mehr!« Am Abend, als sie wieder in ihrer Schlafecke saßen, warteten sie vergeblich auf Dieps. Sie suchten ihn auf allen Bäumen, in den Sträuchern. Pieps suchte sogar in der Dachrinne, auf den Fenstersimsen und zuletzt auf dem Erdboden, ums Haus herum. Und da fand er ihn.

Zuerst meinte er, Dieps wäre tot. Denn die Füßchen waren ganz steif ausgestreckt und die Zehen zu Krallen zusammengezogen. Doch als er sein Ohr an die Brust des Bruders legte, hörte er das Herz noch ganz, ganz leise schlagen.

»Tschirp, Ziep«, rief Pieps schnell, »ich habe ihn gefunden. Helft mir!«

Sie legten den todkranken Dieps auf trockenes Laub, Pieps huschelte sich zu ihm, dann bedeckten die anderen die beiden noch mit vielen braunen Blättern.

Am Morgen kamen sie wieder nachsehen. Dieps hatte schon die Augen offen, sein Herzchen schlug bereits wieder kräftiger, sie brachten ihm von ihrer Futtersuche abwechselnd die besten Bissen und gegen Mittag, als die Sonne ziemlich warm schien, war er schon so gesund, daß er, zwar etwas mühsam, das Schlafplätzchen in der Astgabel erreichen konnte.

Seine Brüder stützten ihn links und rechts, damit er nicht wieder herunterfiel. Er streckte sein Köpfchen vor, sah die drei an und seufzte:

»Wie soll ich euch danken, liebe Brüder, ihr habt mir das Leben gerettet. Ich habe das gar nicht verdient. War immer so schnippisch und so neidisch.«

»Ach, laß doch«, murmelte Pieps, »nicht der Rede wert, war nicht so arg.«

»Doch«, beharrte Dieps, »alles wollte ich allein fressen und in meiner Gier habe ich die Ratschläge unserer lieben verstorbenen Mutter ganz vergessen. – »Freßt keine Küchenabfälle im Winter«, sagte sie immer, »besonders, wenn es so kalt ist, daß alles friert. Daran sind schon viele Vögelein gestorben.«

»Ja, ich kann mich noch erinnern«, seufzte Ziep, »das hat die Gute gesagt.«

»Und ich habe gestern früh«, erzählte Dieps weiter, »die alten gekochten Kartoffeln und Karotten, die vom Tag vorher noch auf dem Fenstersims lagen und über Nacht beinhart gefroren waren, gefressen. Mehr brauche ich euch wohl nicht zu sagen. Aber ich tu's bestimmt nicht wieder und werde auch immer jetzt ein netter Bruder sein.«

Ja, der hat sein Wort auch gehalten.

Eleonore Rest-Hanel

Der Frühling

Märchenwettbewerb

Kalt war es, die Eiszapfen hingen von der Dachrinne, die Flocken sanken sanft auf die Erde herab und die Schneedecke wurde immer höher und höher! Die Leute gingen mürrisch einher, dick vermummt bis an die Nasenspitze! Und an den Fenstern blühten die schönsten Eisblumen. In der Gartensiedlung am Stadtrand spazierte der Hase Hoppel mit seiner Frau Hoppeline über den Schnee, und kein Gräslein war zu erblicken! Nur die schwarzen Krähen fühlten sich hier wohl, und ihr rauher Ruf ertönte rauh und hart! Majestätisch saßen sie am Lichtmast und hatten es ja gut, wenn sie Speckstücke bekamen! Der arme Hoppelmann war ganz traurig, denn bald kam die Osterzeit heran, und wo sollte er die Ostereier hinlegen? Auch seine Frau Hoppeline wußte keinen Rat, und so saßen sie beisammen mit hungrigem Magen und waren sehr traurig. Da kam der freche Spatz Tschipperl herbei und sagte: »Warum so traurig ihr Beiden?« Da klagten die zwei Hasen ihr Leid, und Tschipperl dachte nach, wie noch nie in seinem Leben und das begann im letzten Frühling. Dies war der erste Winter, den Tschipperl erlebte! Nun sagte der Tschipperl: »Ich werde den Wind fragen, vielleicht weiß der einen Rat, der kommt überall herum, und obwohl er ein eisiger Geselle ist, vielleicht hat er eine gute Laune!«

Der Nordwind, müde vom vielen Blasen und Schneeflockentreiben, wollte eigentlich schon seinen Urlaub antreten, doch der General Winter gebot ihm, noch zu blasen. Als der Nordwind die Klage Tschipperls hörte, dachte er gut nach und sagte: »Ich werde mit meinem Bruder dem Föhnsturm sprechen, aber wenn der General Winter vorbeikommt, verrate mich nicht, sonst steckt er mich auf die kälteste Spitze des Nordpols und ich muß dann immer die Eiskristalle vor mir hertreiben!«

Und wirklich, einmal in der Nacht, kam ein anderes Brausen, und die Menschen spürten ihre Glieder, und waren so müde, die Eiszapfen begannen zu tropfen, und die Schneemänner wurden dünner und dünner. Und schau, da stand eine Schneerose auf aperer Erde, und die Schneeglöckchen begannen zu läuten! Eine Amsel sang ihre schönsten Lieder und endlich erwachte der holde Lenz und sagte: »Ich muß heuer sehr lang geschlafen haben!« Doch der General Winter wollte nicht aufgeben, und als die Menschen mit ihren Palmzweigen zur Kirche eilten, sahen sie Schnee auf schon grünen Blättern und die Forsythie wunderte sich nicht wenig, als das Grün um sie fort war! Die beiden Hasen Hoppel und Hoppeline, die mit dem Eierfärben begonnen hatten, waren wieder ratlos.

Doch da kam die liebe Sonne, schmolz mit ihren Strahlen den Schnee weg, und bald war es wieder grün und schön! Und dann kamen die Ostern! Die Kinder eilten in den grünen Garten, suchten die roten, blauen und gelben Eier, Krokusse kamen und Schlüsselblumen, und das Jahr begann wieder seinen Reigen! »Und bis zum Winter ist es ja noch so lang!« sagte Hoppel zu seiner Frau Hoppeline, und bald werden viele liebe kleine Hoppels herumlaufen!

Pferd und Mensch

Der Pferde gibt es ja sehr viel
man jede Abart kennen will,
das eine Pferd derb von Gemüt
ganz brav am Feld den Pflug da zieht,
geht so dahin, vom Bauern geführt,
es Fraß und Trank nur intressiert!
Doch Pferde gibt's, die lernen auch,
die hohe Kunst, wie es ihr Brauch,
und wenn ein Könner sie nun lenkt,
das Pferd da auch gleich vif mitdenkt!
Da muß es springen und da steh'n,
da im Trab, hier langsam geh'n,
und wie man diese Tiere kennt,
eines sind sie – intelligent!
Doch sind wir auch den Pferden gleich,
der eine, an Ideen reich,
der lernt von allen in seinem Leben,
und Nutzen hat er, es wird ihm gegeben,
der andre trabt in einem Gleis
ganz stur dahin, weil er's nicht anders weiß,
am Lebensacker bis zum End',
weiß nicht, daß er's besser machen könnt.

Der Tiroler Franzl

Der Franz, der geht so aus auf'd Nacht,
a klane Bummelei,
wie man sie in Gastein gern macht,
da ist doch nichts dabei!
Doch da – plötzlich sieht er a Katz',
so rundlich und recht nett,
er denkt: »Wart mein lieber Schatz,
dich gern bei mir da hätt'!«
Und er nimmt sie gleich in den Arm,
ihr paßt dies, – wehrt sich net,
das Streicheln ja das taugt ihr gar,
hätt's gern von früh bis spät!
So alles Schöne währet halt,
nur kurz – so auch ihr Glück,
ersetzt sie liebvoll gar bald
am alten Platz zurück!
Doch wenn von diesem Seitensprung
erfährt die liebe Frau,
wird sie net eifersüchtig sein,
das weiß ich ganz genau!
Denn diese Katz' ist harmlos nur,
sie sagt ja nur Miau!
Und weil sie kräftig von Statur
ist sie vielleicht ka Katzenfrau!
A Kater ist's, der Liebe mag,
a Mauserl no viel mehr,
ka Kurschatten, der macht viel Plag',
und in der Eh' viel Gscher!

Der böse Zeck

Ich kriege einen argen Schreck,
auf meinem Busen sitzt ein Zeck!
Ein greulich schiacher kleiner Dreck,
wie kriege ich ihn wieder weg?
Ein Pflaster nehm' zu diesem Zweck,
und klebe es auf jenen Fleck,
dann ist er tot und nicht mehr keck!

Franz Karl Revertera-Salandra

Tierisches

Ein Känguruh wollt einst verreisen
und ging zur Bahn (zu der aus Eisen),
doch weil man dort gerade streikt
und zu des Tieres Bitten schweigt,
hüpft dieses – klug – entlang der Schienen,
jetzt muß die Bahn ihm dennoch dienen.

Ein Has, von einem Fuchs gejagt,
läuft in den Wald und klagt, und klagt.
Das Klagen wird dem Fuchs zu dumm
und er dreht vor dem Wald noch um.
Der Hase, der noch weiter klagt,
meint nun, er hätt' den Fuchs verjagt.

Ein Sperling sitzt im Apfelbaum
und hat dort einen schönen Traum:
Die Äpfel, die am Baume sprießen,
sind für den Spatz nicht zu genießen,
so wandelt er den Apfelbaum
um in ein Pferd, in seinem Traum.

Ein Esel, der schon kopflos ist
und auf den alten Brauch vergißt,
»i – a« zu schreien Tag und Nacht,
wie das ein braver Esel macht,
vergißt jetzt diese Melodie
und schreit seitdem stets »a« und »i«.

Zur Katze sagt die kleine Maus:
»Du bist für mich ein wahrer Graus!«
Drauf sagt die Katz: »Das stört mich nicht,
denn Du bleibst ja mein Leibgericht.«

Ein Fuchs verläßt den dunklen Bau
und schleicht herum, teils scheu, teils schlau.
Er beißt nur den, der sich nicht wehrt,
doch ist er sichtlich arg empört,
wenn eine Beute – gar nicht faul –
zurückschlägt auf sein böses Maul.

Ein Löwe, der verfressen ist,
und noch dazu voll Hinterlist,
verbeißt sich im Gazellenbein
und schreit entsetzt: »Au, au, nein, nein!«
Durch seine Glieder zuckt ein Weh
vom Schnurrbarthaar bis zu der Zeh.
Doch was er da in Schmerz verloren,
wird uns als Blume frisch geboren,
so daß man nun bewundern kann
den vielgeliebten »Löwenzahn«.

Die Mäuse spielen Fußball gegen Elefanten.
Oben auf der Galerie sitzen die Verwandten
und schauen in gelassener Ruh
dem Fußballspiel zu.
Doch im Eifer des Gefechtes
geschieht etwas Unrechtes:
Der Elefanten-Libero
tritt eine Maus in den Popo.
Aber er schüttelt ihr sofort die Hand
und entschuldigt sich wortgewandt.
Da meint das kleine Mäuschen geziert:
»Ach macht nix, umgekehrt ist es mir auch schon passiert.«

Das Krokodil
lebt dort am Nil
und frißt sehr viel.
Doch was ich will
ist nicht sehr viel:
Daß es mir vertraut,
auf meine Freundschaft baut
und mir ein kleines Stückchen Haut
anvertraut,
weil meine Braut
so gern auf »Kroko« schaut.

Ganz fröhlich geh ich da spazieren.
Wohin die Schritte mich auch führen,
mir ist es gleich,
denn unsre Welt ist schön und reich.
Da hör' ich in der Stille
das Zirpen einer Grille.
Wie das doch lieblich-fröhlich klingt,
wenn so ein kleines Tierchen singt!
Ich schleich mich sachte zu ihr hin,

zirpt sie heraußen? zirpt sie drinn?
Doch ich bin mächtig und auch grob,
das Tier verstummt vor Schreck darob
und verschwindet in der Rille;
die kleine Grille.

Da läuft eine Fliege über den Zucker,
der Zucker zuckt,
weil es juckt.
Da sagt die Fliege zum Zucker:
»Mach doch keinen Zucker,
sonst bekomme ich keinen Zucker!«
Ein Esel, ein Ochse und ein Schaf
gehen nachhause,
sie haben Schlaf.
Sagt der Esel zum Schaf:
»Hast Du auch einen Schlaf?«
Sagt zum Ochsen das Schaf:
»Du hast auch einen Schlaf?«
Alle nicken mit dem Kopf und sagen:
»Brav!«

Walter Riek

Mein Freund, der Hund

Die Begrüßung

Ich trete leise durch das Tor,
da hat er mich bereits bemerkt
und kommt, durch meinen Gruß bestärkt,
herzu und springt an mir empor.
Und eh' ich es verhindern kann,
hat er mir freudig und entzückt
ein Küßchen ins Gesicht gedrückt,
im Kreise tänzelnd rings sodann.
Da bück' ich mich zu ihm hernieder
und streich' ihm über Haupt und Fell.
Er hält sich ruhig auf der Stell,
nur mit dem Schwanze wedelnd immer wieder.

Ein Spiel

Ein andermal kommt er daher
und stupst mich mit der Nase zart,
erinnernd mich an seine Gegenwart
und ob nicht Zeit zu einem Spielchen wär.

Ich rühr' mich nicht. Doch dann im Nu
faß' ich ihn bei der Schnauze an,
daß er sich kaum mehr rühren kann.
Er zerrt nur wild, er beißt nicht zu.

Er windet sich und reißt sich los,
er springt im Übermut empor
und ist dann zahm wie kurz zuvor.
Es war ein kleines Spielchen bloß.

Der Tadel

Ein Poltern, Pfauchen, kurz ein Schrei
und dann ein jäher, kühner Satz. –
Zu spät, denn fort ist schon die Katz'.
Im Hof der Lärm ist schon vorbei.

Ich rufe ihn, er stutzt und lauscht
und kommt herzu, schon sehr gemußt.
Er ist sich seiner Schuld bewußt.
Sein Tatendrang ist längst verrauscht.

Mein Tadel trifft ihn vorwurfsvoll.
Er senkt den Schwanz, er ahnt den Sinn
und hält mir seine Pfote hin,
damit ich wieder gut sein soll.

Sein Gesang

Dann sitzen eines Abends wir
beisammen dicht am Wurzelstock.
Es äst die Geiß, es lauscht der Bock
und stille ist es im Revier.

Da kraule ich ihm durch das Fell
und hol' mein kleines Instrument hervor.
Der erste Ton dringt ihm ans Ohr,
da werden seine Augen hell.

Es würgt ihn in der Kehle bald
und er hebt an und heult drauf los,
er ist so musikalisch bloß.
Da horcht bald auf der ganze Wald.

So ist er

Er kennt zum Kneifen keinen Grund.
Er teilt den Tag mit mir, das Glück,
und ist, trifft mich auch härter mein Geschick,
stets für mich da zu jeder Stund',
mein Freund, er ist ja nur – ein Hund.

Herfried Rohrer

Der Lebensretter

Ab und zu stoßen Urlauber und Bergsteiger heute noch auf Relikte der Kämpfe, die von 1915 bis 1918 in den Bergen des Trentino, Südtirols und Venetiens tobten. Ein gewaltiger Frontbogen spannte sich damals von den Gletschern des Ortler über die Dolomiten bis zu den Julischen Alpen und Hunderttausende mußten auf beiden Seiten ihr junges Leben lassen. Von den Massenschlachten am Isonzo etwa oder dem Trommelfeuer auf der Hochfläche von Asiago abgesehen, war es oft ein Kampf Mann gegen Mann. Eine gewisse Ritterlichkeit gab es noch in diesem Krieg im Gebirge – sagten später die Übriggebliebenen. Wer vorzeitig ins Gras, hier besser gesagt in den Fels beißen mußte, dem konnte es freilich egal sein, ob er ritterlich im Kampf Mann gegen Mann fiel oder ob er ganz unritterlich mit Hunderten anderen in die Luft gesprengt, niedergetrommelt oder ein Opfer der Lawinen wurde.

Lang hat es gebraucht, bis die gröbsten Spuren des Krieges beseitigt, die geräumten Bergdörfer wieder besiedelt waren und die Sieger ihre Beute voll in Besitz genommen hatten. Länger noch brauchte es, bis auch in den Herzen der Menschen die Spuren des Krieges getilgt waren und Taten edler Menschlichkeit wieder auf bessere Zeiten hoffen ließen. Eine solche Tat vollbrachte Beppo, der Lokomotivführer, der einen Zug zum Stehen brachte, um einen Hund nicht zu überfahren. Er rettete dadurch auch vielen Menschen das Leben und deshalb ist es seine Geschichte wert, der Vergessenheit entrissen zu werden.

In Castelfranco unten in der Ebene war er daheim und führte nun, seit der Donner der Geschütze in den Bergen verrollt war, tagtäglich den Abendzug durch das wildromantische Gebirgstal in Richtung Norden. Es gab keine großen Ereignisse auf dieser Nebenstrecke, Beppo kannte die ständigen Fahrgäste fast schon so gut wie die Stationsvorsteher und die Streckenwärter. Nur im Sommer wurde es etwas lebhafter. Da kamen wieder Fremde in das Tal – noch hatte der Wintersport nicht die Massen ergriffen – und das war auch für Beppo ein Beweis, daß wirklich wieder Frieden war in der großen Welt. Und er wäre gewiß eines Tages sang- und klanglos in Pension gegangen, wenn ihn nicht die erwähnte Tat mit einem Schlag berühmt gemacht und ihn sogar mit dem Schein des Wunderbaren umgeben hätte.

Es muß erwähnt werden, daß Beppo (was in jenen Gegenden bis heute nicht selbstverständlich ist) ein großer Tierfreund war. Nero, ein mittelgroßer schwarzer Hund unbestimmbarer Rasse, war sein ständiger Begleiter. Er hatte ihn einst bei einem Hochwasser aus der Piave gefischt und Nero hing seitdem in rührender Treue an seinem Herrn. Manchmal turnte er während der Fahrt auf dem Tender herum, die Strecke war damals ja noch nicht elektrifiziert, meist aber lag er auf seinem reservierten Plätzchen im Zugführerabteil, und Beppo hätte den Kontrollor kennen mögen, der es gewagt hätte, den Hund von dort zu vertreiben!

Es war ein unguter, föhniger Märznachmittag, als Beppo wie gewohnt mit seinem Zug die Fahrt ins Gebirge antrat. Draußen in der Ebene blühten schon die Mandeln und die Glyzinien blau und süß an den Hauswänden. Hier zwischen den Bergen hingen tiefe Nebelfetzen, wild schäumte der Fluß neben dem Bahnkörper und es regnete und regnete in Strähnen. »Das wird eine schöne Fahrt werden heute«, knurrte Beppo und murmelte den üblichen Fluch auf Gott und die Madonna. Die sechs Waggons des Zügleins, das durch Tunnels und über Brücken in den rasch sinkenden Abend hinein ratterte, waren heute gut besetzt. Rasch wurde es ganz Nacht, der Regen hielt unvermindert an, er beschlug das Fenster der Lokomotive, so daß im trüben Scheinwerferlicht die Strecke nur auf wenige Meter zu übersehen war. »So eine Schweinerei heute«, sagte der Lokführer zu Carlo, dem Heizer, der pausenlos Kohle in die Feuerung schaufelte, »meinem Hund hinten im Abteil gehts wieder einmal besser als uns«.
Pieve di Cania. Ein paar Menschen huschen aus dem Zug ins nasse Dunkel. Eine Stunde noch, dann ist es geschafft. Links ganz eng an den Berg gelehnt keucht der Zug weiter durch die Finsternis. Beppo döst ein wenig, der Regen wirkt so einschläfernd. Plötzlich sagt der Heizer: »Du, ich hab geglaubt, dein Hund ist hinten im Abteil?« – »Freilich ist

er dort!« – »Ja siehst du denn nicht, daß er da vorn zwischen den Gleisen rennt?« – »Blödsinn«, meint Beppo, starrt dann aber doch angestrengt durch den Regenschleier. Richtig, wirklich ein Hund. Wie der komisch herumspringt! Der Arme, lang wird er den Wettlauf mit uns nicht aushalten, denkt Beppo und überlegt, was er tun soll. »Nein, mein Nero kann das nicht sein, der ist doch größer«, sagt er dann zum Heizer und betätigt kurz die Dampfpfeife. Da dreht sich der Hund um und läuft direkt auf die Maschine zu, das trübe Scheinwerferlicht erfaßt ihn, einen Augenblick glühen seine Augen grün auf, »Madonna, es ist doch der Nero!«, schreit Beppo und reißt die Hebel herum, ein Kreischen und Quietschen, dann ein Ruck und die Garnitur steht.

»Ich muß ihn holen«, sagt er zu Carlo und schwingt sich von der Lokomotive hinaus auf den dunklen Bahndamm. Hinten werden aufgeregte Rufe laut: »Was ist los, ist etwas geschehen?« Aber ehe Beppo noch etwas zurückschreien kann, geht vorn ein jähes Donnern und Prasseln los. »Deckung!« Wie er es im Krieg tausende Male instinktiv tat, wirft sich Beppo zu Boden. Als er wieder richtig denken kann, ist er von wild gestikulierenden Reisenden umringt, eine junge Frau wirft sich ihm an den Hals und küßt ihn weinend ab. Keine fünfzig Schritt weiter ist die Strecke haushoch von Erd- und Felsmassen verschüttet; vom Zug wäre nicht viel übriggeblieben ...

Nero aber saß im Abteil auf seinem Plätzchen. Es war ein fremder Hund, der sich patschnaß und zitternd zu Beppos Füßen legte. Als die Waggons nach Pieve di Cania zurückgerollt waren, feierte man Beppo als Helden und Lebensretter, Belobigungen und Auszeichnungen wurden ihm zuteil. »Aber der eigentliche Retter war doch der Hund«, meinte Beppo treuherzig, als er mir vor vielen Jahren seine Geschichte erzählte. »Hier weiß man ja, daß Tiere Erdbeben voraus spüren und die Menschen warnen wollen. So etwas muß damals wohl auch im Spiel gewesen sein, ganz kann ich mir das alles bis heute nicht erklären.« Wir saßen in einer kleinen Schenke in Conegliano bei einer Flasche rötlichem Landwein beisammen und der Lokomotivführer – er war nun schon lang in Pension, seine Haare waren schlohweiß und die Hände zitterten ab und zu – zeigte mit Stolz die vergilbten Zeitungsausschnitte über das damalige Ereignis und Fotos seiner vielen vierbeinigen Freunde, die er, wegen irgendeiner großen Enttäuschung ein Hagestolz geblieben, all die Jahre hindurch gehabt hatte. »Wissen Sie«, sagte er, »am liebsten hab ich die Nachkommen von meinem Nero gehabt, er hat sich mit der Nera, so hab ich unseren Lebensretter, der also eigentlich eine Lebensretterin war, getauft, sehr gut vertragen. Drüben in Campofranco haben sie mich freilich manchmal ein bißchen gehänselt, wegen meines kleinen Tiergartens, zu dem noch einige Katzen und ein struppiger alter Esel gehörten. Aber Sie verstehen es vielleicht und glauben mir, daß Tiere noch treu sind, wenn uns Menschen längst verraten und verlassen haben.«

Vor einer Katzenmumie

Noch im Mittelalter gab es den abergläubischen Brauch, bei der Errichtung großer Gebäude ein Tier lebendig einzumauern.

Du armes Tier, vor vielen hundert Jahren lebend eingemauert,
wie lange hast du vorm Ersticken qualvoll aufgejault?
Sie hatten ihre Hetz dabei, sind längst gerichtet und verfault;
du hast sie überlebt. Geschrumpft ins Tigerfell gekauert
schmiegst du dich nun mir Menschen zu, der dich bedauert.

Erna Schmidt

Putzi

Ich wollte sie nicht, wollte überhaupt kein Tier. Nicht, daß ich Tiere nicht mag, oh nein, und Katzen sind überhaupt meine Lieblinge. Ich weiß, daß man auch Hunde närrisch gern haben kann, aber Katzen sind für mich das Nonplusultra der Fauna. Der liebe Gott muß sich ganz besonders zusammengenommen haben, als er die Katzentiere erschaffen hat.

Ich wollte nur einfach nicht gebunden sein, angehängt an ein Tier und ans Haus.

Aber da hat so ein Miststück von einer Katze ihre Jungen so lange versteckt, bis sie so groß und niedlich waren, daß sie keiner mehr umbringen konnte. Raffiniert!

»Großmutti, bitte, eines ist dabei, das hat lange Haare und ist sooo süß!« »Nein!« »Großmutti, bitte, nur anschaun!« »Nein!«

Doch eines späten Abends waren sie da, mein Nachwuchs mit dem der Katze. Von »nur anschaun« war keine Rede mehr, mit dem Tierchen wurden zwei Dosen Katzennahrung, ein Kisterl und ein Sack Katzenstreu, eine Schachtel mit Polster zum Schlafen und drei Wollfiguren zum Spielen gleich mitgeliefert. »Das ist Nötigung!«, rief ich und sah mir das kleine Knäuerl dann doch einmal näher an. Eine Handvoll Nichts mit einem Fell rundherum, aus dem mich zwei große Augen halb ängstlich, halb neugierig musterten. Wir sahen uns also eine Weile an und ein Strom von Zärtlichkeit floß von Aug zu Aug, von Aug zu Herz – und meine Niederlage war besiegelt; ich war dem Charme des kleinen Geschöpfes erlegen.

Meine Enkel zogen sich diskret zurück, ich war mit dem Kätzchen allein.

Nun betrachtete ich es erst genauer: Also der Kopf ist der einer Tigerkatze mit schön gezeichneten Streifen, zwei große Augen, wie erwähnt, ein Stupsnäschen und darunter ein winziges Goscherl, ein hinreißendes Profil – eine vollendete Minitigerbabyschönheit! Der Rücken ist besonders interessant: Die langen Haare beginnen mit einem schönen Kaffeebraun und werden zur Spitze hin schwarz. Wenn man das Fell glattstreicht, entstehen dünne Striche – Nadelstreif für festliche Gelegenheiten –, aber für gewöhnlich ist es von marmorierter, wuscheliger Volkstümlichkeit. Ganz lustig ist das kleine weiße Spitzerl ihres dunklen Schwänzchens, ein Schlußlicht, damit man weiß, wo die Katze zu Ende ist.

Also äußerlich ist sie ein ganz entzückendes Tierchen! Und innerlich? Ob sie auch brav ist? Wie zur Bestätigung kletterte sie ins Kistchen und legte ein dunkles, längliches »Ei«, brav! Sie wollte es auch vergraben und mühte sich redlich. Daß das bedeckensollende Häufchen Sand drei Zentimeter neben dem »Produkt« entstand, kann man dem kleinen Katzenbaby nicht anlasten, der Wille geht fürs Werk! Brav, brav!

»Aber bei aller Liebe«, sagte ich ihr, »eines ist klar! Du mußt viel allein sein, denn ich kann mir von dir weder Zeit stehlen, noch mich am Weggehen hindern lassen! Meine Tage sind von früh bis spät eingeteilt, ich habe kaum Freizeit! Das mußt du verstehen, mein Putzi-Katzi!« Putzi! Natürlich, das ist ein Name, welcher würde auch besser für das putzige Wesen passen! Putzi sah mich verständnisvoll an. Natürlich hat sie mich verstanden.

Wir verstehen uns überhaupt ganz prächtig. Süß ist sie beim Frühstück. Brotquader von acht Millimeter Seitenlänge bestreiche ich auf allen Seiten mit Butter und reiche sie ihr auf dem Handteller, so hat sie das gern, wie sie überhaupt diese Art des Servierens der Selbstentnahme von ihrem Tellerchen vorzieht. Sie hat eben eine angeborene feine Art, was ihrem überschäumenden Temperament aber keinen Abbruch tut. Hier ein Rezept für eine perfekte Zirkusvorstellung im eigenen Heim: Man nehme ein Kätzchen – etwa wie Putzi – und einen Stöpsel aus Kork, den man lässig zu Boden wirft. Alles andere macht die Katze, Saltis, Pirouetten, Sprünge, Levaden und Courbettes und mein Putzi hat ein paar vollendete Kapriolen vorgeführt, dabei war sie noch nie in der Spanischen Hofreitschule! Schon ein Naturtalent, mein Putzi-Katzi!

Von einer Minute zur anderen verwandelt sie sich vom zärtlichen Schmusetierchen zum losgelassenen Raubtier und veranstaltet eine wilde Jagd von einer Ecke in die andere, unter die Möbel, über die Möbel und wusch! – über meine Strümpfe und Kleid bis zur Schulter, und da thront sie dann, hoch über der niederen Welt, und wenn ich zufällig in den Spiegel schau, denke ich an Hexen aus dem Märchenbuch. Meine Beine sehen inzwischen aus, als ob ich in einen Granatsplitterregen gekommen wäre. Ich muß ihr abgewöhnen, mich als lebenden Kletterbaum zu betrachten, schon allein der Strumpfrechnung wegen.

Und es ist nur der Wissensdurst, der sie überall nachschauen läßt, jede Lade, jedes Kasterl, jeder Winkel ist für sie so hochinteressant, daß sie die abenteurlichsten Stellungen riskiert, nur um wieder um eine Erfahrung reicher zu werden. Und sie ist sehr sensibel. Viertelstundenlang kann sie mich umschmeicheln, ihren Kopf an mein Kinn drücken und schnurrend mit ihren Samtpfötchen mein Gesicht abtasten, dabei sieht sie mich so aufmerksam an, als wollte sie die letzten Geheimnisse meines Innenlebens erforschen, dann springt sie hinunter und trinkt aus ihrem Milchschüsselchen. Ob in einem Winkel ihres Köpfchens noch die Erinnerung an ihre leibliche Mutter lebt? An die Katze, die ihre Jungen versteckte, um sie zu retten, und der ich dankbar bin. Wie wäre ich sonst zu Putzi und der erstaunlichen Erfahrung gekommen, daß ich, neben aller Liebe zu meiner Familie, noch einer neuen, im wahrsten Sinne des Wortes herzbewegenden Zuneigung fähig bin, daß ein Menschenherz groß und als Quell der Liebe unerschöpflich ist?

Die Bezeichnung »Miststück« für Putzis Mama habe ich längst zurückgenommen.

Soeben hat mein Putzilein eine halbstündige akrobatische Vorstellung beendet. Dankbares Publikum: Meine Wenigkeit. Jetzt ist sie müde und das ist verständlich.

Sie inspiriert mich so oft zu einer literarischen Aussage, wie jetzt eben, nur momentan ...

Ich werde mir ein Diktiergerät anschaffen. Das kann ich ständig bei mir tragen und muß nicht immer aufstehen, wenn ich Papier und Bleistift holen will. Putzi schläft gerade auf meinem Schoß – Sie verstehen ...

Nora Schneider

Gefährte seiner Einsamkeit

Ein Schuß zerreißt die Stille des herbstlichen Waldes. Das schmerzliche Aufheulen eines Hundes, das in jämmerliches Winseln übergeht, wird hörbar, dann – wieder Stille; bedrückende, belastende Stille.

Lorenz Gruber rennt los, so gut ihn seine alten Beine noch tragen können: das war doch die Stimme *seines* Hundes! Und da sieht er ihn auch schon, da vorne auf der kleinen Lichtung. Gerade versucht er sich noch mühsam aufzurichten – es gelingt nicht. So schleppt er sich, tödlich getroffen, nurmehr am Bauch kriechend, zurück zu seinem

Herrn; Gruber fängt ihn noch auf, als er gänzlich zusammenbricht. Der neue Heger wußte nichts von der Genehmigung des Forstamtes, die den Mann berechtigte, seinen Hund im Wald frei herumlaufen zu lassen, da er kein Tier jagte und von ausgesprochen guter Wesensart war.

Der alte Mann kniet nun weinend bei seinem sterbenden Freund, in dessen brechenden, treuen Hundeaugen noch Dankbarkeit liegt, Dank für seine Errettung damals, als er von Menschen, denen er nach kurzer Zeit nur mehr Last bedeutete, auf der Landstraße einfach ausgesetzt wurde.

Der schöne Kopf des verendenden Tieres wird schwer und rutscht langsam vom Arm seines Herrn ins Gras. Aufschluchzend wirft sich Lorenz Gruber über seinen toten Hund; vor seinen tränenblinden Augen läuft die glückliche Zeit der letzten Jahre in Zweisamkeit mit diesem treuen Begleiter wie ein Film ab.

Es war vor mehr als sechs Jahren. Der einsame Lorenz saß vor seinem Häuschen, droben am Waldrand, und blickte ins Tal zum Dorf hinunter, mitunter aber auch auf die Landstraße, die sich wie ein Band durch dieses schöne Gebiet zog. Heute hatte er wieder den Feldstecher dabei. Durch diesen sah er deutlich ein immer langsamer werdendes Auto heranfahren, das schließlich am Straßenrand stehenblieb und nach äußerst kurzer Anhaltezeit wieder weiterfuhr. Zunächst dachte sich Lorenz nichts dabei. Autofahrer müssen öfters mal am Rande des Waldes stehenbleiben! Aber – was war denn das? Ein semmelgelber Hund stand plötzlich dort, wo eben noch der Mercedes mit rasantem Start abgebraust war. Der Hund blickte dem sich mit überhöhter Geschwindigkeit entfernenden Fahrzeug nach und machte dann den vergeblichen Versuch, ihm nachzulaufen. Als aber der Wagen bei der nächsten Kurve endgültig aus seinem Blickwinkel verschwand, geriet er in Panik und lief verzweifelt heulend, jaulend und bellend den Hang hinauf, dem Walde zu.

Das hielt Lorenz Gruber nicht mehr auf seiner Bank. Bei so viel menschlicher Gefühlsrohheit und Kälte krampfte sich sein Herz zusammen und der Wunsch, dem Tier zu helfen, trieb ihn vorwärts, sodaß es dieser alternde Mann irgendwie schaffte, den Hund zu finden. In seiner ganzen Schönheit stand er da, zitternd, abgehetzt, hechelnd und mit unsagbar traurigen Augen! Es war ein zirka sechs Wochen alter Golden Red River, der zunächst zaghaft, dann aber doch willig und zutraulich dem Manne folgte, der ihm liebevoll entgegentrat – und bald hatte er ihn als seinen neuen Herrn erkannt. Lorenz nannte ihn *Harro* – und dieser teilte von nun an in treuer Anhäglichkeit seine einsamen Tage. Grubers Kinder hatten vor Jahren nach Übersee geheiratet und offenbar die Heimat vergessen und seine Frau war bald darauf von dieser Erde abberufen worden. Das war ein bißchen viel für den Mann, er begann sich abzusondern und wurde schließlich von den Dorfbewohnern als Sonderling bezeichnet, weil er jeden Kontakt mied. Durch

Harro lebte er nun auf, er gab ihm wieder Lebensinhalt, er hatte nun jemanden, für den er sorgen konnte. Stundenlange Spaziergänge zu zweit gehörten zur Tagesordnung, in Sonne, Regen oder Schnee, in Sturm und Windstille. Dabei vergaß Harro sein erstes, enttäuschendes Erlebnis mit Menschen und genoß seine Jugendjahre. Lorenz konnte nachts wieder tief und fest schlafen, Harro lag ja in Reichweite am Bettvorleger!

Wurde der alte Mann einmal krank, so erwies sich die Klugheit dieses Tieres. Jedes Wort, jede Bewegung seines Herrn verstand er. Ein Zettel in seinem Täschchen, am Halsband befestigt, war der Auftrag, ins Dorf hinunterzulaufen – der Weg war Harro bereits bestens bekannt –, und bei der Apotheke die Aufmerksamkeit auf sich zu ziehen. Alles Weitere ergab sich von selbst: Irgendjemand las den Zettel, worauf der Arzt verständigt wurde. Denn alle Dorfbewohner kannten und liebten Harro, den guten Hund.

Nun aber ist er tót. Ein jähes, unvorhergesehenes, tragisches Ende! Immer noch fassungslos, bis ins Tiefste erschüttert, kniet Lorenz neben seinem leblosen Freund; er will ihn allein nach Hause zurücktragen und dort im Garten begraben – aber er schafft es nicht. Der inzwischen herbeigeeilte Heger hilft ihm. Es ist eine traurige Prozession. Der ahnungslose Heger vermeine einen wildernden Hund getroffen zu haben. So kam es zur Tragödie. Sein Irrtum tut ihm in der Seele weh, doch das läßt Harro nicht mehr ins Leben zurückkehren. Sein Tod ließ etwas im Herzen Grubers zerbrechen. Nun wird er vollends zum Sonderling. Er begräbt den geliebten Gefährten, der ihn seine Einsamkeit vergessen machte, erhebt gegen niemanden einen Vorwurf, verschließt sich aber gegen die Außenwelt – und kehrt allein in seine Einsamkeit zurück.

Nur manchmal, wenn er sinnend und dem Alltag ganz entrückt auf der Bank vor seinem Häuschen sitzt, dort, wo alles mit Harro begann, vermeint er im Rauschen des Waldes ganz entfernt das freudige Bellen seines Hundes zu hören – und dann umspielt ein glückliches Lächeln seine müden, von Enttäuschung und Kummer gezeichneten Gesichtszüge.

Hund und Katz'

Wir haben beides: Hund und Katz',
das ist ein mords Theater.
Prackt sie ihm eine vor den Latz,
die Äuglein sein verdraht er,
er fletscht die Zähne,

knurrt und greint,
doch wedelt er mit'm Schwanze,
das ist natürlich für die Katz'
die Aufforderung zum Tanze!
Er ist ein gutmütiger Hund
und läßt sich viel gefallen.
Die liebe Katze wiederum
zeigt nie beim Spiel die Krallen.
Doch eines Tages war sie fort ...,
kam mit drei Jungen wieder,
da fuhr uns doch – man wird's versteh'n
der Schreck in alle Glieder.
Nur Ingo, unser Spaniel
war gleich ganz Kavalier,
trat ab mit stolzer Eleganz
sein Bett an diese Vier.
Die Mutterkatz' nimmt das Geschenk
mit Würde gern entgegen,
der Hund liegt *vor* dem Körbchen nun,
bestaunt den Katzensegen.
So wachsen diese Jungen auf
als wäre *er* der Vater.
Er blickt die Kleinen zärtlich an,
fühlt sich bald selbst als Kater!

Mein Hund!

»Ingo« heißt mein Spaniel
ein Hund von edler Rasse.
Er ist sehr stolz – und auch sehr schön
mein Hund ist einfach »Klasse«.
Sein Blick ist melancholisch, treu
und treu auch sein Charakter;
ansonsten aber, ich geb's zu,
ist er ein mords Kalfakter!
Und wär' er auch kein Rassehund –
ein Potpourri der Straße ...,
ich hätt' ihn unumwunden lieb,
er ist halt einfach Klasse!

Ingrid Ch. Schwarz

Salzburger Hundetreue

Da stand ich auf der Staatsbrücke in Salzburg, den zerrissenen Sack in der Hand. Über die Gehsteigkante hinweg war der tiefgekühlte Truthahn geschlittert, zwei Orangen rollten solidarisch hinterher. Die Sardinen strebten auch in ihren Büchsen mehr zur Flußseite hin. Keine einzelne hätte in der Einkaufstasche oder im Rucksack mehr Platz gefunden.

Mit Hilfe der Büchsenkanten und unter dem Druck des Truthahnes war dem Schwarm der Ausbruch aus dem Papiersack gelungen. Wie sollte ich sie ohne Behälter einfangen und meinen Gästen vorsetzen, die vielleicht schon vor der Haustür standen?

Meine Begleitung blickte scharf nach den Büchsen. Sie kannte den Inhalt, wußte aber auch, daß er ohne Öffner ungenießbar war. Fuchsi war mir auf Schleichwegen ohne Halsband gefolgt. Es wäre schön und nützlich gewesen, in dieser fatalen Situation den Beistand meines eigenwilligen Tiers zu finden. Ich glaubte nicht recht daran, aber ich versuchte es:

»Warte ein bißchen und paß' schön auf, bis ich mit dem Taxi komme!«

Ein niederschmetterndes Ergebnis bestätigte meine Zweifel: Fuchsi legte die spitzen roten Ohren zurück, wedelte verzweifelt mit der Schwanzspitze, reckte die Nase zum Himmel und hob abwehrend einmal die rechte, einmal die linke Vorderpfote zum Zeichen, ich möge sie um Himmelswillen nicht mit toten Gegenständen allein lassen. Niemand achtete auf mich inmitten meines Stillebens. Das stumme Flehen meiner Kreatur erregte sofort Aufsehen: »Ham' Sie ihn 'leicht geschlagen, den armen Hascher? Ham' Sie an Fuchs gezähmt? Sie, dem dürfen S' nix tun! Der versteht Sie ja gar nicht. Oder ist er tollwütig?« Die Sorge, meine Gäste könnten früher ankommen als ich, verschwand blitzartig vor der Angst, die resolute Dame könnte sofort die Polizei verständigen. Stotternd beeilte ich mich zu versichern, es handle sich um einen echten Hund, eine Chow-Spitz-Mischung.

Gott sei Dank, sie glaubte mir:

»Ja, die Mischling', die san ja so treu. Is a Weiberl?« Ich nickte. »No, die san die anhänglichsten«, versicherte mir ihrerseits die Dame, als ob ich das nicht gewußt hätte. Und diesem Tier sollte zugemutet werden, allein auf der Staatsbrücke ...

Die Dame ahnte nicht, wie nahe sie mitsamt dem anhänglichen Weiberl der Gefahr war, ein kühles Ende in der Salzach zu finden. Was sie rettete, war ihr Angebot, die verstreuten Gegenstände einzusammeln und in ihrer Einkaufstasche zum Taxistandplatz zu bringen.

Ich habe nicht nur die Treue meines Weiberls erfahren – wie eben jetzt – sondern auch die Grenzen dieser Treue.

Mit einem Chow-Chow in der Ahnenreihe fühlt meine Mestizin sich dem Menschen im allgemeinen und mir im besonderen nur beschränkt verpflichtet. Bekanntlich haben die klugen Chinesen die hemmungslose Freßsucht dieser Tiere ausgenützt, um sich einen Fleischvorrat für magere Zeiten anzulegen. Im kollektiven Unterbewußtsein auch später Chow-Chow-Nachfahren ist das Wissen um den kanibalischen Zug im Wesen ihrer sogenannten besten Freunde gespeichert.

Im Salzburger Schnürlregen zieht mein Füchschen einen trockenen Platz jeder gefüllten Schüssel vor. Unauffällig verschwindet es in einer Kirche, wofür ich schon herbe Vorwürfe allzufrommer Beter geerntet habe. Ich falle auf, wenn ich meine kleine Gefährtin mit aufgespanntem Regenschirm aus dem Gotteshaus locke.

Liegt kein kirchliches Asyl in der Nähe, was in Salzburg zum Glück selten vorkommt, steigt Fuchsi behende in ein Fahrzeug der Städtischen Verkehrsbetriebe. Dann kann ich die Verbrecherjagd nach dem Schwarzfahrer nur noch mit dem Taxi aufnehmen. In einen schnittigen Wagen steigt die Seele von einem Hund sofort um. Ich muß gar nicht drin sitzen. Wichtig ist der Platz für sich allein. Eine Eisenbahnfahrt findet Fuchsi gar nicht lustig. Schon gar nicht, wenn ich sie auf den Schoß nehme, um sie vor unachtsamen Reisenden zu bewahren. Zuhause flüchtet sie nach dem Motto, Lärm ist schlimmer als Kälte, vor dem Klappern der Schreibmaschine auf den zugigen Flur. Eine Bahnfahrt ist also die Summe aller Greuel: Krach, Rütteln, Tuchfühlung.

Eines Tages quälte mich ein Keuchhusten. Der Parkettboden vibrierte. Schon wollte Fuchsi dem letzten Besucher auf den Flur folgen, um ungestörter Nachtruhe zu pflegen. Ein Gefühl des Verlassenseins überkam mich. Die Hand, die ich dem Besucher gereicht hatte, lag kraftlos auf der Bettkante. Was fühlte sich plötzlich so kalt an? War das Fuchsis Nase? Sie war es. Plötzlich liegt der ganze Hund an meiner Brust. Bleibt dort, die ganze Nacht. Seither habe ich nie mehr Bronchitis gehabt. Man soll Wunder nicht strapazieren. Da meine Chow-Spitzbübin voller Überraschungen steckt, hat sie mich dann vielleicht zum Fressen gern.

Edith Sommer

Die ägyptische Katze

Eine Weihnachtsgeschichte

Als Maria und Josef mit dem Jesuskind auf der Flucht vor dem bösen König Herodes nach Ägypten kamen, machten sie gleich hinter der Grenze Rast, denn sie konnten nicht mehr weiter.

In der Nähe des Rastplatzes befand sich ein ägyptischer Tempel. Es war nur ein ganz kleiner Tempel, eher eine Ruine, es kamen gar keine Ägypter mehr, um dort zu ihren Göttern zu beten. Nur eine Tempelkatze bewachte das, was von dem Tempel übriggeblieben war.

Sie war eine stolze Katze. Früher saß sie auf ihrem Sockel beim Tempeleingang und blickte ernst auf die Besucher. Ihr Fell glänzte, ihre Futterschüssel war stets mit Leckerbissen aller Art gefüllt. Sie dachte nicht im Traum daran, Mäuse zu jagen, ja, sie duldete es sogar, wenn hie und da eine Maus die Überreste aus ihrer Futterschüssel stibitzte.

Als immer weniger Besucher kamen und zuletzt gar niemand mehr, blickte sie traurig auf ihre leere Futterschüssel. Nun hätte sie wohl gerne Mäuse gefangen. Aber auch die Mäuse hatten sich verlaufen.

Ihr Fell wurde struppig. Ihre Knochen traten hervor.

Eines Nachts sah sie einen Stern über den Himmel wandern. Und sie wußte nicht warum, aber sie mußte ihren Platz auf dem Sockel verlassen und dem Stern folgen.

So kam sie zum Rastplatz der heiligen Familie. Sie sah Maria mit dem Jesuskind auf dem Schoß. Plötzlich hörte sie ein Rascheln und sah eine Maus davonlaufen. Ein Sprung – und die Katze hielt die Maus zwischen den Zähnen. Nun hab ich endlich wieder etwas zu fressen, dachte die Katze.

Aber dann sah sie das Kind, und es saß auf dem Schoß seiner Mutter wie auf einem Thron, und die Katze erinnerte sich an die ägyptischen Götter in ihrem Tempel, denen die Leute früher immer Geschenke gebracht hatten, und plötzlich hatte sie das Gefühl, sie müsse dem Kind auch etwas schenken. Und vorsichtig legte sie die Maus der Heiligen Maria in den Schoß.

Aber die Maus lebte noch. Rasch sprang sie herunter. Die Katze hinterdrein.

Abermals legte sie ihre Beute dem Jesuskind vor die Füße.

Und abermals flüchtete die Maus. Ein Sprung – aber diesmal hörte man ein Knacken, als die Katze die Maus zwischen ihre Zähne nahm. Die Maus war tot.

Aber das Jesuskind streckte die Hand aus und berührte die Maus. Und siehe da: die Maus sprang aus dem Maul der Katze und verschwand unter dem Rock der Heiligen Maria.

»Josef, bitte bring mir das Strickzeug«, sagte Maria. Und sie wickelte das Kind in eine Decke und legte es zu ihren Füßen nieder.

Josef brachte das Wollknäuel und zwei Holzstäbe. An dem einen hing schon ein Streifen, den Maria bereits gestrickt hatte.

»Das sollte ein Hemd für das Kind werden«, sagte Maria zu der Katze. »Die Wolle haben mir die Hirten geschenkt. Aber ich schenke sie dir, ich habe nichts Besseres.«

Und sie trennte den Streifen auf, den sie gestrickt hatte, wickelte die Wolle auf das Wollknäuel und ließ das Knäuel der Katze vor die Füße rollen.

Was soll ich mit der Wolle, dachte die Katze, ich habe doch solchen Hunger.

Aber sie tippte das Wollknäuel an, und es rollte ein Stückchen, sie tippte noch einmal, und es rollte schneller, sie sprang nach und rollte es bald mit der linken, bald mit der rechten Pfote.

Und wie durch ein Wunder fühlte sie sie sich seltsam gestärkt, der Hunger war verschwunden, ihr Fell glänzte und ihr Bäuchlein war wieder rund und voll.

Die Tempelkatze lebte noch lange mit ihrem Wollknäuel in ihrem Tempel. Sie hatte niemals Hunger und wurde uralt.

Die heutigen Katzen spielen noch immer gern mit einem Wollknäuel, aber satt werden sie nicht davon!

Kasimir das Kind der Liebe

(vertont v. Hans Peter Nowak,
Uraufgeführt am 16. 11. 1986)

Dackeldame etwas ältlich
fühlt im Frühling Liebestriebe.
Dackeldame glüht im Feuer
achtet nicht des eignen Lebens
kommt mit Dackelherrn zusammen
schwelgt in süßen Liebeswonnen
in des Gartens dunkler Wirrnis
Und die Frucht aus der Verbindung
nicht durch Zucht – aus purem Triebe
ist dies allerliebste Kerlchen:
Kasimir das Kind der Liebe

Gesang der kleinen Schnecken im Regen

Angenehm, oh wie angenehm
ist der erfrischende Regen!
Kühl das Blatt,
plitschnaß und glatt!
Oh wie schön, sich zu bewegen!

Schrecklich matt, oh wie schrecklich matt
Klebten wir förmlich im Lehm.
Hoffnungslos,
klein und bloß,
und leider gar nicht bequem.

Sprühregen fällt in der Erde Schoß,
Mairegen, köstliches Bad!
Regt euch
bewegt euch,
kriecht über Kohl und Kraut und Salat
und werdet groß!

Erwin Walter Stein

Schwalben abends am Fluß

Es dunkelt schon. In ihrem Flatterbogen
sind grade noch die Schwalben über Au
und Fluß in schnellem Flug dahingeflogen. –
Doch plötzlich sind sie fort, so weit ich schau.

Nichts mehr. Sie sind wohl schon zur Ruh' gegangen
und füttern vorher noch die junge Brut
mit den Insekten, die sie hier gefangen.
Die Abendmahlzeit tut den Kleinen gut.

Sie sind nicht satt. Die Schwalben kommen wieder
für einen einzigen und kurzen Flug.
Da fliegen sie noch einmal auf und nieder –
und sind schon weg. Für heute ist's genug.

Enten auf dem stürmischen Bodensee

Auf den aufgepeitschten Wogen
tanzen auf- und abgeworfen
Enten spielzeuggleich umher.
Hin und her, hinauf, hinunter;
schwimmen kann man das nicht nennen,
eher noch geschwommen werden.

Wasser ist ihr Element.
Sind sie glücklich in dem Toben?
Ist es ihnen unbehaglich?
Nein, sie sagen es uns nicht,
denken nicht darüber nach,
nehmen's hin, wie's eben ist,
ohne Unlust zu bekunden,
ohne Wohlgefühl zu zeigen.
Ja, sie nehmen's hin, wie's ist.

Aber ich – verwöhnter Mensch –
fühle mich schon fast bedroht
in den tollen Bö'n des Sturmes,
knöpfe enger meine Jacke
und verkriech' mich möglichst schleunig
unter ein geschütztes Dach.

Der Elefant im Zoo

Der Elefant, gefesselt an zwei Füßen,
schwingt immer hin und her und hin und her –
ein Riesenpendel – und er schwingt den Rüssel,
er schwenkt ihn auf und ab und auf und ab.
Sein Blick ist traurig – bild ich's mir nur ein?
Wie aber könnte irgendein Geschöpf
auch fröhlich sein, wenn es gefesselt steht
und immer hin und her schwingt, hin und her,
damit die in ihm aufgestauten Kräfte
es nicht von innen her zerreißen?

Der Hahn des Petrus

Das Huhn vor etwa zweitausend Jahren
hatte gewiß dasselbe Gebaren
wie heutzutage. Bei jedem Schritt
wippte der Kopf nach vorne mit.

Es scharrte und pickte. Und jedem Ei
folgte ein großes Triumpfgeschrei.
Der Hahn jedoch, bevor er gekräht,
hat sich wie heute stolz aufgebläht.

Der Hahn des Petrus hat auch mit Lust
den Hals gereckt und doch nicht gewußt,
was er mit seinem Hahnschrei getan,
Er wurde ein wahrlich historischer Hahn.

Sein Andenken bleibt. Jedoch ist indessen
so mancher Fürst und Dichter vergessen.
Sein Andenken bleibt, bis die Menschheit vergeht,
denn er hat zur rechten Minute gekräht.

Die Spinnennetz- Ballade

Der Falter strampelt im Netz. Die Spinne
wird gierigen Blicks ihrer Beute inne.

Schon kommt sie. – Da hab ich das Opfer entrissen. –
Wohltat? Mich foltert trotzdem das Gewissen.

Hab ich der Spinne nicht Unrecht getan?
Was ging mich die ganze Geschichte an?

Die heilige Ordnung hab ich gestört;
die Göttin Natur ist darüber empört.

Schweig still! Und hängt auch das Netz in Fetzen.
Die Spinne wird weben; sie wird es ersetzen.

Und draußen über den sonnigen Wegen
fliegt trunken der Falter der Freiheit entgegen.

Die Wespe

Ich hab einer Wespe zugesehen,
wie sie einen Heuschreck zerzauste.
Sie ging ganz sachlich, methodisch vor
und biß ihm die Beine ab, alle sechse
langsam der Reih nach; dann kamen die Fühler
und dann die Flügel dran, alle vier.
Und mit dem armen, wehrlosen Rumpf,
der halbtot noch lebte, erhob sie sich siegreich
in die Luft und entschwand damit. –
So hat's Natur den Geschöpfen gelehrt.
Was will man da noch von den Menschen?

Die Katze

Eine schwarze Katze hält
ihre Wache auf dem braunen Feld.

Ernst und ruhig starrt sie vor sich hin.
Hat sie wirklich nur die Maus im Sinn?

Jetzt blickt sie im Halbkreis um sich her,
macht sich schön und putzt sich, Gott zur Ehr.

Schleicht bedächtig nun zurück zum Hof,
jeder Zoll ein kleiner Philosoph.

Anna Steinermann-Schiller

Das belauschte Dacklgspräch

Murli zu ihrer Mutti Märli:
»Was soll das hoaßn scho' wiederum?
zwoa Stund mit die 's Haus hiatn?
Da draht sie mei' Guatheit bald um!
Glaubt unser Herrl, wir san dazua da,
daß er sih bloß braucht pfiatn!
Gleih drauf fort geht, auf Hollodero!«

Märli: »Nur net gar so laut aufdrahn!
so unguats Zeug därf ma net sagn!
Wer was, wo wir zwoa Heut warn?
wann uns net 's Herrl aufzogn!? --
Kannst dih neamma erinnern, wirst kloan bist noh gwest?!
und glegn da herinnen, ganz hilflos im Nest!
Groß habm wir dih aufzogn, mit Liab und Geduld!
Alls Guats nur dir hingschobm! vergellt jetzt dei' Schuld!«

Murli: »Muaßt scho' wieder laut brummen?
mit mir oanzign Kind! was wird noh alls kommen?
bis ih 's a so weit bring? Daß ih a därf fest schimpfm,
mit an jüngern als ih! Die Nasn hochrümpfm!
weil ih gscheiter – wie sie?!« (weint).

Märli: »Du muaßt dih net kränkn, weil ih dirs einiggsagt han!
brauchst dir nur oft denkn, so Schelt schlagn mir guat an!«

Murli: »Liabs Muatterl geh schau! wirs nimmermehr tuan!
Bin ja a scho' bauld «Frau"! kriagst neammer an Zurn!
Oans kränkt mih halt sehr! daß ma uns da eispiert!
Das, vertrag ih net mehr! habs scho' oft gnua probiert!
Hätts Herrl net können sagn: 'Kommts her da zu mir!
Ih wir euch owitragn, dann rennts mir schön für!'

Märli: »Sei jetzt endlih amoi stad! vorlautes Hundegeschöpf!
Schickt sih so a Dischkarat, für zwoa Stammbaumrassen-köpf?!«

Hunde unterscheiden gut und böse

Mein damals neunjähriger Sohn und sein um zwei Jahre älterer Cousin, besuchten öfter ihre »Großi«, welche einen jungen, jedoch schon erwachsenen Schäferhund im Garten hatte.

Während Ersterer mit dem Hund immer spielte, »Apportl« zum Beispiel, reizte ihn der Ältere oft so lange, bis der Hund knurrte.

Eines schönen Ferientages, kamen beide Buben gleichzeitig zu ihrer lieben Großmutter. Vor Langeweile, begannen sie, im Scherz zu raufen, wer der Stärkere sei. Doch der Jüngere lag sehr bald am Boden und der Ältere auf ihm. Da Letzterer den Unterlegenen nicht loslassen wollte, trotz warnendem Hundgebell! Da konnte der Hund nicht mehr länger zusehen und biß – den »Draufgänger« in den Arm. Dieser Bub wurde sofort zum Arzt gebracht – und der prächtige Hund erschossen. Der arme Hund wollte ja bloß seinem Spielgefährten helfen!

Hundeamme

Das letzte junge Hunderl von unserem Zwergdobermann »Schnucki«, war bereits weggegeben. Da sah ein Herr vom Zirkus das noch volle Gesäuge des Hundes und fragte, ob er vier verwaiste Malteser-Hunderl bringen dürfe. Natürlich waren wir einverstanden, Schnukkis Erlaubnis vorausgesetzt! Als die noch blinden Jungen gebracht wurden, streichelte ich zuerst »Schnucki« und gleich auch die Jungen. Schnucki beschnupperte dieselben und schleckte sie auch ab, als Zeichen des Wohlwollens. Sie durften sich sattsaugen, solange sie wollten. Zwei erhielt der Zirkus zurück – und die zwei Kleineren durften wir behalten.

Unserer braven »Schnucki« – gebührt der Ehrentitel »Hundeamme«!

Schützet die Kleintiere ...

Liebe Autofahrer! Bitte sehr!
schont die kleinen Tiere etwas mehr!
Zieht auf Landesstraßen und bei Nacht,
bsonders nützliche Tiere in Betracht!

Viele Igel! Und die armen Kröten!
oftmals sind im Dunklen unterwegs!
Weil die Nahrungssuche ist von Nöten!
Und der nahe Teich zum Eigelegs!

Wenn die Igel keine Mäuse fangen
und die Kröten sich nicht mehr vermehrn!
Muß Getreide dann in Eisen prangen?
Denn die Feldmäus – fressens gar zu gern!

Auch das Ungeziefer nimmt erbärmlich zu!
Zecken! Mücken! Fliegen! Gibt es überall!
Haben von den Frösch' und Kröten ihre Ruh!
Die verenden unter des Verkehres Qual!

Gottesallmacht sehen wir auch im kleinsten Tier

Dem Tier, das keine Waffen hat,
um selber sich zu schützen;
gab Gott der Herr mit großer Gnad
die Schutzfarb! Um dem Tier zu nützen.

Die Pflanze auch, sie weiß genau,
wann ihr kein Frost mehr schadet.
Sie kommt hervor, erst wenn es lau;
man sieht: Sie wird von Gott begnadet!

Dem Menschen, gab ER den Verstand,
daß er ihn gut verwende! –
Damit zu füllen bis zum Rand
den Lebensborn! – bis an sein Ende!

Man soll jedoch, bei allem Glück
vergessen nicht aufs Beten!
Denn, nur der Tod kennt kein Zurück!
Wenn's gilt, die letzte Reise anzutreten!

Helene Stussak

Hanserl und die Almjausen

Es war einer jener Spätsommertage, die mit tiefblauem Himmel und einer Klarheit eine Fernsicht gewährten, wie sie im Sommerdunst nie möglich ist.

Unsere Hütte liegt am Waldesrand in 1000 Meter Seehöhe mit einem unbeschreiblich schönen Fernblick auf die Berge der Koralpe und Gleinalpe mit dem Zirbitzkogel dahinter. Vor uns breitet sich talwärts eine Almweide, auf der unser Bauer seine Kühe weiden läßt, die sein jüngster Sohn, Hanserl, hütet.

Dieser liebt seine Kühe heiß, besonders die scheckige »Pless«. Hanserl, der mit seinen ulkigen und urwüchsigen Aussprüchen stets für Heiterkeit sorgt und von uns ebenso geliebt wurde wie seine Pless, war unser ständiger Gast. So auch heute und geschäftig lief er hin und her, half den Jausentisch vor der Hütte decken, holte Blumen von der Wiese und dabei stellte er wie immer tausend Fragen. Wir hatten liebe Freunde zu uns auf die Alm eingeladen und alsbald hörten wir auch schon ihr frohes Lachen und Rufen, sahen sie den Berg heraufkommen und durch die friedlich grasenden Kühe über die Wiese auf uns zugehen. Bald saß die lustige Schar bei Kuchen und Kaffee, Friedl hatte ihre Gitarre mitgebracht und ein fröhliches Singen und Schmausen hob an.

Plötzlich tauchten auf der Wiese neue, unerwartete Gäste auf und wurden mit großem Hallo in die frohe Runde aufgenommen. Schnell noch Kaffee gekocht, Kuchen war ja noch genug da, aber oh weh', die Milch war aus. Sehr peinlich für die Hausfrau, die nicht mit solch einer großen Gästeschar gerechnet hatte.

Der kleine Hanserl, ganze fünf Jahre alt, stand da, sah mich an und sagte in seiner drolligen Art zu mir: »Des is koa Soch net, mir mölken oafoch die Pless«.

Ein gscheiter Knirps, er hatte uns Stadtleut schon oftmals praktische Dinge gelehrt, er verstand es auch besser, den ewig rauchenden Herd zu heizen.

Nun, die Kühe hatten wir ja sozusagen vor der Tür, nur, wer konnte sie melken? Schließlich erklärte Walter, daß er in der Kriegsgefangenschaft bei einem Bauern gearbeitet habe und bot sich als Melker an. Ich drückte ihm einen Krug in die Hand und wir anderen gingen daran, eine friedlich grasende Kuh einzufangen. Mit großem Hallo umringten wir die Kühe und bald gelang es uns, eine mit prächtigem prallen Euter festzuhalten.

Jedoch beim ersten Versuch sie zu melken, riß sie aus, so daß wir an der Melkerfähigkeit unseres Freundes zu zweifeln begannen.

Wieder war es Hanserl, der die Sache in die Hand, beziehungsweise die Kuh am Schwanz nahm, mit den Worten: »So hiazt kannst es angehn«. Walter fing an zu melken und oh' Wunder, die Plesss hielt still und ließ sich unter allgemeinem Beifall melken. Der Krug war bereits halbvoll mit schäumender Milch, da hatte die Pless einfach genug, vielleicht wollte sie auch nimmer länger der Mittelpunkt sein und drängte zu den anderen Kühen zurück. Jedenfalls machte sie unvermutet einen Satz zur Seite und Walter, der Melker lag am Rücken, hielt aber den Krug mit der kostbaren Milch wie eine Opferschale gegen den Himmel.

Hanserl aber hing am Schwanz der Kuh und umklammerte ihn mit seinen Kinderhänden so fest er nur konnte und rief immer wieder ganz aufgeregt: »I daholts scho, mölk nur glei weida«. Die Pless, sichtlich erregt und irritiert, pendelte wie wild den Schwanz hin und her, den Hanserl so tapfer umklammert hielt. Wie der Klöppel der Glocke, nur am anderen Ende der Kuh, pendelte Hanserl hin und her, hatte seine Beinchen angezogen und flog förmlich durch die Luft. Dabei schrie er aus Leibeskräften in ursteirisch immer wieder: »Hold aus, saublöds Luada du, hold aus«. Er ließ erst wieder los, als wir die Pless wieder fest im Griff hatten, die aber, von der Last am Schwanz befreit, stürmte wie wild davon.

Hanserl, mit hochroten Wangen, sah stolz auf die lachenden und pustenden Erwachsenen hinauf, sagte kopfschüttelnd: »Dolkerte Stodleid, dolkerte«, und packte mit nicht mehr ganz sauberen Händen selbstbewußt das größte Stück Kuchen vom Teller und biß herzhaft hinein.

»Percy« oder der Ausflug nach Heiligenkreuz!

Am Programm stand ein Sonntagsausflug nach Heiligenkreuz, mit unserem Freund Fritz, der seinen Foxterrier »Percy« mitbrachte. Die Hinfahrt verlief ohne Probleme und die Wanderung war sehr schön. Es war weit über Mittag und sehr heiß, als wir beim Stift ankamen. Erschöpft labten wir uns aus der Proviantdose und Percy trank einige Schüsserln Wasser leer.

Die nächste Führung durch das Stift und die letzte für heute, begann um 15 Uhr und so mußten wir Percy irgendwie mitnehmen, denn so einen temperamentvollen Hund allein im Stiftshof zu lassen, wollten wir nicht riskieren. Also steckten wir Percy kurz entschlossen in einen der beiden Rucksäcke. Müde von der weiten Wanderung schlief er auch sofort ein. Die Führung mit einem würdigen alten Pater begann, und wir lauschten seinen Erklärungen über die Zisterziensermönche.

Niemand bemerkte den Hund im Rucksack auf Fritzchens Rücken, nur wir vernahmen sein leises Schnarchen. Es muß die kühle Kirche oder ein Hundetraum gewesen sein, daß Percy plötzlich aufjaulte und im Rucksack zu strampeln begann. Wir versuchten mit Puffen und Zureden Ruhe zu schaffen, aber vergeblich, er knurrte bereits allgemein hörbar, sodaß der freundliche Pater, trotz Tierliebe, Fritz mit dem blinden Passagier aus der Kirche wies. So kam Fritz um den Kunstgenuß.

Der Heimweg über Gaaden wurde länger und länger, wir immer müder, indes Percy sich nur widerwillig an der Leine nachziehen ließ. Die Dämmerung brach herein, als wir endlich die Hinterbrühl erreichten. Nun hatten wir die zweite gute Idee des Tages, indem wir Percy neuerlich in den Rucksack steckten, um den Hundefahrschein zu sparen. Am Boden der Plattform des alten 60er-Wagens verstauten wir Percy, der bereits wieder schnarchte. Einige Stationen ging alles gut, doch dann stieg ein Ehepaar mit einem großen Wolfshund ein. Dieser saß ruhig und sehr artig neben uns, nicht so Percy. Der spürte den Artgenossen, war sofort putzmunter und rauflustig, was ja bei einem Foxterrier an der Tagesordnung war. Er knurrte und knurrte und als der Schaffner die Schiebetür zur Plattform öffnete und nach den Fahrscheinen fragte, knurrte er noch mehr. Der Schaffner sah den Wolfshund an, in der Meinung, dieser knurre, weil er möglicherweise die Uniform nicht leiden mochte. Der aber blickte dem Schaffner treuherzig ins Gesicht. Percy knurrte, der Schaffner, mit mißtrauischem Blick, verschwand im Wageninnern. Kurze Zeit später kam er wieder und es wiederholte sich die Szene. Mit schräger Kopfhaltung, heraushängender Zunge und treuherzigem Blick der große Wolfshund, indes der Kleine in der Ecke knurrte, der Schaffner, bereits sichtlich irritiert und verunsichert, erkannte die Zusammenhänge nicht. Sein Glaube an die treuherzigen Blicke eines Hundes schien endgültig verloren, und kopfschüttelnd verschwand er, zu unserer Erleichterung, wieder ins Wageninnere.

Endstation Hietzing, endlich, nun konnten wir uns erst einmal richtig auslachen, bevor wir uns feierlich schworen: »Nie mehr ein Ausflug mit Percy«.

Kurt F. Svatek

Die Ohnmacht eines Großen

Ein kleiner Schatten wühlt in den Abfällen unter dem Papierkorb. Der Mensch nebenan stört anscheinend nicht. Zu oft fahren Straßenbahnen davon und lassen Fahrgäste an der Haltestelle zurück. Der kleine Schatten hatte sich an Wartende längst gewöhnt. Er fürchtet sich nicht.

Aus dem Abfallkorb, der an einem Eisenrohr befestigt ist, hängt ein Stück rote Käserinde. Für das kleine Tier schier unerreichbar. Metall ist zu glatt, um sich festzukrallen, und der Korb ist fast zu hoch, um ihn mit einem Mäusesprung zu erreichen.

»Vergiß den Käse.« Der Mensch spricht ganz sanft. »Man kann nicht alles haben.«

»Ich will ihn aber!« Die Maus ist ärgerlich. So einen Vorschlag mußte ihr gerade ein Mensch machen. Doch der merkt die Verstimmung des kleinen Geschöpfes: »Versuch's doch mit Yoga oder Autogenem Training. Sammle alle Kräfte zum großen Sprung.«

Wenn der Mensch wenigstens von seiner wackeligen Bank aufgestanden wäre und die Käserinde aus dem Korb gezogen hätte. Er brauchte ihr das rote Stückchen bloß auf den Boden zu werfen. Aber nein, er gibt Ratschläge von sich. Die Maus ist zornig. Sie springt mehrmals nach der Köstlichkeit. Leider immer vergebens.

Der Mensch läßt nicht locker: »Sei ganz ruhig. Dein Körper wird warm und schwer. Ganz warm. Du bist stark. Die Beine sind voll Kraft. Du springst wie ein Känguruh.«

Die Maus stiert ungläubig vor sich hin. Warm ist ihr nicht und ein Känguruh ist sie schon gar nicht. Was ist das eigentlich: ein Känguruh? Sie nimmt sich aber ganz fest vor, das Gustostück zu ereichen. Sie duckt sich, schnellt dann in die Höhe – und trollt anschließend mit der roten Käserinde ohne Gruß davon.

Der Mensch ist stolz, der Maus geholfen zu haben. Nur einen Straßenbahnzug kann er trotz aller Gedankenanstrengung nicht herbeiwünschen.

Der Mensch kann sich eben selbst nicht helfen. Und Känguruh heißt in der Eingeborenensprache der Australier ja auch so viel wie: »Ich weiß es nicht«.

Göttin im Pelz

Die Augen rösten, zu Pulver zerreiben und mit menschlicher Galle vermischen. In einem kleinen Lederbeutel um den Hals getragen, bringt dieses Gemenge Segen. Macht weise und manchmal sogar Blinde sehend.

Zum Glück verschwand mein mittelalterlicher Begleiter nach diesem Rat gleich wieder in seiner Vergangenheit. Dem dunkel zusammengerollten Etwas in einem der windgeschützten Winkel des Hinterhofes wäre es sonst schlecht ergangen. In dieser Vollmondnacht.

Die Augen blinzeln tatsächlich magisch und mehrwissend, weil sie Licht auch wieder in die Dunkelheit hinausspiegeln. Sie machen das samtige Bündel zu einer Hexe, Wetterprophetin, Heilerin und Göttin. Katzen sind trotz jahrtausendelanger Domestizierung noch immer eigenwillige Räuber. Jagen und Töten, wie so oft, angeborene Instinkte. Wir können uns trotzdem vor dem Katzengeschlecht verbeugen und es grüßen, wie man verdiente Alte grüßt. Denn unsere Hausgenossen sind Millionen von Jahren älter als wir. Die Katze hat sich an uns herangemacht, um unsere Abfälle zu verspeisen und sich an den Steinzeitfeuern zu wärmen. Und wir haben sie nicht gefangen und gegessen, sondern als Haustiere gezüchtet und zu gewissen Zeiten sogar zur Gottheit erhoben.

Im ägyptischen Altertum stand auf ihre Tötung die Todesstrafe. Katzen ruhten auf kostbaren Pölstern und Decken. Sie wurden nur mit erlesensten Speisen gefüttert. Verstorbene Tiere wurden einbalsamiert und feierlich bestattet.

König Kambyses von Persien ließ seine Krieger lebende Katzen vor sich hertragen. Kein Ägypter wagte es, auch nur eines der Tiere zu töten. Die Hafenstadt Peluse wurde von den Eroberern so kampflos eingenommen.

Und sogar in einer Zeit, in der die Ägypter allen Grund hatten, den Zorn der übermächtigen Römer nicht zu reizen, belagerte eine große Menschenmenge das Haus eines Römers. Man ermordete ihn erbarmungslos, weil er den Tod einer Katze verschuldet hatte.

Doch Katzen halfen auch im römischen Weltreich gegen verschiedene Krankheiten. Ihr Fett galt als Hausmittel gegen Gicht; Kot, mit Wein vermischt, milderte den Schmerz von Dornen, und pulverisierte Katzenköpfe heilten leidende und gebrochene Augen. In Japan linderten die Tiere, auf den Bauch des Patienten gelegt, Magenbeschwerden. Und noch heute soll in unseren Gegenden das Berühren entzündeter Augen mit der Schwanzspitze eines schwarzen Katers Linderung bringen.

Im zerstreuten Licht des Hofes trippelt eine Ratte vorsichtig über den Schotter zu den Abfällen bei den Mülltonnen. So wenig Geräusche die winzigen Füße auch machen, die Katze bewegt sofort ihre Ohren. Das Zucken der Schwanzspitze verrät die Erregung. Die Mieze krümmt sich, zappelt ein wenig mit den Hinterbeinen und schnellt, wie von einer Feder geschleudert, in flachem Bogen auf die Ratte zu. Packt die Beute mit den jetzt vorgestreckten Krallen und tötet durch einen Biß.

Eine ältere Frau hat aus einem offenen Fenster ihrer Wohnung die Jagd beobachtet. Das geräuschvolle Schließen der hölzernen Fensterflügel vertreibt die Katze in eine Mauernische.

»Von rechts nach links – Glück bringt's«, murmelte die Frau halblaut.

»Hoffentlich war die Katze nicht schwarz.« Die Antwort des Gatten klang unwirsch. »Dann hängt der Haussegen heute schief.«

Hans Helmut Trinkl

Starlet und Fooly

Starlet, die kleine, rote Katze saß auf einem Pfeiler des Gartenzaunes und machte kokett Toilette. Sie saß mit dem Rücken gegen die Sonne und wußte ganz genau, daß deren Licht, bei jeder ihrer langsamen, geschmeidigen Bewegungen tausendfache, rotgelb-sprühende Reflexe warf.

Diesem Spiel von Farbe und Bewegung, dieser Melange von Grazie und Verlockung völlig hingegeben, folgte Folly, der Dobermann. Vor ihr, der Göttlichen, hockte er auf dem Boden, und stumm bettelten seine Augen um einen Blick, ein gutes Wort. Die Gefühle aber, die seine Hundeseele förmlich in kleine Fetzen rissen und die er dennoch, vor anderen, männlich zu verbergen suchte, konnte die berechnende Katze an seinen Nasenflügeln, die zitterten und sich blähten, ablesen.

Zeigt mir, Freunde, ein weibliches Wesen, das sich geliebt weiß, aber diese Liebe nicht erwidert, welches die Situation nicht nützen würde, bis zur letzten Konsequenz. Ich meine – wir sprechen immer noch von Katzen.

»Ach«, sagte Starlet zu Fooly, dem blöden Hund, und hielt die Pfote, die sie sich eben manikürt hatte, während sie sprach, wie im plötzlichen Schreck vor das rosarote Schnäuzchen. »Du wärest gewiß nicht des kleinen Opfers fähig, mir jenen Pintscher dort, der mich immer und immer wieder belästigt, tot oder lebendig vor die Füße zu legen?«

Der »Pintscher« war ein gefährlicher Wolfsspitz und Fooly kämpfte den Kampf seines Lebens. Als er ihr dann, mit zerfetztem Rock und blutigen Ohren, sein Opfer vor die Füße schleifte, warf sie kaum einen Blick darauf und sagte angeekelt: »Pfui – wie siehst du aus?

Schmutzig und voll Blut! Ja, merkst du denn nicht, daß du ganz widerlich schwitzt? Ich bitte dich, schau nicht so vorwurfsvoll. Kann *ich* für deine Ungeschicklichkeit? Geh jetzt! Du darfst wiederkommen, wenn man sich deiner nicht mehr zu schämen braucht. Na geh schon, servus, siehst du nicht, daß dort Blacky kommt?« Da schlich Fooly davon. Mit wehem Herzen. Einer gräßlichen Tracht Prügel entgegen, die er von seinem Herrn wegen der Rauferei mit dem Wolfsspitz zu erwarten hatte.

Auf dem Pfeiler neben Starlet aber saß Blacky, der schwarze Kater. Er warf ab und zu einen nachdenklichen Blick auf den toten Spitz, während er von Starlet immer wieder ermahnt wurde, still zu halten, weil sie seine großen Augen als Spiegel zu benützen wünschte.

Dann brannte eines Tages das Haus. Starlet hatte, als sie im Spiel einen großen, dunklen Nachtfalter haschen wollte, eine Kerze umgeworfen. Fooly erfuhr durch die Eule Uhl erst sehr spät von diesem Brand. Er raste daraufhin wie von Teufeln gehetzt, um Starlet, seine Liebste, die sich noch im Haus befinden sollte, zu retten.

Das Haus war eine einzige Feuerlohe und begann schon auseinander zu brechen, als der dumme Hund ankam und sich, ohne zu fragen, in die Flammen stürzte.

Nachher, als er mit versengtem Fell, verbrannten Pfoten und verkohlter Schwanzspitze unter einem Baum lag, verzweifelt, weil er Starlet nicht gefunden hatte, stand sie plötzlich vor ihm. Das Licht der Sterne ließ ihre gefährlich blitzenden, grünen Augen geheimnisvoll aufleuchten. In ihrem leisen Schnurren aber lag Hohn und Verachtung als sie sagte: »Hallo Fooly, ich glaube, du mußt den Schneider wechseln. Dich trifft man ja überhaupt nur mehr im schäbigen Pelz.« Und dann, nach einer Weile, während der Hund stumm und gekränkt seine wunden Pfoten leckte: »Heut in vierzehn Tagen ist Vollmond-Ball. Gehst du mit? Es werden ein paar ganz gefährliche Tänzer kommen, und ich brauche männlichen Schutz. Vielleicht brennt es wieder! Eine tüchtige Feuerwehr kann man immer gebrauchen. Also – um Mitternacht an der Kreuzung nach Kingtown.«

Dann wandte sie sich von dem Brandgeruch angewidert ab und ging. Fooly war überglücklich.

Mitternacht an der Kreuzung. Fooly wartete im besten Anzug. Heute würde er Starlet fragen, ob sie seine Frau werden wollte. Fünf Minuten nach Mitternacht trat er, um Ausschau zu halten, einen Schritt zu weit hinaus auf die Straße. Ein kleine Sekunde später glich er einem nicht sehr schönen Bettvorleger.

Am Volant des schweren Wagens, der ihn überfahren hatte, saß, in Frack und mit Zigarre, ein grinsender Bullenbeißer und nahm, in der Folge, keinen Augenblick den Fuß vom Gaspedal.

Starlet lehnte, in schwere Seide gehüllt, im Fond des Wagens und ihre blitzenden, grünen Augen betrachteten spöttisch ein schweres Smaragdarmband, das ihr der Dicke kurz zuvor geschenkt hatte.

Gerta Ubl-Fahrngruber

Im Tierpark

Wenn ich in den Tiergarten gehe
ist mein erster Weg zu den Pelikanen
sie haben so flauschige Federn
manchmal schnappen sie hinter der Glasscheibe
nach meinem Kopf
ihre orangeroten Schwimmschuhe
passen gut zu ihrem Federkleid.

Wenn ich zu den Schlangen gehe
bin ich immer froh, daß sie hinter Glas sind
wenn alle plötzlich herauskriechen, gäbe es
ein furchtbares Durcheinander
man könnte die Menschen von den Schlangen schwer trennen
Bei manchen Fischen stehe ich lange Zeit
Mir gefallen ihre Glotzaugen und Schwabbenflossen
ihre lustigen Bewegungen, die man nie vorhersehen kann.

Die tollpatschigen Schildkröten tun mir immer leid
manche schlafen unter einem richtigen Schildkrötenberg
ob Schildkröten kitzlig sind?
Ich möchte am liebsten durch die Scheibe greifen
und Ordnung schaffen und die Untenliegenden von ihrer
Last befreien
ich könnte so kein Auge zudrücken.

Wenn ich den Kea sehe, beginne ich zu hüpfen
den Kopf nach rechts gedreht
den Körper links zur Seite bewegt
eigentlich gar nicht so schwierig wie es aussieht
den möchte ich gerne bei mir zu Hause haben
wir würden gute Freunde werden.

Bei der Schnee-Eule muß ich immer meinen Kopf verrenken
ihr weißer Federkörper zeigt nach vorn
der Kopf jedoch mit den Schlafblickaugen dreht sich
fast um den ganzen Hals herum
für mich keine leichte Sache, das nachzumachen
für Schnee-Eulen und Eisbären sollte es öfter schneien
sie können sich dann besser im Schnee verstecken
Der Elefant hat dicke Trampelbeine

seine Schuhe müßte ein Schuster extra anfertigen
und Kniestrümpfe rutschen ihm bestimmt immer hinunter
die Strumpfhose müßte ein Loch haben für den Schwanz
und Ohrenschützer so groß sein fast wie der Kopf.

Bei den Flußpferden stehe ich meistens sehr lang
sie sind eine richtige Familie
das kleine Dickhäuterchen ist immer bei seiner Mutter
der Vater hinter den Rohrstäben von ihnen getrennt
er könnte ja das Kleine,
wenn er es mit seinen dicken Stampfern
streicheln will, erdrücken;
der Vater ist riesengroß und hat so liebe Runzelfaltenaugen
er kann so herzlich lachen und
durch die Rohrstäbe hindurchschnaufen und -spritzen
das heißt bestimmt: ich hab euch lieb.

Die sibirschen Wölfe liegen meistens faul umher
wenn ich sie besuche
einmal machte der Wärter ihr Gehege sauber
daß der keine Angst hat, versteh ich nicht
Wölfe sind doch so gefährliche Tiere
ich denk da immer heimlich an das Rotkäppchen.

Der Nasenbär sucht jedesmal Flöhe in seinem Wuschelbauch
so ungeschickt, den müßte man doch schneller haben
so ein Floh muß doch fürchterlich jucken
schade, daß es keine Flöhe im Tierpark gibt
ich habe noch nie einen Floh gesehen.

Ich kann mir auch gar nicht denken, in welchen Käfig
sie hineinpassen und was sie fressen würden
wie groß die Futterschüssel sein soll
und ob nicht jedem Besucher ein Vergrößerungsglas
geliehen werden muß um sie überhaupt sehen zu können.

Heuer im Winter waren wir bei den Seelöwen
in eisiger Kälte schwammen sie unter
den Eisschollen hindurch
mit ihren Schaufelflossen hopsten sie auf die kalte Steinplatte
und spielten nachschwimmen.

Sie müssen unaufhörlich Bewegung
machen, damit ihnen nicht kalt wird.
Ich wäre da drinnen längst schon ein Eiszapfen.

Die Pinguine haben es gerne sehr kalt.
Dort wo sie leben, ist die Luft ganz sauber,
deshalb müssen sie hinter der Glasscheibe sein.
Sie dürfen nicht unsere Luft atmen, sonst werden sie krank.
Und wie adrett sie aussehen.
Sie haben jeden Tag ihren Frack an,
putzen sich sehr oft und einer von ihnen ist jedesmal wenn ich ihn besuche damit beschäftigt seinen Haarschopf zu kämmen.

Das Pfirsichköpfchen ist mein Lieblingstier
es ist ein kleines Vögelchen
ganz bunt und kann schön singen
wenn ich wieder auf die Welt komme
möchte ich ein Pfirsichköpfchen werden.

Die Stelzenkrähe gefällt mir auch gut
sie macht so große Stelzenhüpfer
und versteckt sich gern auf den Blätterästchen.

Bei den Enten bleibe ich gerne stehen
im Winter werfe ich Eisbrocken auf die zugefrorenen Stellen
ich muß oft lachen wenn die Enten mit ihren Watschelbeinen
auf dem Eis ausrutschen.
Das Entenschnattern nachmachen, ist nicht so leicht.
Meine Mutti hat mir erzählt, daß die Enten jeden Tag
ihre Federn eincremen, damit sie nicht naß werden.

Am liebsten stehe ich beim Wasser und schau hinein
wenn ich einen Stock habe, spritze ich dann herum
aber nur, wenn keiner herschaut.

Bei den Kamelen möchte ich leben.
Sie sind so zufrieden und genügsam.
Die streiten bestimmt nie ums Futter.
Mein großer Bruder war in der Schule im Theaterstück
ein Kamel. Er kam wie ein richtiges »Schiff der Wüste« hereingeschaukelt.

Ob es wirklich 100 Liter Wasser auf einmal trinken kann?
Leid tut es mir aber doch ein bißchen, weil ihm die
eine Lippe immer so herunterhängt.

Ingeborg Wanierka-Uzell

Der verwünschte Prinz

Unlängst hörte ich, wie meine Nachbarin im Garten laut und heftig schimpfte. Obwohl ich erstaunt war, schenkte ich dem Vorfall nicht übermäßig viel Beachtung, doch als ich sie später aufsuchte, erzählte sie, daß sie zu trachten versucht hatte, ihre beiden Katzen von einem Frosch abzuhalten, der laut quietschend wie eine Maus in ihrem Garten herumhüpfte. Ihre Katzen gingen gerade gemächlich in den Garten hinaus, als sie fanden, daß sich dieser verwünschte Prinz in ihrem Trinkwasserbehälter die Füße wusch. Das ist natürlich empörend, und so wollten sie ihm schleunigst die Leviten lesen, woraufhin er seine entsetzlichen Trampolinübungen begann und kurz darauf spurlos verschwand. Ich sagte ihr, sie sollte mich rufen, falls sie den Frosch wieder sah, denn bei zwei Katzen in ihrem Haus plus einer Katze und zwei Enten in meinem, haben Amphibien keine besondere Überlebenschance. Zwei Minuten nachdem ich sie verlassen hatte, rief sie auch schon: »Bitte kommen, sofort, jetzt gleich!«. Ich lief zurück und fand folgendes Tableau: in der Mitte ein tanzender Frosch, links und rechts je eine dicke Katze, darüber als freiwillige Nemesis meine Nachbarin mit ihrem Stock. Ich griff nach dem Frosch, der nach seinem Bad noch waschelnass war und mir durch die Finger schlüpfte, ich griff schleunigst nochmals zu, doch dieser verwünschte Prinz wollte gleich noch einen Fluchtversuch machen, die Sprungrichtung war ganz offensichtlich das reichliche Dekolleté meiner Nachbarin. Nun ist dieses Fräulein Schmied eines jener alten Mädchen, das nie einem Knaben hold war, ich konnte mir daher lebhaft vorstellen, daß ich meinen Wortschatz um einige sehr interessante englische Expletive bereichern würde, falls der Frosch sich zwischen den verwitternden Zwillingsfrüchten zu verstecken suchte – außerdem tat mir der Frosch leid –, so griff ich fest zu und hielt mich an seinem linken Hinterbein fest. Dann stopfte ich ihn in meine linke Hand und deckte ihn mit der rechten zu, während die beiden Katzen, Timothy und Fettwanst, enttäuscht zusahen. Mein Kater, Camillo, saß inzwischen weinend auf der anderen Seite der Hecke, denn er konnte mich nur hören, aber nicht sehen. Und er wußte, für ihn ist der Nachbargarten eine Art Minenfeld, in dem Timothy explodiert vor Empörung, wenn ihn fremde Katzen betreten.

Die Situation und der Frosch waren also meiner Hand und der Frosch begann, sich zutraulich mit meinem Aroma zu befreunden. Fräulein Schmied fragte, ob ich nicht den hübschen Frosch behalten könnte. Wo, fragte ich entsetzt. Im Ententeich, meinte sie. Die Enten hatten gerade ein reichliches Nachtmahl an Körnern verspeist und schwammen und spritzten im Teich, ein Frosch hätte keine Chance zur

Koexistenz gehabt, sondern wäre nur als willkommene Nachspeis schleunigst den Weg alles Irdischen gegangen. So ging ich, begleitet von Camillo, der sofort, als er mich sah, zu jammern aufhörte, ins Haus. Camillo war ganz gekränkt, daß er in der Glasveranda eingesperrt wurde. In der Küche fiel mir ein passendes Plastikgefäß mit Deckel ein, und so setzte ich meinen feuchten Freund ins Waschbecken. Er schoß sofort heraus und unter den Kühlschrank, während ich das Plastikgefäß aus dem Küchenkasten nahm. Da kam auch schon dieser verwünschte Prinz ganz langsam hinter dem Kühlschrank hervorgekrochen. Er war um Jahrzehnte gealtert ... Auf dem Kopf trug er eine lange Perücke grauer Spinnweben, die ihm in Gesicht und Augen fiel, – er ähnelte sehr dem alternden Franz Liszt, auch trug er graue Socken und Fäustlinge. Sanftmütig und ergeben ließ er sich diese Verkleidung wieder abnehmen, dann versenkte ich ihn in den kühlen Behälter, sorgfältig einen Teil des Deckels offenlassend, damit Franz Liszt genügend Luft bekam. Ein kurzer Anruf zeigte die Richtigkeit meiner Vermutung: der Frosch war meiner Nachbarin Susan ausgerissen, wir trafen uns also bei meinem Holztürl und ich überreichte den Behälter, in dem Franz Liszt versuchte, uns mit starren und verdrehten Gliedern einen Schreck einzujagen, aber man sah ihn deutlich atmen. Susan lief mit ihm in ihren Garten und kam bald zurück mit der Botschaft: er hat sich schon wiederum erholt.

Timothy und Fettwanst saßen mit beleidigten Gesichtern vor der Türe von Fräulein Schmied. Sie verstanden nicht, warum ich so sorgsam mit diesem potentiellen Leckerbissen umgegangen war. Aber ich dachte mir: wer weiß, so ein verwünschter Prinz hätte ja schließlich auch ein verwunschener Prinz sein können. Und ich werde mir doch nicht meine Chancen ruinieren ...

Der Fuchs

Es kommt in tiefer Winternacht
der Fuchs in meinen Garten,
wo stumm die Vögel in dem Strauch
auf Morgensonne warten.

Die Enten sitzen in dem Stall,
den ich gar fest versperrt,
doch haben sie den rostgen Gast
im Schlaf sogar gehört.

Er schnuppert, seufzt, es knurrt sein Magen,
die Kinder wimmern wo im Wald,
gibt's gar nichts für sie heimzutragen?
Auch Füchsen ist's im Winter kalt.

Er schnuppert um den Abfallkübel,
welch Glück, da ist ein Hühnerbein.
Nun ist ihm nicht vor Hunger übel,
doch schleppt er's zu den Kindern heim.

Zwanzig kleine Entenkinder ...

Zwanzig kleine Entenkinder
folgen mir auf Schritt und Tritt,
mittendrin die Entenmutter,
wackelt eifrig quakend mit.

Hinterdrein der Vater patschelt,
wichtig zischend, doch zuletzt
noch ein dummes junges Kätzchen,
das sich hin zum Wasser setzt.

Enten schwimmen, tauchen, necken,
Kätzchen schnurrt, die Sonne lacht.
Manche Tage sind im Himmel,
manche sind sehr schön gemacht ...

Ein Walroß spricht:

Ach, schön bin ich ja nun wirklich nicht.
Was kann man denn schon machen. –
Vor den Affen
bleiben die Leute stehen und lachen.
Und beschenken sie mit allen möglichen Sachen.
Bei mir bleibt kaum einer stehn,
sie sagen höchstens im Vorübergehn:
»Das häßliche Tier«,
und »dieser Geruch«.
Nur ab zu macht ein kleines Mädchen einen Versuch,
und kommt näher und staunt und sieht mich groß an,
("Das ewig Weibliche zieht uns hinan" –)
bis eine größere Hand sie leitet hinweg.
Natürlich stehn sie dann lang vor den Affen.
Es ist, als ob sie in einen Spiegel gafften,
nur sind sie nicht so possierlich und froh,
auch haben die Affen einen bunteren –
Nun, ich will nicht boshaft sein
und plumpse mal wieder ins Wasser hinein.
Ich werde es vermeiden, zu schauen,
denn mein Bild auf den Wellen würde mich nicht sehr erbauen.

Grete Wassertheurer

Der Förster und sein Hund

Herr Klausen war Revierförster, ein richtiger Förster. Er wohnte und arbeitete tatsächlich noch mitten im Wald, im Gegensatz zu vielen Kollegen, die an den Schreibtischen in den Forstämtern sitzen. Er war es mit Leib und Seele, ein Förster wie aus dem Bilderbuch. Begleitet wurde er stets, wie könnte es anders sein, von einem schwarzbraunen krummbeinigen Dackel.

Zusammen mit seiner kleinen, zur Molligkeit neigenden Frau lebte er im Forsthaus. Die zwei Kinder waren schon lange flügge und in die Welt hinaus gezogen. Trotzdem kannte man im Forsthaus keine Langeweile. Tag für Tag fanden sich Spaziergänger und Wanderer ein, sie wußten Frau Försters Kaffee zu schätzen. Nein, keine offizielle Gastwirtschaft störte die Waldidylle, sondern nur einige Tische und Bänke vor dem Forsthaus lockten zum Verbleib. Es saß sich gut unter den hohen Bäumen. Wer jedoch auf geistige Getränke hoffte, wurde enttäuscht. Bei Frau Förster gab es nur Kaffee oder Apfelsaft. Alkohol suchte man im Forsthaus vergebens. Sehr zum Leidwesen des Försters. In dieser Hinsicht führte die sonst gutmütige Försterin ein strenges Regiment.

Förster Klausen hatte einen großen Fehler: Er liebte den Alkohol. Die nächste Gastwirtschaft war drei Kilometer entfernt, sie übte auf Herrn Klausen eine magische Anziehungskraft aus. Nicht etwa, daß er seinen Dienst vernachlässigte, aber es gab ja auch für ihn einen Feierabend. Besserung schwörend, schlich er abends doch wieder aus dem Haus. Dicht an seinen Fersen der Dackel. Auch ihn zog es ins Wirtshaus, stets bekam er von der Wirtin besonders gute Bissen zugesteckt.

Frau Förster hatte aber in Bauxi, dem Dackel, einen Verbündeten. Sein Herrchen besaß Sitzleder, er hätte das Wirtshaus kaum vor Mitternacht verlassen. Bauxi war entschieden gegen so langes Verweilen. Nachdem er die ihm zugedachten Bissen verschlungen hatte, ließ er sich gutmütig von den Stammgästen das Fell kraulen. Kurze Zeit lag er noch zu des Försters Füßen, um dann bellend aufzuspringen, sein Herrchen darauf aufmerksam machend, daß es Zeit wurde. Sehr zum Ärger des Försters, denn Bauxi ließ in dieser Hinsicht nicht mit sich handeln. Kein Zureden, keine Versprechungen hielten ihn davon ab, immer wieder zur Tür zu springen und kläglich zu jaulen. Selbst bei Bestechungen blieb er hart. Ging den köstlichen Fleischbrocken aus dem Weg, setzte eine verächtliche Miene auf. Reagierte das Herrchen nicht auf sein Getue, konnte Bauxi zornig werden. Er zerrte dann so lange an des Försters Hosenbeinen, bis dieser sich erhob. Aufgeben tat Bauxi nie. Ja, Frau Klausen konnte sich auf den kleinen Dackel verlassen.

Eines Abends hatte der Förster plötzlich eine Idee, sie wurde aus der Not geboren. Eine fröhliche Tischrunde hatte sich zusammengefunden, keiner dachte ans Gehen, Bauxi machte eine Ausnahme, wütend kläffend sprang er an der Tür hoch. Da ließ sich der Förster eine Schüssel geben, opferte etwas von seinem geliebten Gerstensaft und lockte damit den Hund. Bauxi schleckte vorsichtig, es schien zu schmekken. Unter dem Beifall der übrigen Gäste schlürfte er die Schüssel leer. Bettelnd sah er dann zu seinem Herrchen hoch, ihm gelüstete sichtlich nach mehr. Der Bann war gebrochen, Bauxi zog es nicht mehr nach Hause. Er ließ sich regelrecht vollaufen, dann schnarchte er laut zu des Försters Füßen.

In der nächsten Zeit kam es öfters vor, daß der Förster den Hund nach Hause zog. Noch war Frau Klausen nicht dahinter gekommen, warum die Wirtshausbesuche länger und länger wurden. Aus Bauxi wurde sie nicht klug, er verhielt sich am drauffolgenden Tag sonderbar. Er ließ die Ohren hängen, verkroch sich hinter das Sofa und war nicht dazu zu bewegen, das Haus zu verlassen. Frau Klausen ahnte ja nicht, daß ihr guter Hund einen Kater hatte.

Wieder einmal waren der Förster und sein Hund im »Krug zum grünen Kranze« gelandet. Beide hatten mächtig Durst, es wurde tüchtig getrunken. Bald sang der Förster, falsch aber laut, Wanderlieder, Bauxi mischte jaulend mit. Die Sperrstunde war überschritten, als der Wirt die letzten Gäste energisch an die äußerst frische Nachtluft setzte. Unter ihnen befand sich auch Förster Klausen mit seinem Hund. Wer führt heute wen? Der Förster wankte nach rechts, Bauxi bewegte sich nach links. Sie zogen hin, sie zogen her und kamen nicht vom Fleck. Da murmelte Herr Klausen das Götzzitat und ließ die Leine los. Er achtete nicht auf den Weg, zu sehr war er beschäftigt, sich auf den Beinen zu halten.

Bauxi, die Freiheit spürend, raste los. Stieß gegen einen Baum, drehte sich einige Male im Kreis, um dann hechelnd seinem Herrn nachzustürzen. Der Weg endete beim Mooserhof, einem kleinen Bauernanwesen. Der Mooserbauer war nicht mehr der Jüngste. Er hielt nicht viel von moderner Landwirtschaft, auf seinem Hof war alles beim alten geblieben, selbst der Misthaufen zierte noch die Hofeinfahrt. Ehe Förster Klausen die Abweichung bemerkte, landete er im Mist. Hier war es mollig warm. Er streckte sich aus und begann zu schnarchen. Bauxi folgte seinem Beispiel. In den Morgenstunden fand der Mooserbauer die beiden, dicht aneinandergeschmiegt, im Mist. Der Spott war groß, der Förster und sein Hund mieden für die nächste Zeit das Wirtshaus.

Leopold Wech

Alles Maß ist mir entglitten

»Auf dem Morgenpfade hab in Schmerzen ich geboren,
euch, des Wassers Tiere, die zum Grunde auserkoren.
Wohnt im klaren Bache. Rasch belebt ihr weite Meere,
stürzt hinab mit kaltem Blute, schlanke, flücht'ge Heere.
Eure Leiber schnellt die ungehemmte Kraft der Flut empor,
löst vom Felsen euch, bewachet stumm das blaue Tor.

Auf dem Mittagwege hab zur Freiheit ich entbunden,
euch, der Erde Tiere. Habt in Furchen Schutz gefunden
und auf Schollen Saat und Korn des jungen Lebens.
Bodenschwere hemmt euch nicht den kühnen Mut des Strebens,
Berge stürmt ihr hoch, ihr ruht in dunklen Schluchten fest.
Ackerraine, Wald und Wiesen sind euch Heimat, Hort und Nest.

Auf dem Abendsteg hab ich ins All emporgehoben,
euch, der Lüfte Tiere, die mit Himmelsmacht nach oben
zielvoll aufbrecht in die Welt, die unergründlich hohe.
Nicht die Fluten, nicht die Wälle dämmern eures Sehnens Lohe.

Brennend eilt ihr mir voraus. Nimmer hol' ich Flügel ein.
Fliegende, ach Fliehende, muß immer euer Neider sein!«

Spät ist es geworden. Mild im Abendschein läuft nun zum Ende
meines Lebens schmaler Weg. Gottes Schöpferhände
wecken diesen breiten Strom, der immer münden,
immer quellen muß, den ew'gen Kreis begründen.
Bin der Schöpfung Krone nicht, bin kein Gebieter mehr.
Alles Maß ist mir entglitten. Und mein Königsthron steht leer.

Sehnsucht nach dem Vogelflug

Oh, Vogel, wüßtest du, wie dich die Welt beneidet,
wenn du von Sonnengold und Glück umflossen
dem Pfeile gleich hoch in den Lüften schwebst!
Du ahnst nicht, was der Mensch erleidet,
der seiner Mutter Erde, längst entsprossen,
verwurzelt bleibt, indes du frei dein Haupt ins Grenzenlose hebst

Oh, spür die Glut, die Sehnsucht seit Äonen,
den Sterblichen der Schwere zu entheben!
Bewein' ihn, der dem Staub nicht darf entfliehn!
Muß bleiben, in den dunklen Furchen wohnen,
wo keines Flügels Schlag ihn läßt erleben
den freien Flug hoch über Gräber hin.

Und deinem edelschlanken Vogelkörper gleich
erbaut' der kühne Mensch, nicht scheuend Müh' noch Leidenschaft,
ein fliegend Wunderding – und sprengt den Kreis der engen Stunde.
Glückt' auch des ungestümen, leichten Sinnes Streich,
ist's nur sein Geist, der ausbricht seiner trägen Hüllen Kraft.
Sein Leib jedoch, sein erdenschwerer Leib stürzt hin zum Grunde ...

Nächtliche Plagegeister

Des Nachts hatt' ich gestern ein' schrecklichen Traum.
Ich hockte am Ast hoch auf schwankendem Baum
und unten ein Raubtier mit gierigem Rachen
geht brüllend, tät mich, seine Beute bewachen.
Ich zitterte oben und schwitzte in Not,
da knickte das Holz und ich fuhr in den Tod,
fiel wirbelnd und rasend zur Erde hinunter,
jedoch ward zuvor noch im Bette ich munter.
Und recht war es so, ich verstand auch gleich gut,
daß dieses ich quälend erträumte: Mein kostbares Blut,
es rannte durch tausend winzige Mäuler,
ach, saugendes, beißendes laufend Ungeheuer
mit dutzenden Zähnen, schlürfst du mich aus?

Ich griff von Entsetzen gepackt und voll Graus
zur Kerze recht rasch und sah mein Kissen blutig erröten!
Da wollt' ich den Untier'n zu Leibe und wollte sie töten.
Kaum strahlte das Lichtlein, da war'n wie zum Hohn
blitzschnell die gierigen Geister auf und davon.
Zum Trotz ist mir schlaflos ein Spaß noch gelungen:
Ich habe in Versen ... die Wanzen besungen.

Leeres Schneckenhaus

Seh ich ein leeres Schneckenhaus,
dann kommt mir in den Sinn des Menschen Leben.
Wie mühst du dich! Wie balde ziehst du aus!
Kaum glänzt die Spur nach deinem irdisch Streben.

Ein Vogel träumte

Ein Vogel nachts im weichen Neste schlief
und träumete so tief
und nicht vom Grün und nicht vom Schnee
und nicht von Lust und nicht von Weh.
Er quinquilierte zart
und träumte Gott in schwereloser Art.

Margarete Wemer

Jennys letzter Tag

(Aus der Geschichte von Jenny einer wunderschönen Angorakatze, die in einem kleinen Pariser Appartement aufwuchs und erst als dreijähriges Tier in einem niederösterreichischen Ort, Natur, Tiere und die Liebe zu einem roten Kater kennenlernte, ein einziges Kind gebar, das sie abgöttisch liebte, Brustkrebs bekam und trotz zweier Operationen sterben mußte).

Zweimal war Jenny nun operiert worden. Nichts als eine schön verheilte Narbe war an ihr zu sehen. Aber sie hatte weiterhin Schmerzen, sie sah Anna mit ihren orangefarbenen Augen fragend an, wobei sie ihr rosa Mäulchen zu einem leisen, klagenden Schrei öffnete.

Diese Nacht verbrachte Jenny im Freien. Einigemale sah Anna nach ihr und wollte sie ins Haus locken. Aber Jenny saß wie eine kleine Statue im Alpengärtchen und horchte in die sternklare Juninacht und ihre geheimnisvollen Geräusche hinaus.

Gegen Morgen pochte sie an die Hautüre und ließ sich von Anna mit ins Bett nehmen. Wie in ihren besten Zeiten schnurrte sie laut und glücklich und trat mit ihren sanften Pfoten Anna in Brust und Arme. Nachdem sie mit ihrer rauhen Zunge ihrer Herrin über das geliebte Gesicht gewaschen hatte, schlief sie eine Weile. Aber sie hatte keine Ruhe. Sie glitt herunter vom Bett und legte sich zu ihrem Sohn in den Katzenkorb, sie packte ihn mit ihren graurosa Krallen liebevoll und gewalttätig zugleich und wusch ihn, obwohl er sich wehrte, vom Kopf bis zum Schwanz, so wie sie es oft und oft getan hatte. Dann lockte sie ihn mit hinaus in den Garten. Obwohl ihr das Spiel mit ihm in der letzten Zeit schon schwer gefallen war, sprang und tollte sie heute mit ihm herum. Plötzlich hatte sie es sehr eilig. Sie lief ins Haus, umstrich leise miauend Anna, was bedeutete, daß sie gekämmt und gebürstet werden wollte. Als sie von den geliebten Händen noch gestreichelt und gekost worden war, stieg sie schön und anmutig in ihren Korb, legte sich nieder, streckte sich und starb.

Als Peter, der kleine Halbangorakater nach langem Suchen begriff, daß seine Gefährtin nicht wiederkam, da wurde sein kleines Katzengesicht sorgenvoll und mager. Er fühlte sich tief unglücklich, fraß nur mehr ganz wenig und begann zu streunen.

Eines Tages blieb er verschwunden. Wahrscheinlich hat er sich irgendwo einen Platz zum Sterben gesucht, nachdem ihm sein kleines, liebeshungriges Katzenherz gebrochen war.

Juninacht

Eine geheimnisvolle Nacht wars
im Juni.
Der Mond wanderte am Himmel
und tausend von Gottes funkelnden Feuern
blinkten aus der Höhe.
Eine weiße Wolke
schwamm still im Äther.

Der Wind strich mit sanften Flügeln
über die flüsternden Bäume.

Im Traum ließ ein Kuckuck
ein spöttisch Gelächter erschallen.
Im silbernen Licht des Mondes
geisterten, lautlos huschend
die Fledermäuse.
Bald nah, bald fern
riefen mit hohler Stimme
die Käuzchen.

Ein kleiner Vogel
flog in die Krone
der blühenden Linde.
Da, plötzlich schluchzend und klagend,
süßwerbend und flehend
zärtlich und jauchzend
erscholl das goldtönende Lied
der Nachtigall.

Und der ganze Wald
lauschte verzaubert
und schwieg.

Ein Frühsommermorgen

Des Pirols heller Schrei ists
der mich weckt
und aus wirren Träumen erlöst.
Schon folgt darauf
Rotkehlchens süßperlendes Lied.
Jetzt in die steigende Sonne –
schickt aufgeregt
das Rotschwänzchen
seine fröhlichen Triller.
Horch, vom Wald her
schallt des Kuckucks uralter Ruf.
Als nun die Meise
ihr keckes Zizidä, Zizidä ruft,
da hält es die Amsel nicht mehr.
Sie fliegt auf den höchsten Giebel
und beginnt ihr großes Konzert:
Ein schmetternder Dank ists
an den goldenen Morgen zuerst,
dann – variationsreich – voll melodischer Töne
folgt Strophe auf Strophe
in Schönheit und Kraft.
Als wollt ihr die kleine Brust
vor Glückseligkeit springen –
endet in einem gepreßten Zwitschern
ihr Lied.
O, welch ein Morgen
gleich schön
zum Leben und Sterben.

Christa Wild

Strolchi's großer Wasserfall

Lange Zeit waren mein Mann und ich gegen einen Hund als Hausgenossen. Schließlich übernimmt man mit so einem Gesellen auch eine große Verantwortung und Pflichten. Aber das war unserem damals siebenjährigen Sohn Roman ziemlich egal. Als Einzelkind sehnte er sich nach einem Verbündeten, einem lieben Spielgefährten und speziellen Freund. Der Zufall wollte es, daß uns zu jener Zeit ein unerwarteter, allerliebster Wurf der Mischlingshündin einer Bekannten überraschte. Beim Anblick dieser süßen »Viererbande« war allerdings unser Entschluß sogleich gefaßt. Sechs Wochen später durfte Roman seinen »Hundebuben« Strolchi glücklich in die Arme schließen.

Es war ein richtiger Freudentag, als unser neuer Mitbewohner bei uns einzog. Der kleine, kohlrabenschwarze Körper drückte sich vorerst sehr verschreckt in einen Winkel der von uns bereitgestellten Pappkartonschachtel und nur sehr zaghaft schnupperte er mit seiner noch ganz runden Babyschnauze seine neue Umgebung ab. Er suchte verständlicherweise nach seiner Mutter und seinen drei Schwestern und klägliches Japsen ließ uns wissen, daß er im Moment durchaus kein besonders glückliches Hundekind war. Sein Gesichtchen glich irgendwie dem eines drolligen Teddybären, nur seine Schlappohren verrieten den Hund in ihm. Wir rätselten lange um die Rassen seiner Vorfahren, auch über seine ausgewachsene Größe waren wir uns lange nicht einig. Aber das machte ja nichts aus. Herzig war er und unheimlich liebesbedürftig. Nun ein Hund ist natürlich ein Hund und ein Kind ist natürlich ein Kind. Aber schade um die Frau, in der beim Anblick so eines kleinen Wollbündels nicht irgendwie »mütterliche Gefühle« erwachsen. Bei mir war es jedenfalls so, ich konnte das Würmchen nicht lange jammern hören. Wenn er meine Nähe spürte, dann war seine kleine Hundewelt in Ordnung. Sein Lieblingsplatz war alsbald unter meiner Pelzjacke, in der ich ihn damals häufig spazieren trug. Oder aber auch in der kleinen Reisetasche, die mein Sohn zum Gassigehen verwendete. Der Schnee und die Kälte taten dem Bäuchlein des kleinen Winterkindes nicht sehr gut. Wir waren eben alle sorgsamst auf sein leibliches Wohl bedacht.

Bei aller Euphorie vergaßen wir allerdings auch nicht auf seine artgerechte Erziehung. Mein Mann hatte es schon vor der Anschaffung unseres Hausgenossen zur Bedingung gemacht, daß jener in unserem Schlafzimmer nichts zu suchen haben werde. Das machte Strolchi auch vorerst gar nichts aus. Er war glücklich, den Großteil des Tages auf meinen Füßen herumliegen zu dürfen, auch wenn dies für mich bei der Hausarbeit recht hinderlich war. Noch heute denke ich schmunzelnd an die urigsten Verrenkungen, die ich dabei in der Küche beim Kochen kreierte! Am Abend allerdings wollte er immer freiwillig in seine Schachtel oder etwas später dann auf seinen Schlafpolster im Schrankraum. Da wir uns sehr intensiv mit ihm beschäftigten, gelang es uns sehr bald, ihn zu einem stubenreinen Hund zu erziehen. Die ganze Familie war sich einig: Strolchi war von Anfang an ein Volltreffer!

Unser süßer Vierbeiner war zirka drei Monate alt, als wir uns zum ersten Mal mit ihm auf große Fahrt zu unserem Wochenendhaus in der Steiermark begaben. Er war, na sagen wir, fast stubenrein, als er staunend und leicht verwirrt sein neues Domizil betrat. Zur Begrüßung machte er gleich einmal kräftig auf den Teppich und auch sonst schien er wie ausgetauscht. Mir schwante schon schlimmes für die erste Nacht im fremden Haus! Fürsorglich hatte ich seinen Schlafpolster eingepackt und diesen drapierten wir nun bequem neben dem Bett meines Sohnes. Roman sollte Strolchi in den Schlaf streicheln, in unser Schlafzimmer durfte er ja nicht kommen. Mein Mann war da leider sehr eigen. Ich akzeptierte das, und war auch immer sehr bemüht, mich nach seinem Wunsch zu verhalten.

Nun kam der Abend. Alles ging brav in sein Bettchen, beziehungsweise auf sein Pölsterchen und nun sollte Ruhe herrschen. Denkste! So sehr sich auch Roman bemühte, seinen pelzigen Freund neben sich auf seinen Polster zu bannen, es gelang ihm nicht. Immer wieder nahm der Lauser reißaus und wollte ins verbotene Elternschlafzimmer huschen. Roman konnte nicht schlafen, mein Mann wurde schon ziemlich grantig und ich schoß immer wieder zwischen Kinder- und Schlafzimmer hin und her. Klar, wenn es um Probleme ging, und seien diese mit einem neuen Zuhause verbunden, so war natürlich ich die Bezugsperson für den kleinen Hund und es zog ihn daher immer wieder zu mir ins Schlafgemach. Schließlich saß ich totmüde am Bettrand meines armen Kindes, um durch sanftes Streicheln von Kind und Hund, endlich Ruhe und Schlaf ins Haus zu bringen. Bald schien mir dies gelungen zu sein, und so schlich ich leise aus dem Kinderzimmer und fiel ziemlich geschafft auf mein Nachtlager, neben dem mein Göttergatte bereits leise schnarchte. Schon rollte ich mich genüßlich zusammen, als ich durch das Schubsen einer feuchten Hundeschnauze in die Realität zurückgeholt wurde. Leises Winseln machte mich endgültig munter. Nun reichte es mir. Ich griff mir meinen Schlafrock, setzte den Hund vor die Haustür, wartete bis er sein Geschäftchen erledigt hatte, schnappte alsdann den Polster aus dem Kinderzimmer, klemmte mir einerseits Polster, andererseits Hund unter die Arme und ab ging es zu mir ins »heilige Schlafzimmer«. Dort warf ich den Polster neben mein Bett, legte den Hund sanft auf ebendiesen, huschte flugs in mein Heiabettchen, zog mir die Decke über die Ohren und wollte nun endgültig nichts mehr hören oder sehen. Aus – Schluß! – Irgendwann in dieser Nacht merkte ich jedoch zu meinem Schrecken, daß das gute Tier sich irgendwie zu meinem Fußende im Bett hinuntergemogelt hatte. Ich erschrak zwar, da ich an die grimmige Reaktion meines Mannes dachte, aber schließlich war ich so müde, daß mir auch das ganz egal war. Ich wollte ganz einfach nur schlafen, sonst nichts ...

Am nächsten, leider nur allzufrühen Morgen, wurden wir im Schlafzimmer auf höchst ungewöhnliche, unsanfte Weise geweckt. Lautes Gejaule schreckte uns aus unserem wohlverdienten Schlaf. Als ich endlich begriff, was hier vorging, erkannte ich meinen Sohn mit seinem Polster über dem Kopf am Fußende unseres Bettes herumhüpfen und vernahm ihn spaßhalber, laut wie ein Geist, jaulen. Noch ehe mein Mann und ich von unserem Nachtlager auf konnten, da war schon unser liebes Hundilein von meinen Füßen aufgesprungen und uns als »großer Beschützer« zu Hilfe geeilt. Er verbellte den vermeintlichen Feind so gut er dies konnte, – man merkte wie in dem kleinen Hundebaby der Draufgänger und Kämpfer erwachte – , drehte dabei allerdings sein Hinterteil über den Kopf meines total überrumpelten Ehegesponses und ließ in seinem Eifer seinen, über Nacht brav angestauten Blaseninhalt, über dem Kopf seines Herrchens auslaufen. Ein fürchterlicher Schrei ließ das Haus erbeben. Roman nahm erschrocken seinen Polster vom Gesicht und staunte über das, was er da sah. Meine Wenigkeit konnte sich allerdings nun nicht mehr halten. Ich mußte laut loslachen bei dem Theater, das sich mir hier in aller Herrgott's Frühe auf meiner Ruhestatt bot. Auch Roman stimmte sogleich ein und nur mein armer Mann konnte leider nicht darüber lachen. Schnell schnappte ich den kleinen Übeltäter und lief mit ihm aus dem Zimmer. Roman folgte mir in die Küche, wo wir unter Glucksen und Lachen schnell ein Frühstück bereiteten. Wir wußten, daß nun nur ein guter Kaffee den armen Vater wieder versöhnen konnte. Gesagt – getan! Einige Zeit später lockte frischer Kaffeegeruch den guten Mann auch wirklich zu uns in die Küche. Er war frisch geduscht, geölt und gesalbt. Er roch wunderbar und er wirkte auch schon recht munter, nur sein Blick war noch etwas finster. Jedoch, als er uns noch immer über den Vorfall lachen sah, und Roman immer wieder das Gesicht seines Vaters beim »großen Wasserfall« imitierte, da brach er schließlich auch in heiteres Gelächter aus. Über diesen Vorfall sollten wir uns von da an noch öfters köstlich unterhalten! Nur Strolchi verstand das ganze Getue nicht so ganz. Aber wie sollte er auch? Er ist ja bloß ein Hund, – aber, was für einer!

Thea Witzemann

Mensch, sieh' – dein Freund – das Tier!

Sprechen kann es nicht,
kann nichts sagen
und nicht klagen ...
Nur seine Augen
– tiefe Seen –
starr vor Angst,
vor Grauen,
schauen, schauen
zu uns empor ...
Die Kreatur,
das Tier,
das wir Menschen
– Herr über ihr Leben –
von uns stoßen!
Oh ja,
wir mögen es doch,
das Kätzchen,
das süße Maskottchen,
daß uns umschmeichelt,
umkreist
und den Hund,
der ergeben »Männchen« macht.
Sieh', wie er wedelt,
beinahe lacht ...!
Oh ja,
wir geben ihm Nahrung,
ein Heim,
ein wenig Geborgenheit,
denn es ist so lieb,
das Tierchen,
so gescheit ...
Doch das Tier,
die »Sache«,
das »Ding«,
so man es nicht mehr will,
es nicht mehr lockt zum Spiel,
wird es geschunden,
fortgebracht,
geplagt,
getötet,

an Bäume gebunden,
auf fremden Straßen gelassen ...
Es kann nicht sprechen,
nichts sagen,
nicht klagen,
das Tier ...
Nur seine Augen
schauen, schauen
und flehen:
»Mensch, mein Freund,
von mir willst du gehen ...?!?

Ein kleines Kätzchen

Kleines Fenster
zur großen Welt –
Augen forschend,
groß, erhellt –
Aus dem Dunklen
schnurrt es mild –
kleines Kätzchen
groß im Bild ...
Weshalb so traurig,
kleines Kätzchen,
blickst du in die Welt hinaus?
Bist du einsam,
bist verlassen,
ist niemand der dich liebt
im Haus?
Aus der Öffnung
in der Mauer
hältst du Ausschau –
sag, wonach ...!
Läuft ein Mäuschen
aus dem Häuschen,
oder sitzt ein Spatz
am Dach ...?

Autorenverzeichnis